孔庆东◎主编

图文版

千古诗词·楹联

千古名诗千家诗

上

吉林出版集团股份有限公司

序

古人说："刚日读经，柔日读史。"本来说的是什么时间读什么书，从侧面看来，我们的前辈多么勤奋，每日读书，并不留空闲。

在一个号召"全民阅读"的时代，如何阅读，阅读什么，成为新常态下的新课题。数千年来的文化传统和我们的祖先的经验告诉我们，那就是阅读经典图书。这套《品读经典》丛书，其旨趣、其志向，大概就是"打通"这样一个目标。

我也经常说，只有阅读经典著作，建立了平衡的知识结构，才能做到"风吹不昏，沙打不迷"。

一日不读书，心源如废井。

在我看来，读书应该是日常生活的组成部分，就像呼吸空气那样。

我在北大附属实验学校的一次报告会上曾经谈过，要读书，读好书，也只有那些有独创思想的著作才能称为"书"，才可能成为经典。

经典书，也就是我们常说的"真正的书"，它应具有独特性、原创性、思想性。独特性就是与众不同，是自己独立思考的东西；原创性就是"我手写我心"；思想性就是必须加入自己个体的思考。

另外，经典书均为文史哲范围，因为这些书属于上游书，其思想辐射至其他专业。今天我们有几百个专业，它们并不是在一个平面上展开的。

我们要每天读点儿书，滋润自己的心灵。读书不是立竿见影之事，不能立马改变生活，它是个慢功夫。几天不读好像没什么，其实你已经落后了，而当你水平提高了又不容易下去。

对于个人来讲，我们把学到的知识用到实践当中，用到一点就足够我们享用一辈子了。表里不一对于国家来说是毁国家前途，对于个人来说是毁自己前途。很多人总是发明新道理，但是我觉得旧道理够用。

知道了之后再实践了，这才是真正的读书人。

古人言："读万卷书，行万里路。"

"读万卷书"是前提，"行万里路"是实践，把知识实际地运用。孔子讲的"忠、恕、仁"这几个概念，你能把它实践好就很不错了，懂了这些道理你读书就很快乐。有了这种精神状态之后，你就会持一个乐观的心态。读书最后还是为了自己，使自己成为一个乐观快活的人，让自己活在这个世界上特别有劲。

我们既要"行万里路"，也要"读万卷书"，更要读好书，读经典书。

著名学者汤一介先生说，一本好的经典，"可以启迪人们的思考，同时也告诉我们应该重视经典"，面对先贤的智慧，面对我们两千余年来的诸子百家、"孔孟老庄"，"我们必须谦虚，向经典学习"，也许这就是"品读经典"丛书出版的意义。

前　言

　　《千家诗》是由宋代诗人谢枋得的《重定千家诗》（七言律诗）和明代诗人王相所选的《五言千家诗》合并而成的，与《三字经》《百家姓》《千字文》合称"三百千千"，是流传极广的启蒙读物。

　　全书共有四卷，分为五绝、五律、七绝、七律。所选诗作虽然篇幅短小，但大多是唐宋两代著名诗人的佳作，通俗易懂，题材广泛，有山水田园诗、送别赠友诗、思乡怀人诗等，丰富全面地展现了当时的社会风貌，所以在民间流传甚广。

　　儿童自幼习之，可以领略到中国古典诗歌的魅力，激发对古典文学的兴趣。同时，读诗还可以陶冶情操，启迪人生智慧，更重要的是可以开阔视野、增长知识，对提高文学修养水平具有积极的作用。试想，一部《全唐诗》有近五万首诗，一般人是很难将其读完的，而经过筛选的本子无疑更受欢迎。此外，《千家诗》里的许多诗篇已被选入中小学课本，代代传诵。

　　在繁忙的生活中，无论我们愉悦抑或悲伤，得意或者失落，诗歌都会引起我们心灵深处最真切的共鸣，这就是为什么我们漂泊在外感到孤苦无依时常会想起"独在异乡为异客"；在生活中不如意时会想起"长风破浪会有时"……在几千年的历史长河中，诗歌一直都是中国人"言志"的主要手段之一，从帝王将相到无名诗人，都通过这种方式来抒发自己的情感，表达自己内心的渴望。

"大江东去，浪淘尽、千古风流人物。"当年在诗坛叱咤风云的文学大家都已消逝在历史的长河中。然而，他们的优秀作品流传下来，依然脍炙人口、经久不衰，其惊艳绝伦，一如当年。

为方便读者阅读，编者节选了《千家诗》中的优秀篇目，并配以专业人士写作的赏析，编成了这本《千古名诗千家诗》，希望通过阅读本书，读者朋友可以对诗歌有更深层次的理解，进而对中国古典诗歌的认知提升到一个新的境界。

好书如一杯清茶，淡雅而令人回味无穷。打开这本《千古名诗千家诗》，去感受诗歌带给你的快乐吧！

——品读经典编委会

目 录

卷 二

五 律

品读经典

二

卷 三

七 绝

品读经典

四

千古名诗千家诗

五

绝

春晓

孟浩然

春眠不觉晓①，处处闻啼鸟②。
夜来③风雨声，花落知④多少。

品读经典

注释

①晓：天明，天刚亮的时候。②啼鸟：鸟啼，为押韵而颠倒了。③夜来：昨夜。④知：不知，表示推想，诗词中常有这样的用法。

译文

春夜里人贪睡，不知不觉天已亮，到处都能听到悦耳的鸟叫。昨夜朦胧中曾听到刮风下雨的声音，不知花儿被打落了多少。

赏析

孟浩然（约689—740），襄阳（今湖北襄樊）人。早年隐居

家乡鹿门山，至四十岁进京应考，名落孙山。但因在太学作诗，名声大噪。之后云游吴越之地，饱览名山大川。他性格孤傲，常以作诗自得其乐。襄州刺史韩朝宗曾约孟浩然一同到长安，他因与拜访之人饮酒交谈甚是开心，竟然未出席刺史的宴请。其后他被荆州长史张九龄召为幕僚，但时日不长便返回家乡。开元二十八年（740），王昌龄游襄阳，曾拜访孟浩然，是时浩然病疹发背就要痊愈，但因与友人饮酒无度，食鲜疾发而病逝。

此诗描写春夜睡眠质优，一夜无梦。若非被窗外鸟儿的鸣叫唤醒，诗人还不知天光已经大亮。听，外面鸟儿啁啾，音调婉转，远远近近，从四面八方传来，汇成一片优美悦耳的和鸣，一部丰富多彩的晨曲，只凭鸟儿们的喧闹就能得知这是一个阳光明媚、花红叶绿的早晨。诗人忽然记起，昨夜睡梦中恍恍惚惚听到有风雨来袭，呜呜的风声夹着沙沙的雨声，风雨过后，也不知有多少正开的花儿被吹落，过早地离开枝头。此处，诗人凭着听觉和朦胧的记忆，描写了两种春之

声：清晨鸟啼声，夜间风雨声。其中的感情是复杂而微妙的。诗人一觉醒来就听到一片百鸟和鸣的晨曲，心中的喜悦不言而喻；但记起夜间风雨声进而想到会有许多鲜花夭折，又不禁心生忧郁，生活从来就不是完美无缺的，总是既有清晨啼鸟，也有风雨落花，所以众人也是既有欢乐，也难免要叹息和悲伤。所谓"十分春色"，只是人们的一种夸张，一种愿望。然而，春天毕竟是春天，纵有花儿被风雨打落，但春雨过后，便是鸟雀呼晴的早晨，大地上的鲜花也会更加姹紫嫣红。细细品味诗意，我们对生活似乎有了更多新的领悟。

访袁拾遗不遇

孟浩然

洛阳访才子①，江岭②作流人③。

闻说梅花早，何如此地春。

注释

①才子：这里指诗人的朋友袁拾遗。②江岭：指大庾岭，位于今江西大余、广东南雄的交界处。③流人：被流放的人。流，是封建时代五刑之一，五刑是指笞、杖、死、徒、流。

译文

我到洛阳拜访才子袁拾遗，他却已被流放到岭南去了。听说那里梅花开得很早，但怎么能比得上洛阳的春色呢？

赏析

诗人到洛阳去访寻老朋友袁拾遗，可他已被流放到岭南去了，

诗人对友人充满了怀念，想起岭南恶劣的环境，纵有早开的梅花，又怎比洛阳这般诗意盎然呢？诗人不禁为朋友充满了担忧。诗句虽短小，但含蓄悠远，写景、抒情、叙事三者巧妙融合在诗句中，耐人回味。

独坐敬亭山

李白

众鸟高飞尽[①]，孤云[②]独去闲[③]。

相看两不厌，只有敬亭山[④]。

注释

①高飞尽：指群鸟高飞，消逝在遥远的天际。②孤云：片云。③闲：悠闲。④"相看"二句：只剩下敬亭山和我，互相观看，而不感到厌倦。

译文

群鸟高飞不见踪影，一片孤云也独自悠闲。两相对看不生烦厌的，只有我和这默默无言的敬亭山。

赏析

李白（约701—762），祖籍陇西成纪（今甘肃天水），字太白，

号青莲居士，伟大的浪漫主义诗人。隋朝末年随先祖流落西域，生于中亚碎叶。五岁时，父亲将其带到蜀地，年少时在蜀地求学。他二十五岁时离开蜀地漫游，结交朋友，干谒社会名流，期间曾去长安求官，却没有成功。天宝初年，通过玉真公主的推荐，李白被诏入京，担任翰林。但不久便因遭诬陷而离开京城，四处漂泊。安史之乱后，他做了永王的幕僚。后来永王因反叛被肃宗所杀，李白受到牵连，被流放到夜郎。虽中途获得赦免，但不久就因病去世了。

此诗是诗人漫游安徽宣城时所作，写了诗人独游敬亭山时的情趣。诗的开头，以众鸟飞尽、孤云独去营造出空寂辽远的氛围，同时衬托了诗人的寂寥和孤独。紧接着写诗人与敬亭山相看而不厌，视敬亭山为人生知己，达到物我和谐、物我相忘的境界，是作者寄情山水的突出显现。写山的"有情"，是为衬托出人的"无情"。清代李瑛《诗法易简录》评此诗云"首二句已给出'独坐'神理，三四句偏不从独处写，偏曰'相看两不厌'，从不独处写出'独'字，倍觉警妙异常"，乃是五绝中绝妙之作。

登鹳雀楼^①

王之涣

白日依^②山尽，黄河入海流。
欲穷^③千里目，更上一层楼。

注释

①鹳雀楼：旧址在今山西省永济县西南。楼有三层，面对中条山，下临黄河，因常有鹳雀栖息其上而得名。②依：靠近。③穷：尽的意思。

译文

夕阳沿着峰峦慢慢沉落，黄河滔滔东流奔向大海。要想视野开阔目力所极，须得再登上一层高楼。

　　王之涣（688—742），字季陵，晋阳（今山西太原）人，其高祖时迁绛州（今山西新绛）。自小喜欢行侠仗义，与侠义之士交往甚密，也因此直至中年都未曾任一官半职，后曾任衡水主簿，职内因受到诬告而辞官还家。后十几年中游历全国各地，见多识广。晚年任文安县尉，卒于职上。其人性格豁达开朗，常舞剑而歌，其作品经常被乐工制为歌曲加以传唱，因此闻名一时。与高适、王昌龄等关系甚佳，风景、边塞题材诗作尤为著名。

　　《全唐诗》仅存其诗作六首。作者在此诗前两句以飞动的笔法极力描绘了登上鹳雀楼后见到的壮观场面：白日落山，黄河入海，对仗极为工整。下两句颇具哲理，万事万物，只有站得高，才能看得远，这也是该诗的真正意旨。

左掖①梨花

丘为

冷艳②全欺雪，余香乍入衣。

春风且莫定，吹向玉阶飞。

注释

①左掖：此处指宫禁之左。掖，宫禁之地。古代称门下省为左掖，中书省为右掖。门下省、中书省都是当时的中央政权机构，设在宫禁附近。②冷艳：鲜艳而有凉意。形容梨花洁白夺目，气度高傲。

译文

她冷冷的艳美完全胜过雪花，溢出的芳香瞬间就沾满衣裳。春风啊你且不要停息，请把她送到玉阶上。

丘为（约694—789），嘉兴（今属浙江）人。数年苦读方于唐天宝年间中得进士，官至太子右庶子，享年九十六岁，据传是唐代寿命最高的一位诗人。他与王维、刘长卿等相往还，唱和，擅长五言诗，是盛唐时期山水田园诗派的诗人之一。

其诗多写田园风光，风格飘逸。他在这首诗中含蓄地表达了希望施展抱负的愿望。诗人先描写梨花的高洁芳香胜过皎洁的白雪，继而希望和煦的春风将梨花的幽香吹向皇宫的玉阶前，得到君主的赞赏。作者在这里以梨花的幽香自喻，巧妙地表达了自己欲学有所用、大展宏图的理想。

夜送赵纵①

杨炯

赵氏连城璧②，由来天下传。
送君还旧府，明月满前川。

注释

①赵纵：作者的朋友，颇有才华。②赵氏连城璧：战国时，赵国得到美玉和氏璧，秦国知道后，扬言要用十五座城池交换，故称连城璧。极言其珍贵，这里用来比喻赵纵很有才华。

译文

赵纵像和氏璧一样难得，历来天下人都是知道的。送君回去犹如完璧归赵，皎洁的月光照满了前程。

　　杨炯（650—692），华阴（今陕西华阴县）人，在家中排行第七。唐高宗六年，年仅 11 岁的杨炯就被认为是神童。官至盈川令，是"初唐四杰"之一，诗风雄健激扬，一扫六朝浮靡之气。

　　这是一首送别诗，写得精巧别致。诗人送友人赵纵回山西，于是将赵纵比喻成赵国的连城璧，十分贴切。最后一句既点明了送别的时间，又寄托了诗人对友人的深深祝福。

竹里馆

王维

独坐幽篁①里，弹琴复②长啸。

深林人不知，明月来相照。

注释

①幽篁：幽暗的竹林。篁，竹林。②复：又，重复。

译文

我独自坐在清幽的竹林里，边弹琴边纵情长啸。竹林幽深茂密没有人知晓，相伴我的只有明月的清辉。

赏析

王维（约701—761），字摩诘，原籍太原祁县（今属山西），后来随父辈到蒲州（今山西永济）生活。他于开元九年（721）中进士，先后担任过太乐丞、右拾遗、监察御史、尚书右丞等职。

但因信佛，为官期间他一直过着半归隐的生活，地点就在蓝田辋川，晚年索性就隐居在那里。他很有才华，书画俱佳，苏东坡就曾说："味摩诘之诗，诗中有画；观摩诘之画，画中有诗。"而他最擅长的山水诗更堪称这类诗作的代表，不仅颇具禅韵，而且笔法细腻。

这首小诗以高超的笔法描绘出一种清静幽深的境界：在一片宁静的月光里，诗人独自一人坐在竹林中弹琴吟咏，是那么超然自得、物我两忘。幽深的竹林中没有人知道他在这儿，只有一轮明月伴他吟咏歌唱，其乐无穷。苏轼曾说王摩诘（王维，字摩诘）"诗中有画，画中有诗"，所言极是。

送朱大入秦

孟浩然

游人①五陵②去，宝剑③值千金。

分手脱相赠，平生一片心。

注释

①游人：指朱大。②五陵：帝王陵寝所在之地，在长安附近，当时的贵公子、豪侠多在这里居留聚会。③宝剑：古人出行必须带剑，李白有"仗剑去国，辞亲远游"的话。

译文

朱大要回长安去了，我的宝剑价值千金。临别时摘下赠给你，寄托我的深情厚谊。

赏析

这首赠别小诗充满慷慨豪壮之气，一反诗人以往的恬淡风格。

朋友要远去"五陵"（"五陵"本指汉高祖长陵、惠帝安陵、景帝阳陵、武帝茂陵、昭帝平陵，都在长安，在此诗中用做长安的代称），临行时诗人赠朋友以千金宝剑，可见诗人与友人情谊深厚，同时寄予友人很大的期望，希望朋友能够干出一番事业，实现宏大的抱负。末句"平生一片心"是诗人赠剑时的赠言，语浅情深。诗人只说"一片心"，但未说明是一片什么心，耐人寻味，更能激发人们的联想。

长干行①

崔颢

君家在何处，妾住在横塘②。

停船暂借问，或恐③是同乡。

注释

①长干行：乐府杂曲歌辞名，多描写长干里船家妇女生活。长干，即长干里，在今南京市南。②横塘：古建康堤塘名，在今南京市西南一带。③或恐：也许。

译文

请问你的家住在什么地方？我的家住在横塘。暂且停船来询问，或许咱俩是同乡。

赏析

崔颢（约704—754），今河南开封人。开元十一年（723）

中进士第，曾任河东节度使军幕。天宝初年，任太仆寺丞；天宝中期，任司勋员外郎。他擅长写诗，才华横溢，但宦路坎坷，一生不得志，只得遍游江南塞北。其诗歌内容、风格多样，写男女之情则几近轻薄，状戎旅之苦则风骨凛然。其出名较早，诗歌流传甚远，其中不乏名篇。

这首诗诸家评注不一：有的认为写的是男女相悦之情；也有人认为是"自媒"之意；还有人认为是乡情迫切的表现。其实，何必要穷追到底呢？"文章本天成，妙手偶得之"，古来好诗都是天成好景，妙手记叙，并不是故意硬作出来的。大凡好诗，首先是很自然的，无雕琢的痕迹，亦无哗众取宠之意。这首诗先是设问别人，后是自己回答，说出自己乡贯，但唯恐职业卑贱，又恐被同乡所笑，故必停船问个明白才放心，少女羞涩情态，曲曲可见。这种"白描"的修辞手法，乃是《乐府》曲辞之方式。婉约之词"或恐"，对故乡感情何等真挚，儿女间喁喁的口气，情思热切，细腻逼真。清末俞陛云评曰："既问君家，更言妾处，何情文周至乃尔。是否同乡，于卿底事？乃停舟相问，情网遂凭虚而下矣。"（《诗境浅说·续编》）

本诗语言朴素自然，没有任何渲染映衬，也没有多余的背景烘托，而用质朴的口语，将诗中的人物——一个天真娇憨的女子形象生动地勾勒出来。诗意自然而亲切，与民歌风格相似，颇富生活情味。正如王夫之的《姜斋诗话》评论："墨气所射，四表无穷，无字处皆其意也。"

罢相作

李适之

避贤①初罢相，乐圣且衔杯。
为问门前客②，今朝几个来。

注释

①避贤：让贤。逊位于贤才之人。在这里诗人用的是修辞手法中的"反语"。②门前客：指过去任丞相时登门拜访的宾客。据《唐诗纪事》卷二，诗人任左丞相时，每罢朝归来，就邀亲朋好友饮酒吟诗作赋，当时门前车如流水，宾客不息。

译文

因让给贤才刚刚被罢去宰相，生性好酒如今可举杯痛饮开怀。为此问门前食客，今天有几个陪我一起来？

李适之（694—797），唐朝陇西成纪人。他是李承乾之孙。天宝六载，贬死袁州。相传他酒量极大，与贺知章、李琎、崔宗之、苏晋、李白、张旭、焦遂共尊为"饮中八仙"。据说他喝酒喝一斗都不会醉，但是他从没有因为喝酒耽误过公事。

他因与李林甫"争权不协"，后知自己处境危险，便请求免去宰相之职。当得到皇帝批准后，他感到很高兴，于是写了这首诗，表达了自己避位让贤后轻松、欢愉的心情。饮酒自乐，看似旷达，其实还隐含着诗人言不由衷的感慨，其中深意令人回味。

逢侠者

钱起

燕赵①悲歌士②，相逢剧孟③家。
寸心④言不尽，前路日将斜。

注释

①燕赵：均为战国时国名。②悲歌士：慷慨悲歌的豪侠之士。③剧孟：西汉时洛阳人，著名的游侠。④寸心：即心，因心位于胸中方寸之地，故称寸心。

译文

燕赵自古多慷慨悲歌之士，与侠士相逢在剧孟的家乡。这区区之心言不尽说不完，夕阳已西斜又将分手告别。

赏析

封建社会有许多路见不平拔刀相助的豪侠之士，这首诗就是

作者遇到豪侠之士后的赠别诗。开头两句，作者以高昂的笔调叙说两人相逢于洛阳，后两句描述了两人见面后说不完的天下不平事，可太阳快要落山，无奈只好拱手言别。表达了两人一见如故的情谊，也透露出作者对封建社会不平之事的无奈。

江行望匡庐

钱起

咫尺^①愁风雨，匡庐不可登。

只疑云雾窟，犹有六朝^②僧。

注释

①咫尺：很短或很近。这里比喻距离极近。咫，古代八寸曰咫。②六朝：三国的东吴以及东晋、南朝的宋、齐、梁、陈都建都于建康（今江苏南京市），史称六朝。当时佛教盛行，名山胜水多有寺庙。

译文

庐山已近在咫尺，只是愁于风雨的阻隔，让人可望而不可登。我真怀疑那云雾缭绕的山洞里，还有六朝时候的高僧居住着。

钱起，字瑞文，汉族，吴兴（今浙江湖州）人。早年数次考试不中，天宝七年中进士，官至中书舍人，代表作有《江行无题一百首》。他的诗词多为临别赠送的感慨，或是粉饰太平的赞歌，与现实生活距离较远。诗以五言为主，并自称"五言长城"。他与郎士元齐名，后人并称"钱郎"。又曾任职考功郎中，所以后人也叫他"钱考功"，与韩翃、李端、卢纶等人并称为大历十才子。

此诗写诗人在雨中望着蒙蒙的庐山，可望而不可登，不禁浮想联翩：那时隐时现、云雾缭绕的石洞中，或许还有六朝时的高僧在里面修禅吧！

诗人从虚处下笔，以虚幻的想象，表现了内心中的高远情致和缥缈的神思。在写法上，诗人以淡淡的中国水墨画式的方法渲染了烟雾迷蒙的庐山云水，亦真亦幻，使整座山显得扑朔迷离，平添了庐山的神奇色彩，使该诗显得神完气足，颇富神韵。

答李浣

韦应物

林中观易①罢，溪上②对鸥闲。

楚俗饶词客③，何人最往还④。

注释

①易：即《周易》，或称《易经》。原为古代占卜之书，后成为儒家经典之一。②溪上：言泛舟小溪，与水中的鸥鸟相伴。③饶词客：意谓墨客骚人很多。饶，多。④往还：来往。

译文

我在树林中读完《周易》，悠闲地漫步江边观看水中的鸥鹭。楚地有许多工于文辞的诗人，你同什么人交往最密切？

赏析

韦应物（约737—约792），贵胄出身，京兆长安（今陕西西安）

人。十五岁起任三卫郎，为唐明皇效力。安史之乱发生后，玄宗逃往蜀地，韦应物流落失职，始入太学，折节读书。代宗朝始入仕途，任洛阳丞，后迁京兆府功曹。建中二年（781），拜比部员外郎，四年（783）出为滁州刺史。贞元元年（785），调江州。贞元四年（788）入朝为左司郎中，次年出为苏州刺史。贞元七年（791）罢官后，闲居苏州诸佛寺，直到终年。他的诗多写山水田园，清丽闲淡，平和之中时露幽愤之情。

　　此诗为赠答诗，前两句回答了李浣询问的问题，交代自己的近况，一派悠闲之态。后两句则以关切的口吻询问李浣和楚地哪些诗人来往较多，充分反映出诗人高雅的情趣。全诗一答一问，妙趣自在其中，构思独特。

秋风引 ①

刘禹锡

何处秋风至，萧萧②送雁群。

朝来入庭树③，孤客④最先闻。

注释

①秋风引：秋风曲。②萧萧：秋风的声音。③庭树：庭院中的树木。④孤客：独自在外客居的人，此是作者自指。

译文

秋风从何处来到？萧萧声里送走南飞的雁群。清晨吹落庭院里的树叶，最先听到的是我这独居异乡的诗人。

赏析

刘禹锡（772—842），字梦得，彭城（今江苏徐州）人。贞元九年（793），擢进士第，登博学宏词科，授太子校书，后来

进入淮南节度使幕府做书记，调补渭南主簿，升任监察御史。王叔文改革时，任屯田员外郎。王叔文变法失败后，被贬为连州刺史，后又贬为朗州司马。十年后被召回长安，却因为诗作忤逆当权者，再次被贬为连州刺史。在穆宗朝为夔州、和州刺史。文宗时官任客郎中，分司东都、集贤学士、礼部郎中，出任苏州、汝州、同州刺史，提升为太子宾客分司东都。

这首诗借悄然而到的秋风引出了羁旅之游子对时序、物候等特殊的敏感。全诗以设问"何处"二字领起，又以突出"先闻"二字作结，充分地表现了主题思想的精神。"万里悲秋常作客"、"客心惊落木，夜坐听秋风"之句亦然，何况诗人忠而被谤，信而见疑，道不得行，才不见用，远谪边荒，长年游宦在外，最能感物吟志。

以"先闻"二字承"何处"，又以"孤客"承"雁群"，写出悲秋羁旅，惊讶秋来之早，识秋风之早至却是孤客，暗示唐王朝政治上的秋风将要来临，诗人因秋风驰骋诗思，种种情绪尽在不言之中。清末俞陛云评论曰："四序迭更，一岁之常例。惟乍逢秋至，其客则天高日晶，其气则山川寂寥，别有一种感人意味。况天涯孤客，入耳先惊，能无惆怅？"（《诗境浅说·续编》）

这首诗的艺术特色，在于语言浅白而情意含蓄，自然平易地抒发了羁旅游子对初秋之独特心怀。

秋夜寄邱员外

韦应物

怀君①属②秋夜，散步咏凉天③。

山空松子落，幽人④应未眠。

千古名诗千家诗

注释

①怀君：怀念你。②属：正当，在。③凉天：秋天。④幽人：隐士，指邱丹。

译文

怀念你时正值秋夜，我边散步边吟咏秋凉的天气。那空寂的山中松子大概已落了，此时你应该还没有入睡吧！

赏析

这是一首秋夜怀人诗，诗中头两句描述诗人在秋夜散步，吟诗怀念老友，后两句更进一步，想象友人在那幽静空旷的深山学道，如此夜深都还没有睡吧？诗人先写自己的情况为后面的猜测进行铺垫，然后将两地连成一片，以自己的设想巧妙地表露对友人的思念之情，使该诗富有立体感。

宫中题

李昂

> 辇路^①生秋草^②，上林^③花满枝。
>
> 凭高^④何限意^⑤，无复^⑥侍臣^⑦知。

注释

①辇路：宫中专供皇帝车驾行走的道路。②生秋草：意谓辇路已荒芜。③上林：汉代宫苑名。这里借指唐禁宫花园。④凭高：居高，登上高处。⑤何限意：无限的心思。⑥无复：无法再让。⑦侍臣：近侍之臣。

译文

宫中辇道旁秋草丛生，上林苑的鲜花压满枝头。登高生出的无限悲苦和感慨之意，恐怕连我的侍臣也不知道。

李昂（809—840），即唐文宗，曾被封为江王。其父是穆宗李恒。他有二子四女，享年33岁（也有人说是32岁），平时最好读书。唐中期之后，宦官专权，宦官杀害敬宗李湛后，又拥立李昂。李昂虽由宦官拥立，但深知宦官专权之害，遂起用李训、郑注等人，设计想除宦官，结果事泄，反受宦官挟持，后被软禁至死，史称"甘露之变"，从此，朝政大权进一步落入宦官之手。

该诗就是在此情况下所作，所以他不禁慨叹：这高高在上的皇位，其中滋味连我的侍臣都不知道，还有谁能知晓呢?

汾上①惊秋

苏颋

北风吹白云，万里渡河汾。

心绪逢摇落②，秋声不可闻。

注释

①汾上：汾水上。汾水发源于山西，沿西南方向流入黄河。②摇落：凋零，衰落。

译文

北风吹着天上的白云，渡过汾河前程万里遥远。心绪不好又逢草木凋落，悲愁的萧瑟的秋声，不愿听闻。

赏析

苏颋（670—727），唐玄宗时官至宰相。承袭他父亲的官职担任许国公，并与燕国公张说并称"燕许大手笔"。他去世后，

韩休整理了他的诗稿，后在宋朝遗失。

这首诗即景咏怀，主题思想全在一"惊"字。汾河去东都未甚远，而言万里者，将有万里之行也。客方有万里之行，何堪北风早至，万物凄凉，木叶飘摇，秋声悲壮，则前途遥遥。前两句点化汉武帝之《秋风辞》，令人联想许多历史往事，作者又遭贬谪外放，将远赴万里朔方，入寒凉之地，个人失意，长途跋涉，悲欢交集。孑然一身，飘然旷野，性情宛然。虚实相间，似明而晦，语雄健而意苍凉，百感交集而"惊秋"。清末俞陛云评曰："一年容易，又听秋风，便有一种萧寥之感。生宋玉之悲，作欧阳之赋，良有以也。刘禹锡《秋风引》云：'秋风入庭树，孤客最先闻。'盖客里秋声，尤易怅触，故此诗言心绪摇落，秋声更不可闻也。起二句，笔殊挺健。"（《诗境浅说·续编》）这是唐诗中言简意深之章。

寻隐者不遇

贾岛

松下问童子①，言师采药去。
只在此山中，云深不知处②。

注释

①童子：指隐者的童仆。②不知处：这里指不知到哪里去了。处，行迹。

译文

松树下询问童子，童子说师傅采药去了。就在这山中，只是云深雾浓不知他究竟在哪里。

赏析

贾岛（779—843），字阆仙，范阳（今北京附近）人。早年出家为僧，法名无本。元和五年（810）冬，到长安，见张籍。

第二年春天，至洛阳，开始投诗干谒韩愈，得到韩愈赏识。后还俗，然而屡试不第，被讥为科场"十恶"。文宗开成二年被排挤，贬为遂州长江主簿。后迁普州司仓参军，死于任所。其为诗多描摹风物，抒写闲情，诗境平淡，而造语费力，为苦吟派诗人的代表，和孟郊并称"郊寒岛瘦"。

此诗采用问答形式叙写诗人寻访隐者却没有遇见之事，诗意迂回曲折，跌宕起伏。首句问松下童子，可见已是寻而不遇，回答说师父去采药，诗人不禁有些失望；而童子又一句"只在此山中"，使得诗人心中又顿生希望；然而下一句"云深不知处"又使诗人迷茫困惑：云雾缭绕，隐者具体在哪里，谁也不知道。这一问一答，起起伏伏，曲折地展现了诗人的内心波澜。结句使诗句意味无穷，同时也给隐者平添了很多神秘色彩。

静夜思

李白

床^①前明月光，疑^②是地上霜。
举头^③望明月，低头思^④故乡。

注释

①床：卧床，以前的意思又作"井栏"，《韵令》称"床"谓"井干，井上木栏也"。俗语云"背井离乡"，"井"和"乡"是关合的。②疑：怀疑，疑惑。③举头：抬头。④思：思念、怀念。

译文

床前明亮的月光，以为是地上铺上了白霜。抬头望着天上的明月，低头想起遥远的故乡。

品读经典

　　这是一首脍炙人口的思乡之作，千百年来久为传诵。全诗短小精练，浅显易懂，却刻画出一幅真实而动人的图景，意境优美，令人回味无穷。夜深人静之时，月光皎洁，清辉倾泻在地，如白霜一层，然而每到月圆时分人却不圆，客居在外的诗人情不自禁思念遥远的故乡，情感真挚自然。此诗从时间、环境、人物动作的描绘中，写尽了千万游子对家乡质朴纯真的思念，含不尽之情却在言外，意蕴极其绵长，是五绝中的极品。语言明白如话，流利自然。

秋浦①歌

李白

白发三千丈，缘②愁似个③长。

不知明镜里，何处得秋霜④。

注释

①秋浦：唐时属池州郡。古址在今安徽省贵池县西。②缘：因为。③个：这样。④秋霜：形容头发白如秋霜。

译文

头上白发有三千丈长，全因为愁绪满怀而来。照着镜子简直不知道，头发怎么会变得白如秋霜。

赏析

诗人以浪漫主义的手法，夸张地描绘出自己看到白发、叹息光阴流逝的郁闷心情。诗人一生颠沛流离，走遍名山大川，一

身才华无处施展，所以"郁于中而泄于外"，发而为诗，从而达到极高的艺术境界。王琦评此诗道："起句怪甚，得下文一解，字字皆成妙义，寻非老手不能，寻章摘句之士，安可以语此！"《唐宋诗醇》说此诗："突然而起，四句三折，格力极健，是倒装法也。"

赠乔侍御

陈子昂

汉庭①荣②巧宦③，云阁④薄边功。

可怜骢马使，白首为谁雄。

①汉庭：汉朝廷，这里暗指唐朝廷。②荣：得到荣耀。③巧宦：佞吏。指那些阿谀奉承，靠不正当的手段攀结、贿赂权要以求荣升的贪官污吏。④云阁：即云台，是汉代悬挂功臣名将图像的地方。

译文

汉朝廷给投机钻营获取官位者无比的荣耀，云台却轻视在边疆建立功勋的人。可怜那个骑骢马的御史，徒有雄才却不被任用，以致头发都白了。

陈子昂（约661—702），字伯玉，梓州射洪（今属四川）人。家世显赫，年少时便以行侠仗义闻名，为人豁达大度，乐善好施。后刻苦攻读，学识极高，二十四岁举进士，官擢麟台正字，后升右拾遗，敢于直言进谏。当时的武周王朝实行酷吏制度，朝廷内外人心惶惶，他多次上书劝谏，但始终没有效果，还因此遭到贬黜甚至入狱。曾两次随军征讨契丹，任军事参谋。因政治主张不能实现，仕途坎坷，圣历元年（698）以照顾老父为由辞官归隐。居丧期间，被权臣武三思陷害，含冤入狱，死于狱中。

此诗中虽写"汉廷"重用投机钻营的庸才，轻视边疆立功的忠臣的黑暗和腐败，实指唐代朝廷。诗人借此揭露唐王朝的用人不当和赏罚不明之弊，以致他的好友乔侍郎怀才不遇。其实作者不仅在此为乔侍郎鸣不平，也是为自己在政治上波折发泄内心的愤懑。全诗用典贴切，借史讽今感情真挚自然。

答武陵太守

王昌龄

仗剑^①行千里，微躯^②敢一言^③。

曾为大梁^④客，不负信陵恩。

注释

①仗剑：持剑、凭剑。②微躯：微贱的身体，诗人自谦之词。③敢一言：斗胆进一言。④大梁：战国时魏国都城（今河南开封）。

译文

我佩带宝剑要远行千里，临别时我冒昧地进一言。在您这里我曾像是大梁的门客，决不辜负您像信陵君那样对待我的厚恩。

赏析

王昌龄（698—756）字少伯，山西太原人，汉族。盛唐时期

著名的边塞诗人，被后人赞誉为"七绝圣手"。早年家境贫寒，从事农耕，将近不惑之年时才得中进士，开始官途。

在安史之乱时，被刺史闾丘晓杀害。其诗以七绝见长，现存诗一百七十余首，作品有《王昌龄集》。

诗人离开武陵将返金陵，武陵太守设筵相送，诗人作此诗作为答谢。诗中首句起笔很有气势，使全诗笼罩了一层豪壮之气。第三、四句作者以信陵君的食客自比，表明自己对武陵太守的感谢和崇敬，并许诺自己定会知恩图报的心迹。全诗措辞委婉谦逊，情真意切，用典恰当。

易水送别

骆宾王

此地别燕丹，壮士发冲冠①。

昔时人已没②，今日水犹寒。

注释

①发冲冠：愤怒得头发直竖，将帽子顶起来。借用"怒发冲冠"典故。②没：消失、湮没。

译文

当年侠士荆轲在此地告别了燕国太子丹，去行刺秦王，其怒气可使头发冲冠。昔日的侠士已经不在了，而今天的易水依然那样寒冷。

赏析

骆宾王（640—684），字观光，汉族，婺州义乌（今浙江义乌）

人，历任长安主簿，后贬至临海县丞。与王勃、杨炯、卢照邻并称"初唐四杰"。又与富嘉谟并称"富骆"。七岁即能赋诗，作成至今都流传的《咏鹅》。其诗格律严谨，风清神俊。

这首是诗人与朋友在易水边分别时所作。诗中讲述了燕太子丹送荆轲刺秦王的历史故事，对荆轲的壮志未酬感叹不已。到第四句，诗人一下将时限移到"今日"，将古今在易水边发生的事巧妙联系起来，写得回肠荡气，将荆轲的慷慨形象描绘得淋漓尽致。

别卢秦卿

司空曙

知有前期①在，难分②此夜中。

无将③故人酒④，不及⑤石尤风⑥。

注释

①前期：前约。这句的意思是，虽然我知道今后还要见面。②难分：难以分离。③无将：莫以为。④故人酒：朋友的酒。⑤不及：不如，比不上。⑥石尤风：指能阻止船舶航行的打头逆风。

译文

虽是明知有约定再见面的日子，但今夜里还是难舍难分，不忍别离。这一杯老朋友的饯行酒，都抵不上那阻挡船行的逆风。

　　司空曙（约720—790），字文明，一作文初，广平（今河北永年东南）人，"大历十才子"之一。其诗多为写景和乡情旅思之作，风格朴素自然，感情真挚细腻，擅长五律。

　　此诗一题《留卢秦卿》，写诗人送朋友卢秦卿时依依惜别、难舍难分的情景。虽然二人已有前约，但分别之夜依然难舍，可见二人的友情非常深厚。在临行之际，诗人向朋友频频敬酒，明知不可留却还执意挽留，并引用了"石尤风"的传说来传达挽留之意。全诗言辞巧妙，充满情趣，值得玩味。

答人①

太上隐者

偶来松树下，高枕石头眠。

山中无历日②，寒尽不知年③。

注释

①答人：这首诗是太上隐者回答别人的问话之作。②历日：即日历。③不知年：不知道何年何月。

译文

偶尔来到松树下面，用石头垫头高枕而眠。山中没有纪年的日历，寒气已尽，不知又是哪一年。

赏析

太上隐者，生平事迹不详，唐朝时期的隐士，在终南山隐居，自称为太上隐者。

这首诗是写隐者恬淡疏放生活的自况。诗的前两句写空间，后两句写时间。照传统的说法，这样的风格叫做"飘逸"。"飘逸"比"疏野"、"平淡"更进一步。"疏野"尚有痕迹，"飘逸"则如孤云野鹤，来既无心，去非有意，所以"来松树下"是偶然的，我自己也不知为什么来。"高枕石头眠"也是偶然的，想眠就眠，所以万事不关心。这是乱世思治而不得的幻想，或者说是"无为自化，清静自正"的道家思想，但这种"乌托邦"的具体环境是不存在的。

清末俞陛云在《诗境浅说·续编》中评论："岁月者，以之记万端人事也。太上隐者，不知何许人？削迹荒崖，自甘沦灭，修短听诸造物，富贵等于浮云，家室视同逆旅。将却掷世界于陶轮而外，则岁月往来，与我何预，不知有汉，无论晋魏。偶在松阴深处，枕石高眠，若枯木残僧，悠然入定，无日亦无时，去来今不计也。刘后村诗，村叟无台历，梅开认小春。可称高致。今观隐者之诗，觉着意梅开，尚有迹象也。"

五律

和晋陵①陆丞早春游望

杜审言

独有宦游②人，偏③惊物候④新。

云霞出海曙⑤，梅柳渡江春。

淑气⑥催黄鸟⑦，晴光⑧转绿苹。

忽闻歌古调，归思欲沾巾。

注释

①晋陵：指唐庐陵郡所属之晋陵县，故址即今江苏常州市。②宦游：在外做官。因为居处不固定，故曰游。③偏：特别、最。④物候：指自然界随季节的推移而发生的周期变化。⑤海曙：海，指长江。曙，早晨的阳光，即曙光。⑥淑气：温煦的气候。⑦黄鸟：黄莺。⑧晴光：即春光。

译文

只有远在异乡做官的人，才对季节气候的变化最为敏感。

看曙色初现绚丽的云飘舞海面，梅花绽放枝头，杨柳吐露嫩芽，一片春意盎然。清新的空气催黄莺婉转鸣叫，和煦的阳光映照浮萍草漾翠摇碧。忽然听到你吟诵古朴的诗章，思归故里的泪水沾满了衣襟。

赏析

杜审言（约645—708），字必简，汉族，唐朝襄阳人。诗人杜甫的祖父。唐高宗年间中进士，是唐代"近体诗"的奠基人之一。其诗朴素自然，擅五言律诗。他曾与李峤、崔融、苏味道并称为"文章四友"。

这首诗是作者对晋陵陆丞《早春游望》诗所作的一首和诗，抒发了作者长期宦游在外的独特感受。首联点明了作者宦游人的身份，并指出对物候的独特心情。后两联由此展开描写，写出了江南早春景象。尾联抒发诗人思归的情怀，与首句"宦游人"相呼应。全诗对仗工整，结构严谨，情感真挚。

蓬莱三殿①侍宴奉敕②咏终南山

杜审言

北斗挂城边，南山③倚殿前。

云标金阙回，树杪玉堂悬。

半岭通佳气，中峰绕瑞烟。

小臣持献寿，长此戴尧天。

注释

①蓬莱三殿：唐代大明宫内有紫宸、蓬莱、含元三殿，统称为"蓬莱三殿"。②奉敕：奉皇帝之命。③南山：终南山的简称。

译文

北斗星高挂在城墙上边，终南山偎依在蓬莱殿前。巍峨的宫阙在云霄之上，远望禁中宫室悬挂树梢。半山腰有雾霭祥云袅袅，峰顶轻烟呈现祥瑞气氛。小臣赋此诗篇以祝君寿，愿永远生活在尧舜时代。

赏析

这是一首应制诗，是皇上命诗人所作的。诗开头以北斗和终南山来映衬皇宫的雄伟高大，接下来写终南山上高入云端的建筑与京城兴旺之气相通的半山腰，进一步歌颂了京城的祥瑞景象。诗结尾称皇上寿比南山，天下太平。此诗用词华贵典雅，结构平整，构思巧妙，虽是歌功颂德的应景之作，却写得形象自然，颇具功力。

春夜别友人

陈子昂

银烛①吐清烟，金尊②对绮筵③。

离堂思琴瑟④，别路⑤绕山川。

明月悬高树，长河没晓天。

悠悠洛阳去，此会在何年。

注释

①银烛：白色的蜡烛。②金尊：精美的酒杯。③绮筵：华丽丰盛的宴席。④琴瑟：两种乐器名，均系弦乐乐器。《诗经·小雅》："我有嘉宾，鼓瑟鼓琴。"后人引申以琴瑟比喻朋友。⑤别路：离别的征程。

译文

银色的蜡烛吐着缕缕青烟，手持酒杯面对丰盛的筵席，彼此无语。在饯别的堂室里追忆往日聚会的欢乐，离别的道路在山川间曲折环绕。明月已隐藏到大树后面，银河消失在拂晓的天空中。在悠长的洛阳道上分手，不知道再次相会该是何年。

赏析

这是一首送别诗，原有两首，这里只选其一。诗开头就描写大家将要分别的场面：在离别的筵席上，大家默默相坐，只有蜡烛自吐着青烟。随着时间推移，"悠悠"二字表达出了分别时无可奈何的情绪和内心隐隐的哀愁。此诗沉静中不乏深挚，从容而又不乏体度，从环境氛围和时空各方面层层传递时，抒发了别时容易见时难的难分难舍之情。

送友人

李白

青山横北郭①，白水②绕东城。

此地一③为别，孤蓬④万里征。

浮云游子意，落日故人情。

挥手自兹去，萧萧斑马鸣。

注释

①北郭：外城。古来以城外为郭，郭外为郊，郊外为野。北郭即北面的外城。②白水：清澈的水流。③一：加强语气的助词。④孤蓬：古诗多以之喻孤身远行的旅人。蓬，蓬草，又叫飞蓬，枯后断根，遇风飞旋。鲍照《芜城赋》："孤蓬自振，惊沙坐飞。"

译文

青山横亘在北城之外，明澈的流水环绕着东城。从这里分

别后，你将独自踏上万里的征程。白云飘浮如同你漫游的思绪，太阳缓缓而落像我依依不舍的感情。彼此挥手从此离别而去，只听即将离别的马也发出萧萧悲鸣。

赏析

这是一首送别诗，语言流畅自然，言简意深。诗开头用仗工整的对偶句，形象地描述了分别时的场景，然后用孤蓬比喻游子漂泊四方，当两人分别挥手而去时，就连马儿也不忍分别，昂首鸣叫。诗人以各种景物烘托出与友人分别时的难舍心情，全诗用典自然，有极强的艺术魅力。

送友人入蜀①

李白

见说②蚕丛③路，崎岖④不易行。

山从人面起，云傍马头生。

芳树笼⑤秦栈，春流绕蜀城。

升沉应已定，不必问君平。

注释

①入蜀：到蜀地去。蜀，今四川。②见说：听说。③蚕丛：古蜀国国王名，帝喾之后，最早封于蜀的蜀王。这里用来指蜀地。④崎岖：道路高低不平。⑤笼：笼罩。

译文

听说蜀地多是羊肠小道，崎岖险峻难以行走。山陡得劈面直竖起，白云飘浮撩过马的头。绿树笼罩着秦时栈道，春水环绕着蜀地古都。人生命运浮沉早已注定，不必找那算命先生问前途。

这首送别诗以"入蜀"展开，首联概说蜀道崎岖，颔联采用夸张的手法叙写蜀道山壁之陡峭以及道路之高危，被前人评为"能状奇险之景，而无艰深刻画之态"，极为准确。颈联用"笼"、"绕"二字，动态地描绘了蜀地秀丽的景致。尾联则用含蓄的口吻奉劝友人，无须为仕途宦海沉浮而伤感，是安慰朋友同时也是安慰自己。诗中起笔突兀，抒写开阔又富有变化，笔法飘逸，结尾含蓄有味。

次①北固山②下

王湾

客路青山外，行舟绿水前。

潮平两岸阔③，风正④一帆悬⑤。

海日生残夜，江春入旧年。

乡书⑥何处达⑦，归雁洛阳边。

注释

①次：住宿。②北固山：在今江苏省镇江市北，三面临江。③"潮平"句：江水涨满，使人感到江面宽阔。④正：顺。⑤悬：挂起。⑥乡书：家书，即家信。⑦何处达：由谁去投递。

译文

驿路从青山中绕出伸向远方，飞快的舟行向碧绿的江波。春潮涌涨，两岸变得平坦宽阔，顺着春风一面孤帆高高张悬。

海面朝阳从残夜中冉冉升起，江上早春驱走了残冬的微寒。想写封家信可是由谁去传达？啊，大雁请把它捎到洛阳城边。

赏析

王湾（693—751），字号不详，唐朝洛阳人。玄宗先天元年进士，曾入秘阁校书，官终洛阳尉，颇有诗名，其诗格调高远，可惜流传极少，现今只留下 10 首，最有名的就是这首《次北固山下》。

此诗是作者途经江苏北固山时所作，诗开头就描绘了一幅青山绿水、视野开阔的美丽图画。第二联既写出了长江的阔大，又写出了诗人的胸襟，是千古名句。夜尽天晓、江南春早，一切在诗人眼里都是那么美妙，虽然结尾寄寓游子之情，却并无伤感之慨。全诗气象高远，意境深邃，是盛唐时期的代表作。

题玄武禅师①屋壁

杜甫

何年顾虎头②，满壁画沧州③。

赤日石林气，青天江海流。

锡飞常近鹤，杯渡不惊鸥。

似得庐山路，真随惠远游。

注释

①玄武禅师：玄武庙里一个和尚的法号。玄武，县名，属梓州，治所在今四川中江县，县东有玄武山。②顾虎头：指东晋著名画家顾恺之，小名虎头。③沧州：滨水的地方。这里指画中的山水。

译文

大画家顾恺之何时来过？满壁全是金光彩照的沧州图。石林云雾蒸腾被红日照耀，青天白日连接着江海碧流。和尚的锡

杖超过道人的白鹤，高僧乘木杯过海不惊动海鸥。这图景就像置身于秀丽的庐山，真愿随惠远和尚四海云游。

赏析

这首即兴之作，主要称颂玄武禅师的法力品德，把玄武禅师比做鼎鼎大名的高僧惠远。在表现方法上最突出的是引用一些典故做比喻。但是在"锡飞常近鹤"句中便颂扬佛教胜于道教，这是值得商榷的。另，《钱注杜诗》与《全唐诗》均将"沧州"作"瀛洲"。

终南山

王维

太乙^①近天都^②，连山到海隅^③。

白云回望合，青霭入看无。

分野中峰变，阴晴众壑殊。

欲投人处宿，隔水问樵夫。

 注释

①太乙：终南山的主峰，也是终南山的别名。在长安之
南，即秦岭。古诗中经常提到。②天都：天帝所居之处。一说
指京都，即长安。③海隅：海边，海角。

 译文

终南山紧靠着京城长安，它连绵蜿蜒直到海边。回首遥望舒
卷的白云已拢合，青色的雾霭近看又全无踪影。天星将终南山的

中峰分为几个区域，众峰谷或阴或晴各不相同。想投宿到山中人家，于是隔着清清流水询问打柴的樵夫。

赏析

这是一首写景的名诗。终南山的主峰紧靠长安，又绵亘不断伸展到海边，白云四面围绕，走近一看却什么也看不到。广袤的终南山区域辽阔，众山谷有晴有阴，呈现出不同的景象。诗人以浓重的笔墨，描绘了朝晖夕阳气象万千的终南诸峰，使人感觉到终南山迷人的风景历历在目。《唐诗别裁》中沈德潜评曰："或谓末二句与通体不配。今玩其语意，见山远而人寡也，非寻常写景可比。"

寄左省杜拾遗

岑参

联步①趋②丹陛③，分曹④限⑤紫薇。

晓随天仗⑥入，暮惹⑦御香归。

白发悲花落，青云羡鸟飞。

圣朝无阙事，自觉谏书稀。

注释

①联步：同步、并行。左右并排上朝。②趋：碎步快行，很恭谨的样子。③丹陛：宫殿中的红色台阶。④分曹：指各立左右。曹，官署。⑤限：分隔、界限。⑥天仗：天子朝会时的仪仗。⑦暮惹：黄昏沾染着。惹，沾染。

译文

你我并行走在宫殿的红色的台阶上，分班排列，我站中书省一旁。清晨入朝随着天子的仪仗，傍晚归家染着御炉的馨

香。白发暮年悲叹花儿凋落，鸟儿高飞直上青云令人羡慕。君主圣明没有缺点和过失，自然就会减少讽劝的谏书。

赏析

岑参曾与杜甫同朝为官，两位诗友时常唱诗应和，这首即为岑参给杜甫的赠诗。诗中抒写二位诗友同随天仗入朝，同带御香而归的亲密友谊，同时抒发自己年岁已高却无所作为，徒有高职却任由岁月蹉跎的悲愤之情。结尾对肃宗自诩"圣明"而使朝中谏书稀少的局面的担忧，微含着对皇帝文过饰非的不满情绪。

千古名诗千家诗

杜少府之任①蜀州②

王勃

城阙③辅三秦，风烟④望五津。

与君离别意⑤，同是宦游人。

海内⑥存知己，天涯若比邻。

无为在歧路，儿女共沾巾。

注释

①之任：即赴任。②蜀州：即今四川省崇州市，并非成都市。③城阙：城郭，宫阙。阙，皇宫门前望楼，这里指长安。④风烟：风光烟景。⑤离别意：离别的意绪。⑥海内：四海之内，犹言天下。

译文

　　三秦大地拱卫着长安城，风烟弥漫着远望的五津。与你道别时情意缠绵难舍难分，咱们是宦海浮沉的友人。四海之内存

在着知己朋友，远隔天涯也如近邻。没有必要在这岔口道别时，像多情的儿女一样眼泪洒湿衣巾。

赏析

王勃（649—676），字子安，祖籍绛州龙门（今山西河津），初唐四杰之一。少年英才，十四岁便中举。咸亨三年（672）任虢州参军，因擅杀官奴触犯刑律，其罪当斩，从轻发落被革职。其父因此受到牵连，被贬黜至边疆，王勃渡海看望父亲时不幸溺水身亡。

此诗是王勃送朋友杜少府到蜀州上任分别时而作。首联紧扣题中"送"字，点明送别之地及朋友赴任之地，用"望"将两地连接起来，离别之意已有流露。颔联直抒胸臆，使离情更深一层。颈联叙写诗人洒脱开阔的胸襟和情怀，洗尽送别绵绵之态，成为千古传诵名句。尾联劝慰友人不要哭泣，伤感之中夹杂着超脱。全诗意境开朗，风格爽峻洒脱，是送别诗中经典之作。

扈从^①登封途中作

宋之问

帐殿^②郁^③崔嵬^④，仙游^⑤实壮哉。

晓云连幕卷，夜火杂星回。

谷暗千旗出，山鸣万乘来。

扈从良可赋，终乏掞天才。

注释

①扈从：随从皇帝出行。②帐殿：皇帝在旅途临时住地用的围绕锦帐，如宫殿一样。③郁：华丽的样子。④崔嵬：本指山的高峻，这里用来形容帐殿高大，侍卫森严。⑤仙游：对皇帝出游的谀词。

译文

锦帐围成的宫殿坐落在葱郁、高峻的嵩山上，出游的气势实在是盛大壮观。清晨的云彩和帐幔连成一片，晚上的灯光和

星光交杂回旋。山谷有千杆旌旗拥出而显得幽暗，山峰轰鸣迎接皇帝车驾的到来。随皇帝出游真值得献诗赋词，可惜我缺乏颂扬皇上的文才。

赏析

宋之问（656—712），字延清，一字少连，汾州（今山西汾阳县）人，唐上元二年进士，与沈佺期齐名，并称"沈宋"。他多才多艺，并且"富文辞，且工书，有力绝人"，人们称他为"三绝"。宋之问有诗名，但人格卑下，喜好趋炎附势。

这首诗写于天册万岁二年，是描述武则天登封嵩山时的情景。二、三联笔法生动，气象开阔，颇能展现出当时风貌。结尾自谦缺乏捄天之才，结构完整，诗意浓浓。

题义公禅房①

孟浩然

义公习禅寂②，结宇③依空林④。

户外一峰秀，阶前众壑深。

夕阳连雨足⑤，空翠落庭阴。

看取莲花净，方知不染心。

注释

①禅房：僧房。②习禅寂：习惯于佛寺清寂的环境。③结宇：结构建筑，即建造。④空林：空旷的山林。⑤连雨足：跟踪雨的足迹，形容雨后的夕阳。

译文

义公绝虑灭思地学习佛经，建成的庙宇紧靠着僻静的树林。庙门外一座秀丽的山峰傲然挺立，台阶前众多的山谷深不见底。天降大雨之后又露出夕阳，树木明净的绿色映落在幽暗

的庭院。看到庭院池水中的莲花那般洁净，才知道义公像莲花般一尘不染。

赏析

此诗又题作《题大禹寺义公禅房》，抒写了义公超世脱俗、心洁如莲的品质。本诗通过描写义公禅房的位置、环境体现义公高洁品质。禅房依空林而建，环境寂静，远离尘世，环境的清幽折射出义公内心的明净。第三联写天气变化时的不同景观。结尾点明义公心净如莲花一尘不染，饱含着诗人的赞颂之情。诗中语句清新明丽，抒情自然洒脱。

旅夜书怀

杜甫

细草微风岸，危樯①独夜舟。

星垂②平野阔，月涌③大江流。

名岂文章著④，官因老病休。

飘飘何所似，天地一沙鸥。

注释

①危樯：高高的桅杆。②垂：悬挂。③涌：升起，腾涌。
④著：著名。

译文

　　小草在微风中轻轻地摇晃，夜泊岸边的孤舟高耸着桅杆。辽阔的原野上闪烁着稀疏的星斗，明月的银辉照耀着奔流的大江。名声岂能靠文章才被人知晓，官位应该随年老多病而辞退。到处漂泊的我像什么？就像只沙鸥飞翔在天地间。

赏析

这首诗题是"书怀"，而"天地一沙鸥"，就是诗人感伤的心怀。诗中描写了星垂平野、月涌大江的雄浑豪迈气象，反衬出诗人孤独无依的凄楚和不平之鸣。"名岂文章著，官应老病休"，是修辞手法中的反语。那些有名的人哪里真的有文章？有著作？我老了、生病了，就应该马上被免职了吗？诗人胸中的悲愤本与江中的奔流正相感应，因而用了"岂"和"应"二字，委婉地流露真情。

这首诗第一句写"陆"，写日；第二句写"水"，写夜；第三句写"陆和夜"；第四句写"水和夜"，点明了旅途之夜。这四句完全写景，将白天和晚上、大陆和江上两方面的情况完全包括无遗，而且用"细"、"微"、"危"、"独"几个形容词生动活泼地描绘出当时的境界。第五句承第三句，第六句承第四句。"垂—涌—岂—应"可以说是叫得很"响亮"。前半部写景，后半部抒情，触景生情，情景交融。这就是作诗的法则——虚实相生。最后以眼前所见的"沙鸥"来比喻自己的境况，这就是所谓眼前景物反衬当时心情，倍觉亲切又最令人神往。全诗的颔联"星垂平野阔，月涌大江流"则为历代传诵的名句。

清末俞陛云在《诗境浅说·甲编》中评论："此与李白之夜泊牛渚，同一临江书感。一则写高旷之意，一则写身世之感，皆气象干云，所谓李杜文章，光焰万丈也。首叙江上旅夜。先言泊舟之地，次及泊舟之人，而廖寂之景，已可想见。三四言

江中远眺，句极雄挺，与李白之山随平野尽二句，大致相似，而状以'垂'二字，则意境全换。盖野阔则天幕四低，用一'垂'字，见繁星之直垂天尽处，用一'涌'字，则高浪驾空，挟月光而起伏，炼字精警无匹。以下皆书怀之句，言虽善文章，名不加显，况兼老病，官且应休，则声誉功名，两无所得，漂泊一身，直与江上沙鸥相等，宜怀抱难堪矣。沙鸥句兼有超旷之意，言身在天地间，如沙鸥飘然，一无系恋。吴梅村诗：放怀天地本浮鸥，即用此意也。"这首堪称借景抒怀的千古名作。

登岳阳楼①

杜甫

昔闻洞庭水②，今上岳阳楼。

吴楚③东南坼④，乾坤日月浮。

亲朋无一字，老病有孤舟。

戎马关山北，凭轩涕泗流。

注释

①岳阳楼：在岳州（今湖南岳阳）的西门楼，高三层，为开元年间张说任岳州刺史时建。下临洞庭湖，景物宽阔，为游览胜地。②洞庭水：即洞庭湖，在今湖南省东北部。③吴楚：春秋时代两个国家的名称。其地域约在今湖南、湖北、江西、安徽、浙江、江苏等长江中下游一带地方。④坼：分裂，分开。以此为分界之意。楚国大致在洞庭湖的南部，吴国在洞庭湖的东部。故云两地为湖水所分开。

过去早就听说过洞庭水色优美，今天才有幸登上岳阳楼俯瞰洞庭。只见吴楚两地从湖东南分割开来，天地日月皆在湖面上浮动。亲戚朋友没有一个字来安慰我，年老多病的我只有孤舟相伴。北方边陲战事不断，凭栏北望，我止不住涕泪横流。

赏析

唐代宗大历三年冬，杜甫从公安到岳阳，登楼远眺，触景生情，写下了这首千古名作。诗的开头很流利，也很通俗，接着以其深厚的笔墨功力，高度概括了洞庭湖上烟波浩渺的开阔景象。下半部抒发了自己辛苦奔波、报国无门的忧思。全诗结构严谨，感人至深。《唐子西语录》评此诗："过岳阳楼，观子美诗不过四十字耳。气象闳放，含蓄深远，殆与洞庭争雄，所谓富哉言者乎！"

题破山寺后禅院

常建

清晨入古寺，初日①照高林。
曲径②通幽处③，禅房花木深。
山光悦鸟性，潭影空人心。
万籁④此俱寂⑤，惟闻⑥钟磬⑦音。

注释

①初日：刚升起的太阳。②曲径：弯弯曲曲的小路。③幽
处：幽静的地方。④万籁：指各种声响。籁，孔穴中发出的声
音。⑤俱寂：都一片寂静。⑥惟闻：只听到。⑦钟磬：寺院中
常设的乐器，烧香拜佛、诵念经文时用的乐器。

译文

清晨来到古老的破山寺，初升的太阳照耀着高深幽静的山
林。小路曲曲折折通向幽暗之处，禅房周围花木茂盛葱茏。

山中美景使鸟儿感到快乐，清清潭水中的倒影消除了人的俗念。大自然的万般声响此时都已沉寂，只听到诵经时的钟磬声传过来。

赏析

　　常建，长安人，生卒年不详。唐玄宗开元十五年（727）与王昌龄同榜进士。但由于官场失意，有很长一段时期，他来往于山水名胜之间，过着漫游的生活。后来，他举家隐居鄂渚，曾担任盱眙尉之职。其诗的主要内容以田园、山水为主，接近王、孟一派的风格。他经常用简练的笔触表达清幽的意境和"淡泊"的情怀，诗风格恬淡清幽。

　　此诗全系白描手法，无抒情之句而情自在其中。欧阳修曾说："吾常爱其'曲径通幽处，禅房花木深'。欲放其语作一联久不得，始知道造意者为精工也。"无意于佳乃佳、自然天成是评价此诗的最好词句。

野望

王绩

东皋①薄暮望，徙倚②欲何依③。

树树皆秋色，山山惟落晖④。

牧人驱犊⑤返，猎马带禽归。

相顾无相识，长歌怀采薇。

注释

①东皋：绛州龙门的一个地方，是作者归隐后的常游之地。②徙倚：徘徊、彷徨。③欲何依：打算依靠什么，描绘诗人心情苦闷、彷徨不安的状态。④落晖：夕阳的余晖。⑤犊：小牛，也泛指牛。

译文

黄昏的时候，我伫立在东皋村头张望，心情彷徨孤独，无所依靠。每棵树上都挂着凄凉的秋色，每座山头都披着夕阳的

余晖。牧人赶着牛犊回家，猎马驮着猎物返回。看看眼前没有一个与我相识的人，我只好高声歌唱以怀念采薇的人。

赏析

王绩（585—644），字无功，号东皋子，绛州龙门（今山西河津县）人。他生性狂放，好饮酒，能饮五斗而不醉，自作《五斗先生传》。

这首诗就是他隐居之后所写，全诗对仗工整，取景开阔，诗风清新自然。诗中通过对东皋景物的描写，表达了自己彷徨无依的情绪。中间部分描绘出一幅有人有景的山村水墨图，最后转而抒情，表明作者长期隐居的决心。这首诗是诗人隐居在东皋时，眺望山野有感而作。清王尧衢《古唐诗合解》评曰："此诗格调最清，宜取以压卷。视此，则律中起承转合了然矣。"可见对此诗评价之高。

送别崔著作东征

陈子昂

金天①方肃杀②，白露③始专征④。

王师⑤非乐战，之子⑥慎佳兵。

海气侵南部，边风扫北平。

莫卖卢龙塞，归邀麟阁名。

注释

①金天：秋天的别称。秋季于五行属金，金色白又为白帝，万物收藏主肃杀。②肃杀：严酷萧瑟的样子。③白露：节气名，二十四节气之一，在仲秋时节。④专征：全权主持征伐。此处指出征。⑤王师：王者之师，这里是对唐军的美称。⑥之子：这里指率军出征的将帅，典出《诗经·小雅》中的"之子于征"。

译文

深秋时节秋风萧瑟、草木枯落，白露这天皇帝任命大将出征。唐朝的军队并不好战，将军要谨慎地用兵。敌人气焰嚣张地侵犯南部边陲，我军应该扫平北方边界。不能把守地让给敌人，回来后弄虚作假、邀功请赏。

赏析

万岁通天元年（696）正月，契丹侵入营州，朝廷任命梁王武三思为榆关道安抚大使，东征契丹。时任著作佐郎的崔融随军出行，诗人作为朋友以诗赠别。诗中既交代了出征时间，也有对战争所提的建议，对朋友的勉励，表现出诗人与友人间真挚的友情。用"边风"、"海气"比喻入侵者，体现了诗人的爱憎分明。

携妓纳凉晚际遇雨

杜甫

其 一

落日放船好，轻风生浪迟。

竹深留客处，荷净纳凉时。

公子调冰水[①]，佳人雪藕丝[②]。

片云头上黑，应是雨催诗。

注释

①调冰水：用冰调制冷饮之水。②雪藕丝：去除藕中白丝。

译文

太阳下山后，正是划船的好时光，轻风吹拂水面慢慢翻起波浪。在深邃的竹林中，游客叙谈，流连忘返，荷花亭亭静

立，为纳凉增添一份幽寂爽目。富家少年用冰块调制成冷饮，陪伴佳人把嫩藕切成雪白条。忽然一片乌云使天空顿时黑沉下来，大雨将至激发着大家的诗兴。

其 二

雨来沾①席上，风急打船头。

越女②红裙湿，燕姬翠黛愁。

缆③侵堤柳系，幔卷浪花浮。

归路翻萧飒④，陂塘⑤五月秋。

注释

①沾：打湿。②越女：与下文"燕姬"同，代指歌妓。③缆：系船的绳子。④萧飒：指秋风萧瑟。⑤陂塘：池塘。

译文

骤雨急斜溅沾席上，迎风猛浪急扑船头。南国歌女红裙湿漉，北方舞姬黛眉愁结。船的缆绳拴在堤柳，风飘浪花浮动帘幔。雨住归路萧飒无兴，池塘五月却有凄凉秋景。

赏析

这两首诗是同时所写，其内容紧密衔接，记述的是同一件事。

"其一"写的是雨前纳凉游玩的场景，交代了时间、地点、人物，最后一句引出第二首诗的内容。"其二"写的是雨后归去时的情景，雨来得正急，大家狼狈不堪，妓女们也愁眉苦脸。最后一句反险为平，使面前发生的故事有了完整的结尾。诗人陪着各位贵公子出外宴游，遇雨后作此诗，隐约地透露出诗人早已看到的盛唐末期的种种弊端。

秋登宣城①谢朓北楼②

李白

江城③如画里，山晚望晴空。

两水④夹明镜，双桥落彩虹。

人烟寒橘柚，秋色老梧桐。

谁念北楼上，临风怀谢公。

注释

①宣城：地名。今安徽省宣州市。②谢朓北楼：在安徽省宣城县阳陵山顶。谢朓是南齐诗人，此楼是他任宣城太守时所建。③江城：指宣城。④两水：环绕宣城的宛溪、句溪。

译文

宣城好像图画一样美丽，傍晚登楼眺望万里晴空。夹城的宛句二溪明如镜，跨越两溪的两桥似落虹。缕缕炊烟为橘柚增添寒意，秋光渐老梧桐树叶枯黄。谁能理解我正在北楼上，临风怀念昔日的谢公啊？

赏析

李白在长安弃官而去后，于天宝十三年秋天再次来到宣城，在北楼上写下这首诗。全诗生动地刻画了宣城秋天的美丽景色，既有明镜般的宛溪和句溪，又有彩虹似的凤凰桥和济川桥，既有炊烟橘柚，又有老树梧桐，画面十分丰富。最后作者点题，表达了自己对太守谢朓的怀念之情。全诗不仅有画，而且有情，称得上脍炙人口的名篇。

临洞庭

孟浩然

八月湖水平，涵虚①混太清②。

气蒸③云梦泽，波撼岳阳城④。

欲济⑤无舟楫⑥，端居⑦耻⑧圣明。

坐观垂钓者，徒有羡鱼情。

注释

①涵虚：指天倒映在水中。②太清：天的代称、天宇。
③气蒸：水汽弥漫，好像把云梦一带都笼罩。④波撼岳阳城：
波涛汹涌，摇撼岳阳城。⑤济：渡。⑥舟楫：船桨、船橹。⑦
端居：安居、闲居。⑧耻：羞耻。

译文

八月的洞庭湖水与湖岸相平，天空倒映水中，水天一色。
水汽蒸腾弥漫着云梦大泽，波涛滚滚，撼动了整个岳阳城。我想渡河苦无舟楫，闲居家中又觉有愧于圣明。坐看那些垂钓的人，我空有那临渊羡鱼的心情。

赏析

　　唐开元二十一年，孟浩然来到长安，以此诗上呈当朝丞相张九龄，希望得到援引。诗的前半部极力描写了洞庭湖宏大壮阔气势，格调雄浑，其中"气蒸云梦泽，波撼岳阳城"是历来传诵的名句。下半部表达了诗人望湖兴叹、欲济无舟的处境，委婉地表示出自己对张丞相的期望。诗写得经脉分明，意理兼深，有极高的艺术造诣，是吟咏洞庭的名作之一。

过^①香积寺

王维

不知香积寺，数里入云峰^②。

古木无人径^③，深山何处钟。

泉声咽危石，日色冷青松。

薄暮^④空潭^⑤曲，安禅制毒龙。

注释

①过：访问。②云峰：云雾缭绕的山峰。③人径：人行的道路。④薄暮：黄昏，傍晚。⑤空潭：明净清澈的水潭。

译文

香积寺在何处不见踪影，爬山数里见白云绕顶峰。古树苍茫掩没了行人小路，这深山老林里哪儿传来钟声？山泉淌过危崖叮咚幽咽，日光照着青松气色寒冷。暮色依稀，深潭映着弯道的倒影，静心坐禅驱除种种妄念邪心。

　　诗题为"过香积寺"，但诗中并未从正面写寺庙，从古木深山、钟声远鸣中，我们依然能够感受到寺的存在。泉声在危石上幽咽，日色在青松林上微寒，给山中之寺增添了许多幽深与清冷。入此境，则如处佛界净土，安禅入定，会觉欲念皆无。"安禅"二字，暗示了寺庙所在，烘托出寺庙清幽之神韵。

送郑侍御①谪②闽中③

高适

谪去君无恨，闽中我旧过。

大都④秋雁少，只是夜猿多。

东路云山合，南天瘴疠⑤和。

自当逢雨露⑥，行矣顺风波⑦。

注释

①郑侍御：诗人之友。侍御，官名。②谪：官员被降职或外调。③闽中：今福建省福州一带。④大都：大概。⑤瘴疠：令人得病的瘴气和瘟疫。⑥雨露：喻皇帝恩泽。⑦风波：指南去的路途。

译文

被贬谪的你不必怨恨，我以前曾有过闽中行。那里的秋天一般鸿雁少，只是晚上四处有猿鸣。东去的路上山高云雾绕，

品读经典

南部的瘴气和瘟疫害死人。你定会逢凶化吉蒙皇恩，流放的路上一定要谨慎小心。

赏析

高适，唐代著名边塞诗人，世称"高常侍"，作品收录于《高常侍集》。与岑参并称"高岑"。他的诗笔力雄健，气势奔放，洋溢着盛唐时期所特有的奋发进取、蓬勃向上的精神。

此诗是作者为送别朋友谪降闽中所作的诗。首联第一句语颇陡健，犹如脱口而出，有出乎意料之感，作者以自己在闽中的所见所闻，向朋友做了简单的介绍。颔联和颈联分别具体介绍闽中的环境、风光、景象和特点，用意在安慰友人。

全诗一气呵成，真挚的感情，跃然纸上。在当时充满尔虞我诈的社会中，在当时趋炎附势的封建官场中，诗人真挚的友谊，是十分可贵的。

秦州杂诗

杜甫

凤林①戈②未息③，鱼海④路常难⑤。

候火云峰峻，悬军幕井干。

风连西极动，月过北庭寒。

故老思飞将，何时议筑坛。

注释

①凤林：指秦州境内的地名凤林关，当时为唐代要塞，在今甘肃省临夏县西南。②戈：干戈、战争。③息：停止。④鱼海：秦州境内的小地名。又名白亭海、休屠泽、小阁端海子。当时为吐蕃所占。⑤路常难：指常有战事发生，路难通行。

译文

凤林关的战乱还没有平息，鱼海的道路十分险恶，行军艰难。烽火浓烟滚滚与高峻云峰相连，深入敌境的孤军水井都枯

干。朔风猛烈，西部边境好像被撼动；边庭寒冷，朦胧月亮也发出寒光。老人们思念累立边功的飞将军李广，但何时才能商议筑坛拜将之事呢？

赏析

杜甫得罪肃宗之后，被贬为华州司功参军，适时又逢关内饥荒，他只得弃职远游。首先他就来到秦州，在秦州他作了二十首杂诗，描述他在当地的见闻以及国家离乱、个人遭遇等。这首诗是其中之一，他在诗中叙述凤林鱼海兵连祸结，唐军处境艰难，殷切希望朝廷派兵支援边地。全诗情感沉郁，用典贴切，表达了诗人忧国忧民的高尚情怀。

望秦川①

李颀

秦川朝望迥②，日出正东峰。

远近山河净③，逶迤④城阙重。

秋声万户竹，寒色五陵⑤松。

有客归欤⑥叹，凄⑦其霜露浓。

注释

①秦川：泛指今秦岭以北平原地带，诗中指长安一带。
②迥：遥远。③净：明净。④逶迤：曲折绵延，接连不断。
⑤五陵：长安城外汉代的五个皇帝的陵墓。⑥归欤：归
去。⑦凄：寒冷的样子。

译文

　　清晨出城眺望秦川八百里，太阳正从东边山峰上升起。远
处近处的山河明净如洗，城中宫殿一大片逶迤重重。秋风吹动

万家修竹声飒飒，五陵青松已带苍色寒意。长安游子思归故乡而感叹，却愁旅途凄清寒冷霜露浓。

赏析

　　李顾（约690—751），汉族，赵郡（今河南登封县西）人，长居颍水之阴的东川别业（在今河南登封）。偶尔出游东西两京，结交当代文士。开元十三年（725）中进士，任新乡尉。经五次考绩，未得升迁，遂辞官归东川。其诗以边塞诗著称，尤以七言古诗见长，风格豪放，可与高适、岑参、王昌龄等比肩；描写音乐的诗篇，亦具特色。其诗格调高昂，内容丰富，擅写各种体裁。

　　此诗是诗人从长安失意而回在途中的作品，自然也就十分低沉。诗人半路回望秦州，正是秋风萧瑟，一片凄清，虽然日出东峰，山河明净，但在失意人眼里，却笼罩在一片冷清的氛围之中，倾注了诗人在长安不能得志的苦闷心情。

同王征君洞庭有怀

张谓

八月洞庭秋，潇湘①水北流。

还家万里梦②，为客五更愁。

不用开书帙，偏宜上酒楼。

故人京洛满，何日复同游。

注释

①潇湘：湖南二水名，湘江与潇水在零陵县西汇合后，向北流入洞庭湖，故称北流。②万里梦：犹言遥远之归途，要与亲人相会，只有在梦中。

译文

八月洞庭湖呈现一派秋色，潇水和湘水滚滚向北流去。无法还家只能在梦中与万里之外的亲人相会，离家远游的人五更梦醒后更加寂寞忧愁。不用打开书套读书，只想登上酒

楼独饮。我的朋友们都在长安和洛阳，什么时候能再次与他们畅游呢？

赏析

张谓，字正言，河内（今河南沁阳市）人，天宝二年进士，大历年间潭州刺史，后官至礼部侍郎。其诗词精意深，讲究格律。

这首诗是诗人与王征泛舟游于洞庭时所作。全诗文字通俗，平淡自然，不事雕琢。诗中叙述了诗人久出未归的思乡之愁，无心看书，上楼饮酒，再想到京洛友人，更是急切想与之同游，一片思念之情跃然纸上。

渡扬子江

丁仙芝

桂楫①中流②望，空波③两岸明。

林开扬子驿④，山出润州城。

海尽边阴静，江寒朔吹生。

更闻枫叶下，淅沥度秋声。

注释

①桂楫：对船桨船橹的美称。这里借指船。②中流：江流之中。③空波：天水空阔。④扬子驿：设在瓜洲的驿站，故址在今江苏江都县南。

译文

乘船在江心四望，天光波影映着明朗的两岸。树林的开阔处是扬子驿，润州城的旁边是巍峨青山。海边的滩地阴凉寂静，北风吹过江面一派凉寒。更见那秋叶不停地飘落，淅沥沥的秋声叫人悲愁心烦。

丁仙芝，字元祯，曲阿（今江苏）人。唐朝开元年间中进士，好交游。诗篇现今只存有 14 首。

此诗叙写泛舟扬子江中的所见所感。首句写全景，开阔明净，接着通过视角的不断变换，描绘了两岸的景物。扬子驿在丛林中隐现，润州城出现在群山环绕中，边阴地带幽暗静谧，北风吹过，江寒阵阵。尾联写在秋声中枫叶飘落，一片凄寒的秋意，衬托出诗人旅途的凄苦。全诗对仗工整，文笔优美，情寓字里行间。

仿魏之璜 笔意

幽州^①夜饮

张说

> 凉风吹夜雨，萧瑟动寒林。
>
> 正有高堂宴^②，能忘迟暮心^③。
>
> 军中宜剑舞，塞上重笳音。
>
> 不作边城将^④，谁知恩遇^⑤深。

注释

①幽州：州名。辖今北京、河北一带，治所在蓟县。②高堂宴：在高大的厅堂里举办宴会。③迟暮心：因衰老而凄凉暗淡的心情。④边城将：作者自指。时张说任幽州都督。⑤恩遇：受皇恩。

译文

阵阵凉风吹来夜雨声，萧瑟秋声震动着寒林。高堂上正举行盛大的宴会，能使人忘记年老的身心。军中的宴乐宜用剑舞

助兴，塞上的胡笳声响遍军营中。如果不是这戍边的将领，怎能体会到知遇的恩深？

这首诗写出了边塞将士的高昂士气，表达了作者老而弥坚的从军报效祖国的志向。全诗既有森然之气，又有振奋之辞，巧妙地衬托出边防将士昂扬的斗志和作者白首壮心的情操。整个诗篇在创意与遣词方面颇具特色。作者作为右羽林将军，视察重要边防，大宴将士，勉励大家建功立业是全诗的主题思想。最末意味深长地指出：边地艰苦，而未身临其境者不知其苦也，体现出盛唐时期戍边将士忠心报国的爱国主义精神。

七

绝

春日偶成①

程颢

云淡风轻近午天②，

傍③花随柳过前川④。

时人⑤不识⑥余心乐，

将谓偷闲⑦学少年。

注释

①偶成：偶然写成。②午天：正午，指十一点至十三点之间的时间。③傍：靠近。④川：大河。⑤时人：当时的人。⑥识：理解。⑦偷闲：忙中抽空。

译文

清风拂面白云飘逸，已是中午，傍随着花丛和柳林信步到河边。谁也不知我心中悠闲的快乐，可能会说我像闲逛少年。

程颢(1032—1085),字伯淳,生于湖北黄陂县,人称明道先生,北宋时期理学家、教育家,封"先贤"。与程颐为同胞兄弟,被世人称为"二程"。其家族时代为官,程颢从幼时起便深受其父的熏陶,尤其是政治思想方面,以非王安石新法著称。

这首诗前两句写景寄兴,后两句叙说理趣,显示作者精神上的独特的情怀。从第一句以云淡、风清、丽日、光天的旖旎春景中,显示一种"心气平和"的雍容气象。第二句从"傍"、"随"、"过"三字揭示诗人从社会实践中所得到的人生的学问。后两句特别强调"余心乐"三字,并故意指出"时人不识",世人不能理解我心中的乐趣,又以为我是在忙中偷闲,像少年朋友一样在外游玩呢。乐什么?学习之乐,有了心得体会之乐。

春 日

朱熹

胜日^①寻芳^②泗水^③滨，

无边光景^④一时新。

等闲识得东风面，

万紫千红总是春。

注释

①胜日：天气晴朗、春光明媚的日子。②寻芳：看花观景的意思。③泗水：水名，在山东省中部，因四源并发而得名，与大运河相通。④光景：风光景物。

译文

在一个天气晴朗的美好日子里，我来到泗水河边游春踏青，眼前一望无际的美景顿时令人感到焕然一新。东风荡漾，

拂面而来，我体味到了春的暖意。百花竞妍、万紫千红的美丽
景象，皆是春光点染而成。

赏析

　　朱熹（1130—1200），字元晦，一字仲梅，号晦庵、晦翁、
考亭先生、云谷老人、逆翁等。南宋江南东路徽州府（现今陕
西）人。南宋著名的理学家、思想家、哲学家、教育家、诗人、
闽学派的代表人物，世称"朱子"，是孔子、孟子以来最杰出
的儒学大师。19岁就考中进士，曾任荆湖南路安抚使。他治理
的地方百姓都安居乐业。

　　在这首诗中，作者寻芳游春踏翠，且喜当春时，风光焕然一新，
春风浩荡，扑面而来，百花开放，万紫千红皆是春光点染。在
诗人眼中，大自然处处都焕发勃勃生机。"寻芳"二字，意为
探索，即探索大自然为什么这么奇妙神秘。诗句虚实结合，构
思巧妙，末后一句尤为自然，尽得古人"天人合一"的契理契机。

春宵①

苏轼

春宵一刻②值千金，花有清香月有③阴。

歌管④楼台声细细，秋千院落夜沉沉。

注释

①春宵：春夜。②一刻：形容时间很短。③有：第一个"有"字为蕴含、散发之意；第二个"有"字为具有之意。④管：笙、箫之类的吹奏乐器。

译文

春夜一刻可值千金，花儿散发清香，明月映出倒影。楼台上的管类乐器传来轻轻乐声，院中的秋千停荡，夜幕沉沉。

赏析

苏轼（1037—1101），字子瞻，号东坡居士，祖籍眉州眉山（今

属四川）。仁宗嘉祐二年（1057）中进士。神宗熙宁年间，苏轼因为和王安石政见不和，自己主动请求外调。元丰初年，受"乌台诗案"之累，被贬黄州（今湖北黄冈）团练副使。哲宗即位，他奉召回朝，后来又被贬到惠州、琼州。徽宗即位，大赦天下，苏轼回归北上，途中死于常州。苏轼是一个全才，诗词书画样样精通。他的诗清新自然，淡雅平白，活泼舒畅，在清简中蕴含深刻的人生感悟。

这是一首状物抒情诗。全诗以议论起句，点明题旨，强调春宵的宝贵。同时描写了春宵的美丽景色和人们对春宵的珍惜。花香月影、楼台歌管、沉沉夜色，是作者着墨描写的重点。在春天的夜晚，闻着清幽的花香，听着轻柔的音乐，感受着沉沉的夜色，给人以无限的诗意与遐想。诗中巧用"细细"、"沉沉"这样的叠音词，将春夜的温馨刻画得淋漓尽致。"声细细"与"夜沉沉"相比照，说明夜色已经很深了，人们仍不肯歇息，巧妙地与题旨相呼应，成为首句的铺垫和说明。全诗结构新颖，先抒情后叙景，此外，夸张手法的运用，给人先声夺人之感。

城东早春

杨巨源

诗家①清景②在新春，
绿柳才黄半未匀③。
若待上林④花似锦⑤，
出门俱是⑥看花人。

注释

①诗家：写诗的人。②清景：美景。③未匀：没有全部发芽。④上林：即上林苑，是汉代著名的皇家苑林，这里指唐代长安的花园。⑤花似锦：鲜花像锦绣一样的灿烂。⑥俱是：都是。

译文

诗人喜欢的是早春的清新景色，柳叶新萌刚刚露出几许嫩黄。如果等到繁花似锦游人如云，那就已无新鲜清丽滋味可言。

杨巨源，字景山，后改名巨济，唐代诗人。他与白居易、刘禹锡、元稹等人为好友。他的诗歌格律工致，风格优美，常有佳句。

诗人早春出游长安东城，见景色有感而作。此诗属于比喻之体。《千家诗》王相注云："言宰相求贤助国，识拔贤才当在侧微卑陋之中，如初春柳色才黄而未匀也。若待其人功业显著，则人皆知之，如上林之花，似锦绣之灿，谁不爱玩而羡慕之？"意思是说这首诗旨在讽喻朝廷要善于从平民中及早发现人才，加以培养和任用。

春夜

王安石

金炉①香烬②漏声残，

剪剪③轻风阵阵寒。

春色恼人眠不得，

月移花影上栏杆。

注释

①金炉：指铜香炉。②香烬：香烧成灰，犹言香燃尽。
③剪剪：形容小风微微寒冷或气氛清冷。

译文

金炉里的香已燃成灰烬，漏壶的水滴声也时断时续，后半
夜的春风给人带来阵阵的寒意。无端的景色使人心烦意乱，无
法平静，随着移动的月光，花木的影子映照在玉石栏杆上。

　　这首诗是诗人春夜不眠时有感而发之作，描述了诗人在政治改革失败后的"恼人"心情。诗的前两句借景状物，以"金炉"、"香烬"、"更漏"、"轻风"衬托"不眠"，从多个侧面表现作者寂寞无奈的心境。诗意由外到内，以景寓情，景物与心理融为一体。明代胡应麟《诗薮》评价"金炉香烬漏声残"句时说"宋绝句共称者"。

初春小雨

韩愈

天街①小雨润如酥②，
草色遥③看近却无。
最④是一年春好处，
绝胜⑤烟柳⑥满皇都⑦。

注释

①天街：指帝都的街市。②润如酥：形容小雨润滑如油。酥，酥油。③遥：远。④最：恰、正的意思。⑤绝胜：最好的，远远超过。⑥烟柳：柳条初青，纤细而飘忽，好似柳条上含着烟雾，此处泛指景色。⑦皇都：京城长安。

译文

毛毛春雨给京城涂上了薄薄的酥油，远看草色如绿茵，近看却又好似没有。这正是一年春光中最美好的时刻，绝对胜过京城翠柳如烟的时候。

赏析

这首诗细致地描绘了早春小雨之后长安街的景色，通过写景赞美这一年之中最美的时节。首句作者用"酥"字，采用比喻手法，表现出春雨的润泽细滑和可贵及时，以及滋润万物的情景。次句写春雨中万物复苏、草木萌动的可喜景象，"遥""近"、"有""无"对比，生动体现出作者盼望春色来临的急切心情。三、四句直接抒情，赞美初春季节远远超过烟絮飞满天的皇都景色，诗句中透露着对初春小雨的喜爱之情，语句清新细腻。

元日^①

王安石

爆竹声中一岁除，春风送暖入屠苏^②。

千门万户曈曈^③日，总把新桃换旧符。

注释

①元日：阴历正月初一，新年第一天。②屠苏：美酒名，用屠苏、肉桂、山椒、白术等草药浸过，传说正月初一饮用可预防病灾。③曈曈：形容太阳刚出的样子。

译文

在鞭炮声中送走了旧的一年，在温暖的春风中喝着屠苏酒。初升的太阳照亮了千家万户，人们换上新的桃符喜迎新年。

赏析

王安石（1021—1086），字介甫，祖籍临川（今江西抚州）。

他于庆历二年（1042）中进士，嘉祐三年（1058）开始主张变法。熙宁二年（1069），他担任参知政事，第二年开始实施变法，但遭到保守派的阻挠，曾两次去职。王安石晚年退隐到江宁（今江苏南京）城外的半山园，号半山老人，卒于元祐元年（1086），时年六十六岁，谥号文。王安石以散文名世，是"唐宋八大家"之一，作有《临川集》。他的词作传世的很少，但境界高远，开一代豪放词风之先河。

这首诗借写旧时民间欢庆新年的习俗，抒发自己立志改革的坚强信念和豪迈情怀。前两句描写人们在热烈的爆竹声中辞去旧年，迎接新年，人们喝着吉祥美酒庆贺新年的万象更新。诗中用"爆竹"、"春风"、"屠苏"，着意刻画春节期间的喜庆氛围，揭示了新生事物必将战胜旧事物的自然规律。全诗喜气洋洋、富有浓厚的生活气息。

上元侍宴

苏轼

淡月疏星绕建章①，仙风吹下御炉②香。

侍臣鹄立③通明殿，一朵红云捧玉皇④。

注释

①建章：汉代宫名，此借指宋宫。②御炉：皇帝用的香炉。③鹄立：像鹄（天鹅）一样挺直身子站立。④玉皇：即天帝。这里借用来指当代皇帝。

译文

上元节的晚上，月明星稀，银色的光辉倾泻在建章宫上。来自天宫的阵阵仙风，送来御炉中香烛的味道。文官武将像鹄鸟那样整齐地排列在通明殿前，他们红色的衣服如同一片红色的仙云，簇拥着威严庄重的皇帝。

旧时以农历正月十五日为上元节，又称"元宵"，此夜朝野上下皆欢聚庆贺。这首诗借宫廷宴臣子的描写，着力表现了旧时皇帝高高在上的威严，又通过这一侧面，讴歌了一种太平盛世的升平景象。诗中的人物、情境庄严肃穆，典雅隆重，透出一股浓厚的非凡气派。

千古名诗千家诗

一二七

立春偶成

张栻

律回①岁晚冰霜少，春到人间草木知。

便觉眼前生意②满，东风吹水绿参差③。

注释

①律回：指季节有规律变换。律，规律。②生意：生机、生气勃勃的样子。③参差：不平衡或不整齐。形容风吹绿水所产生的那种微波相接之状。

译文

大自然的规律已到了年尾，冰霜正在消融，春天即将来到人间，草木先苏醒。一瞬间就感觉到大地生机勃勃，春风荡漾起层层碧绿的波纹。

张栻（1133—1180），字敬夫，一字钦夫，又字乐斋，世称他为"南轩先生"。

春回大地、草木萌生、春水荡漾、绿树成荫，作者描写了一派生机勃勃的春日图景，表现出对欣欣向荣之景的渴望。首句写立春时刻冰雪消融，次句以拟人手法写树木感觉到春天的气息。后两句是作者的想象，他仿佛看到眼前处处春光明媚，碧波荡漾。诗中语句活泼，富有动感。

打球图

晁说之

闾阖^①千门万户开，三郎^②沉醉打球回。

九龄已老韩休死，无复^③明朝谏疏来。

注释

①闾阖：古代神话传说中天宫的宫门，这里借指唐代长安的宫门。②三郎：唐玄宗李隆基的小名。唐玄宗在天宝以后宠幸杨贵妃，淫逸取乐，不理朝政，喝酒打球习以为常。③无复：不会再有。

译文

长安大皇宫的门户全部洞开，明皇打完球醉沉沉乘辇归来。可惜直谏宰相张、韩一老一死，明天朝会再没有人奏谏疏了。

晁说之（1059—1129），字以道、伯以，宋代诗人。

他的这首诗是一首观《唐明皇打球图》后的咏史诗，深含政治讽刺意味。"球"，又称"鞠"，是古时的一种玩具，用皮革做成，中间用毛填实，蹴踢以为戏，如今之足球。唐明皇即唐玄宗，当政早期，任用韩休、张九龄等贤相，形成开明盛世；晚年却沉溺声色之中，宠幸杨贵妃及奸相李林甫、杨国忠诸人，招致"安史之乱"，陷国家人民于战乱之中。这首诗借唐讽宋，以唐明皇贪打球不恤士民的故事，告诫宋朝统治者不要重蹈覆辙。

咏华清宫

王建

行尽江南数十程，晓风残月入华清①。

朝元阁上西风急，都入长杨②作雨声。

注释

①华清：华清宫，在今陕西境内。②长杨：指长杨宫。

译文

　　游遍了江南千里的大好风光，伴着晨风残月，来到华清宫。朝元阁上猛烈的西风扑面而过，刮到长杨宫便化成沥沥的雨声。

赏析

　　王建（约767—约830），字仲初，唐代诗人。他的一生都很孤苦，因而得以了解社会现实，使其诗作题材广泛，思想深刻。

这首诗通过对华清宫、长杨宫的凭吊，抚今追昔，抒发了古今兴亡的感慨。诗人奉使过江南，游览了江南水乡的秀丽风光，又一路风尘来到了华清宫。走进了宫内的朝元阁，诗人本想欣赏心仪已久的华清宫和长杨宫的风采，不想残月当头，西风扑面，已没了昔日的辉煌。面对历史陈迹，诗人感慨万千。

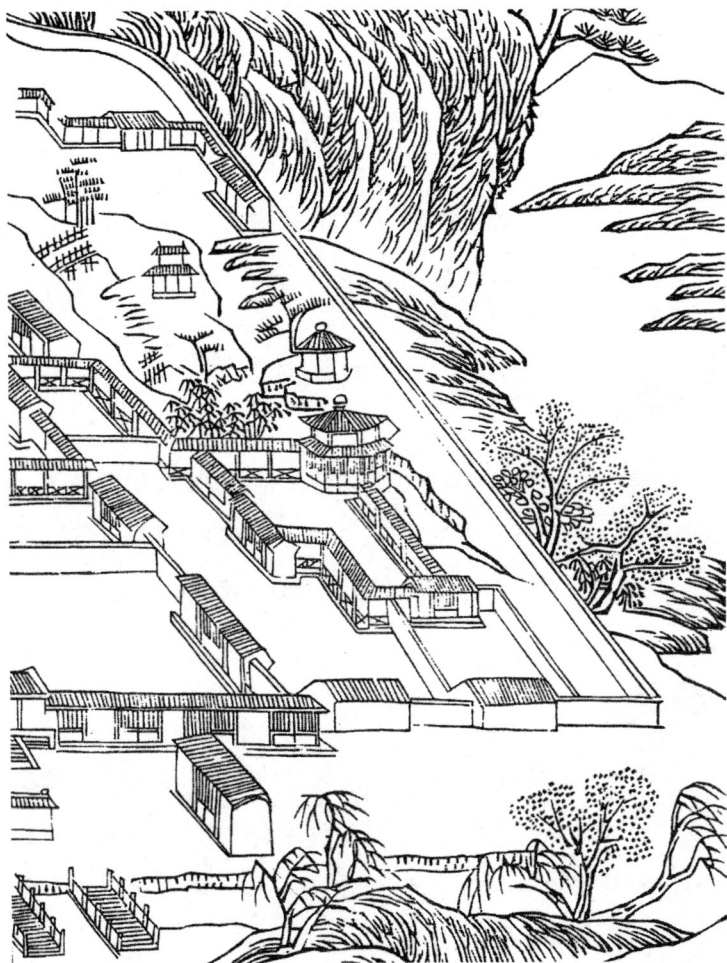

清平调词

李白

云想①衣裳花想容，
春风拂槛②露华浓③。
若非④群玉山⑤头见，
会⑥向瑶台月下逢。

注释

①想：像，此处的意思是想象。②槛：栏杆。③露华浓：形容带露水的牡丹花鲜翠欲滴。④若非：如果不是。⑤群玉山：山名，神话中仙人西王母居所。⑥会：必然，一定。

译文

天空中绚丽的云彩就像她随风拂动的衣裙，园中华贵的牡丹就像她娇艳美丽的脸庞。春风拂过玉石栏杆，此时正是露水般晶莹璀璨的时候。如此陶醉的情景，要不是在玉山山头看到，也应是在瑶台的月光下碰到。

清平调是古乐曲调名，这首诗是据清平调的曲谱而填写的唱词，原词共三首，这是第一首。天宝年间，作者为供奉翰林时，唐玄宗与杨贵妃在沉香亭观赏牡丹，玄宗说："赏名花，对妃子，焉用旧乐辞为？"就令李白另写新词，李白带醉挥笔，一气呵成。玄宗亲自为歌者伴奏。李白采用比喻的修辞手法，用天上的彩云形容贵妃的衣裳，用眼前的鲜花描写贵妃的娇艳，给人飘飘欲仙、呼之欲出的感觉，想象非常奇特。接着，诗人又借咏牡丹，虚写贵妃蒙恩受宠，正如春风中的露华，含娇欲滴。在所有宫廷诗词中，这首诗最算得清新不俗了。

绝句

杜甫

两个黄鹂①鸣翠柳，一行白鹭②上青天。

窗含西岭③千秋雪，门泊东吴④万里船。

注释

①黄鹂：黄莺。②白鹭：一种白色的小水鸟，也叫鹭鸶。③西岭：西边的山头，指成都西部的岷山。④东吴：今江浙一带。

译文

两只黄莺在青翠的柳梢欢唱，一排白鹭在湛蓝的天空飞翔。临窗远眺岷山岭上白雪皑皑，门外江边停泊着航行万里的舟船。

　　这首诗是安史之乱后，诗人重返成都浣花溪畔的草堂居时即景而发的一首景物诗。全诗以四组特写镜头，分别描写了"黄鹂"、"白鹭"、"西岭雪"、"万里船"，生动地描绘了草堂周围的景色，有近景，有远景，有动态，有静态，以绿衬黄，以蓝衬白，巧妙地构成了一幅色彩绚丽的春日画面。其中"两个黄鹂鸣翠柳，一行白鹭上青天"两句，极尽写物咏景之工，为世人所传颂。

海棠

苏轼

东风袅袅^①泛崇光^②，

香雾空蒙^③月转廊^④。

只恐^⑤夜深花睡去，

故烧高烛照红妆。

品读经典

注释

①袅袅：微风吹拂，烟雾缭绕的样子。②泛崇光：此处指月光高照而有似微动的样子。泛，浮动貌。③空蒙：迷蒙的雾景。④廊：回廊、走廊。⑤只恐：只是担心。此处可作生怕解。

译文

微风轻拂着海棠花泛出华美的光泽，雾气中弥漫着醉人的花香，不知不觉中，月光已转到回廊的那一头。只是担心海棠

花会像美人一样沉沉睡去，因此赶忙点燃高高的蜡烛，照亮它美丽的面庞。

赏析

《王直方诗话》载："东坡谪黄州，居岂惠院之东，杂花满山，而独有海棠一株，士人不知贵也。"苏轼被贬至此，目睹这株海棠被人冷落的命运，顿生同病相怜之感，故作此诗。这首诗用奇特的想象、巧妙的遣词，寄寓了一种特有的感情，"崇光"、"香雾"、"烛照"、"红妆"等词，真是"不着一字，尽得风流"。

清明

杜牧

清明时节雨纷纷，

路上行人欲断魂①。

借问②酒家③何处有，

牧童遥指④杏花村⑤。

注释

①断魂：失魂，形容神形憔悴的样子。②借问：请问，即向别人问路。③酒家：卖酒的人家，酒铺子。④遥指：指着远处。⑤杏花村：杏花深处的村庄。

译文

清明时节，蒙蒙细雨纷纷扬扬，路上行人个个都魂断凄凉。请问什么地方有酒店？牧童指出远处杏花丛中的村庄。

赏析

全诗描写了离家在外的游人凄苦惆怅的心绪。以清明时节连绵不断的雨为背景，烘托了诗人满心的愁苦，心情凄凉直到极点。自然景物的阴冷与心中的凄冷互为映衬，使人感到此情越发凄迷缠绵。为解除心中的忧闷，诗人通过与牧童的问答，指出一个遥远的向往，给诗人以莫大的希望和安慰。诗句简单明快，感情刻画含蓄。

寒食

韩翃

春城①无处不飞花，

寒食②东风御柳③斜。

日暮汉宫④传蜡烛，

轻烟散入五侯家。

注释

①春城：春天的城市，此处指京城长安。②寒食：清明前一天或两天为寒食节，此日禁止烧火煮饭。③御柳：御苑中的杨柳。④汉宫：这里代指唐宫。

译文

春天的京城里处处飞絮扬花，寒食节东风吹着宫柳飘飘。黄昏时汉宫赐赏烛火，飘散着袅袅轻烟的是皇亲国戚的家。

　　韩翃,唐代诗人,754年前后在世,字平君,南阳(今河南南阳)人。"大历十才子"之一。

　　这首诗以委婉曲折的语调叙述了寒食节皇帝向国戚赐送新火的景象。首句描写京城到处鲜花盛开,春色遍地,双重否定表示肯定,意为强调。次句点明时间。后两句开始叙写传送蜡烛,"轻烟"是王侯点起蜡烛后轻烟袅袅的情景,暗喻皇帝的恩宠只笼罩了皇帝国戚,表明了他们所享有的特殊待遇是一般人所无法企及的。全诗语言简洁而富有意蕴。

江南春

杜牧

千里莺啼绿映红，水村^①山郭^②酒旗风。

南朝四百八十寺^③，多少楼台烟雨中。

注释

①水村：依傍水的村庄。②山郭：靠着山的城郭。③四百八十寺：南朝皇帝不图进取，一味信奉佛教，仅都城一地就建造五百余所佛寺，耗去大量资财。

译文

千里江山莺儿啼唱，绿荫丛中万紫千红，水乡山城处处酒旗飘动。南朝时的四百八十座封院，多少楼台亭阁，笼罩在烟雨蒙蒙之中。

杜牧（约803—852），字牧之，京兆万年（今属西安）人，宰相杜佑之孙。唐文宗大和二年（828）进士，为弘文馆校书郎。随后赴江西、淮南、宣歙等地任幕僚，后历任左补阙，膳部、比部员外郎，黄州、池州、睦州刺史，司勋员外郎，史馆修撰，湖州刺史，知制诰等职，最终官至中书舍人。其诗风格俊爽清丽，独树一帜，尤长于七言律诗和绝句。

这首诗颇负盛誉，令人遐思。前两句写江南春景，到处莺歌燕舞，红绿相映，酒旗招展，既优美，又壮阔。后两句着重

写寺庙，"四百八十寺"极言其多，而现在都笼罩在迷蒙的烟雨之中。可是，寺庙的楼台虽在，而兴建这些寺庙的南朝统治者又在哪儿呢？后两句在写景中寄寓感情，自然贴切，凭吊南朝覆亡。借讽刺南朝皇帝迷信佛教，讽喻唐代君王步其后尘，迷信佛教，奢侈华丽，浪费老百姓血汗。诗人曾有"倚遍江南寺寺楼"之句，亦见于兴亡之感寓讽劝之意。

诗以"物象为骨，意格为髓"（《诗人玉屑·卷四》），如果此诗没有后两句的"意"与"格"，那么无论把形象写得如何惟妙惟肖，也不过镂金雕彩而已，终无精神。故此诗之妙全在最后两句。

清末学者俞陛云评曰："前两句言江南之景。渡江梅柳，芳信早传。袁随园诗，所谓十里烟笼村店晓，一枝风压风旗偏，绝妙惠崇图画也。后言南朝寺院，多在山水胜处，有四百八十寺之多，况空濛烟雨之时，罨画楼台，益增佳景。"（《诗境浅说·续编》）

绝句

僧志南

古木阴中①系短篷②，

杖藜③扶④我过桥东。

沾衣欲湿杏花雨⑤，

吹面不寒杨柳风⑥。

注释

①古木阴中：古木林荫之中。②短篷：小船。小船有短篷，此为修辞手法之借代。③杖藜：用藤类植物茎干做的拐杖。④扶：助，依靠。⑤杏花雨：即春雨，言其在杏花开放时之雨。⑥杨柳风：即春风。

译文

在遮阴的古树下系好小船，挂着藤杖过桥去东边。杏花时节的细雨将会沾湿衣服，扬着柳枝的微风拂面只觉得暖和香甜。

僧志南，生卒年不详，志南是他的法号。

此诗出自一位出家人之手笔，自然流畅，清新宁谧，似有禅的意境。诗中以郊外春游为背景，先写上岸踏青，状物咏景，景中有人，后写"杏花雨"、"杨柳风"，即景寓情。

游园不值①

叶绍翁

应②怜屐齿③印苍苔，

小扣柴扉④久不开。

春色满园关不住，

一枝红杏出墙来。

注释

①不值：没有碰见。值，相遇。②应：大概。③屐齿：木屐下面用来防滑的齿。④柴扉：柴门。

译文

主人大概厌恶穿木屐踩坏青苔，所以久久叩打柴门却不加理会。然而满园的春色是关闭不住的，一枝透露春光的红杏攀出墙外。

　　叶绍翁，生卒年不详，南宋中期诗人，字嗣宗，号靖逸，祖籍建安（今福建建瓯），本姓李，后嗣于龙泉（今属浙江丽水）叶氏。他长期隐居钱塘西湖之滨，与葛天民互相酬唱，为江湖诗派的代表人物之一，其诗以七言绝句最佳。留有《四朝闻见录》及《靖逸小集》。

　　诗题"游小园不值"，意思是诗人前往朋友的花园游玩，可园主人不在（不值），园门紧闭，只能欣赏到从墙头伸出园外的一枝红杏，并由此而得诗。前两句写诗人高兴而来但叩门不开的惆怅心情，后两句得来十分珍贵，一个"关"字，一个"出"字，却使情绪急转直上，失望中忽见浓浓春景，不觉一喜。诗文妙趣横生，活泼感人。

客中行

李白

兰陵①美酒郁金香②，

玉碗盛来琥珀③光。

但使主人能醉客，

不知何处是他乡。

注释

①兰陵：今山东省枣庄市，唐代以产酒著名。②郁金香：一种珍贵的香花，古人用以泡酒，泡后酒带金黄。③琥珀：深藏在地底的松枝化石，呈黄色或赤褐色，色泽晶莹透明，可做香料或装饰品。这里用来形容盛在玉碗里的酒色金黄鲜亮。

译文

兰陵出产的美酒，散发着浓郁的郁金香香味，盛在玉碗里

立刻呈现琥珀一样的光彩。只要主人能与客人开怀畅饮，一醉方休，哪管它是在故乡还是在异乡。

赏析

这首诗是李白第二次漫游时，从湖北接来家眷，一起客居山东兖州梁园时与朋友饮酒而作。此时的李白虽然半生潦倒，但仍希望能施展心中理想。所以诗中一反常见羁旅诗的乡思客愁，通过对兰陵美酒的赞颂，一展大丈夫四海为家的乐观旷达。诗的前两句，从酒的香味、颜色、光泽等不同角度描写兰陵美酒的珍贵。后两句极赞主人的好客，表达出开怀畅饮、一醉尽欢的畅快心情。

漫兴^①

杜甫

肠断春江欲尽头，

杖藜徐步立芳洲^②。

颠狂^③柳絮随风舞，

轻薄桃花逐^④水流。

注释

①漫兴：随兴所至，信笔写来。②芳洲：长满花草的水中陆地。③颠狂：指轻狂放荡。④逐：追随。

译文

春天随着江水到了尽头，使人肠断忧伤，挂着藤杖漫步在长满芳草的岸边。发疯似的柳絮随风乱舞，轻薄的桃花随水飘流不知去向。

　　这首诗第一句直抒胸臆，第二句以旅游解忧，做了一个停顿，反过来用比喻手法以显小人之猖狂，朝政之不公，但只说其象，而未说其意，使人于"肠断"等语中得到忧国忧民之思绪。诗人以柳絮、桃花暗喻走后门拉关系、趋炎附势之徒，以风和水比拟权贵势力和世俗风尚。试想，一个春天，万紫千红的大好风景都消逝了，只剩下这些无才的柳絮、无品的桃花，好像正人君子都不在位，而把持政权的不是无才无能、尸位素餐的庸人，就是品质恶劣、阴谋弄权的小人，怎么不令人愁思百结、肝肠欲断呢？

　　这首诗强烈地表达了诗人之卓立独行的品格和愤世嫉俗的情感。

滁州①西涧②

韦应物

独怜③幽草④涧⑤边生，

上有黄鹂⑥深树⑦鸣。

春潮带雨晚来急，

野渡⑧无人舟自横⑨。

注释

①滁州：今安徽省滁州市。②西涧：上马河，在滁州城西外。③怜：爱。④幽草：丛生的草。⑤涧：山溪。⑥黄鹂：黄莺的别名。⑦深树：茂密的树丛。⑧野渡：偏僻无人管理的渡口。⑨舟自横：船只随水漂浮。

译文

唯独喜爱生长在涧水边的茂盛芳草，两岸山上丛林深处有黄鹂鸟在鸣叫。春天涨潮时候的一场春雨在傍晚时分更加凶

猛，荒野的渡口只有一叶小舟随意地横着。

赏析

西涧是安徽滁州城西的一处风光。这是诗人任滁州刺史期间写的一首风景小诗。前两句描写近景：可爱的青草却生在幽僻寂静的山涧旁边，密林深处，黄莺正在鸣叫。后两句写远景：春天的潮汛常常带着急骤的雨水，那荒凉的渡口也只有一只小船孤零零地漂荡着。诗中托景抒情，清代王士禛评论此诗时说："以为君子在下，小人在上之象。"

花影

谢枋得*

重重叠叠上瑶台^①，

几度^②呼童扫不开^③。

刚被太阳收拾去，

却教明月送将来。

★一作苏轼作

注释

①瑶台：本指传说中的神仙住地。这里是指住宅庭院中清幽的亭台。②几度：几次。③扫不开：扫不去，扫不掉。

译文

层层的团团花影在楼台上，几次叫童子扫都扫不去。刚被夕阳下山带走，却又被初升明月送回来。

一五七

千古名诗千家诗

　　表面看来此诗吟咏花影，实际是一首政治讽喻诗。诗中重重叠叠、刚走却又重来的花影正是依仗靠山玩弄权术的小人。他们无才无德却爬上高高的瑶台之位，刚刚失势，又露出苗头，从侧面反映了朝廷政治的腐败。比喻非常巧妙而犀利。

北山

王安石

北山^①输绿涨横陂^②,

直堑^③回塘^④滟滟^⑤时。

细数落花因坐久,

缓寻芳草得归迟。

注释

①北山：今南京东郊的钟山。②陂：池塘。③堑：沟渠。④回塘：弯曲的池塘。⑤滟滟：形容春水在阳光下闪闪发光的样子。

译文

北山将绿波投满了横塘岸边,溪沟池塘水色波光摇晃动荡。因细细数点落花才坐了很久,缓缓寻觅芳草才很晚回到家。

　　北山即钟山，又称紫金山，位于今南京市中山门外。作者变法失败后，辞职退居江宁（今南京）。在春天到北山游玩，为这雨后落花飘飘点点的美景所陶醉而流连忘返，就写了这首诗，描绘了美丽的春景，抒发了爱春惜时的情感。

春暮游小园

王淇

一从①梅粉褪残妆②，

涂抹新红上海棠。

开到荼蘼③花事了④，

丝丝天棘出莓墙。

千古名诗千家诗

注释

①一从：自从。②褪残妆：指梅花凋落。③荼蘼：指荼蘼花，春末夏初开放。④了：完结。

译文

自从梅花凋谢时消褪下来的红色，慢慢地染到了新开的海棠花叶上。等到荼蘼花儿都凋残后春花开完，只剩下那青苔密布的墙上缕缕藤蔓。

诗人王淇，生卒年不详，宋代人。

这首诗主要写游园观景，咏叹春事将阑的惆怅心情。自从梅花凋谢、残妆褪去，大自然又安排海棠花开，涂抹上新的颜色。直到荼蘼花开过以后，春天也就过去了，只有那缕缕藤蔓悄悄地爬出了长满青苔的院墙。短短四句，就将春夏交替作了生动的描绘。

蚕妇吟

谢枋得

子规啼彻①四更②时，
起③视蚕稠④怕叶稀。
不信⑤楼头杨柳月⑥，
玉人⑦歌舞未曾归。

注释

①啼彻：不断地啼叫。②四更：夜半以后公鸡开始啼叫的时候。③起：起床。④稠：多。⑤不信：不会相信。⑥杨柳月：月亮西移下沉到杨柳梢头。⑦玉人：指歌舞的女人美好如玉。

译文

当杜鹃啼叫声响彻夜空时，已是四更天，蚕妇还要起床察看养的蚕，唯恐蚕多叶稀。她不相信楼头明月西沉已到杨柳树梢，而美人们还在载歌载舞没有回来。

赏析

　　这是一首描写养蚕妇女的诗，表现了诗人对蚕妇艰辛劳动的赞颂和同情。夜已很深了，杜鹃也啼叫了一宵，月亮爬上了杨柳枝头，蚕妇在忙着为蚕添叶。而此时，那些穿绫着缎的歌舞女子们仍在轻歌曼舞、通宵欢娱。同样的夜景，不同的场面，反映了旧社会女子的不同命运。"蚕妇"与"玉人"的生活方式迥然不同，两相对照，形象鲜明，生动逼真。

晚春

韩愈

草木知春不久归^①，
百般^②红紫斗芳菲^③。
杨花榆荚^④无才思^⑤，
惟解^⑥漫天作雪飞。

注释

①归：归逝。②百般：各种各样或千方百计。③斗芳菲：指各种花竞艳吐芳。④榆荚：榆树结的荚，形状像古钱币，又叫"榆钱"。⑤才思：才情。⑥惟解：只懂得，只知道。

译文

草木知道春天即将过完，万紫千红的花争奇斗艳。杨花和榆荚没有才干和思想，只知道像雪花一样满天飘散。

赏析

　　韩愈有读书济世之志，早年参加过三次科举考试，均未及第。他颠沛流离，穷困潦倒，终于在贞元年间考取进士，但三次科举考博学鸿词科均遭失败，于是前往汴州节度使董晋、徐州节度使张建封幕府供职，后来进入朝廷担任国子监四门博士，迁监察御史，由于上书言旱灾被贬为阳山令。宪宗年间，回到长安担任国子博士、中书舍人知制诰，因跟从裴度赴淮西平定叛乱之功，升任刑部侍郎。后又因谏迎佛骨惹恼宪宗，被贬为潮州刺史。穆宗时回京担任吏部侍郎。不久卒于长安。

　　全诗采用拟人手法，叙写在春之将尽时百花争奇斗艳和杨花榆荚漫天飞舞的景象，反映的其实是自己对春天大好时光的热爱和珍惜之情。

伤春

杨万里

准拟①今春乐事浓，

依然枉却②一东风。

年年③不带看花眼，

不是愁中即④病中。

注释

①准拟：料想、原本以为。②枉却：徒然虚费。③年年：每一年。④即：就是。

译文

原预计今春会快快乐乐，哪知道又辜负了春风好景。年年我都没有赏花的眼福，不是忧愁就是病魔缠身。

杨万里（1127—1206），字廷秀，号诚斋。南宋诗人，与尤袤、范成大、陆游齐名，并称为"南宋四大家"。其诗风格淳朴，语言口语化，构思新巧，人称"诚斋体"。他一生写诗两万多首，较为深刻地反映了民生疾苦。

这首诗以《伤春》为题，伤春之意在于既伤春光又伤自己。全诗紧扣一个"伤"字，原以为今年春天会有一些快乐的事，不料依然枉度春光。如此年年都有美好的愿望，但年年都怅然有失，"不是愁中即病中"，一幅"愁"、"病"的自画像。

初夏睡起

杨万里

梅子流酸①溅齿牙②，
芭蕉分绿③上窗纱。
日长睡起无情思④，
闲看儿童捉柳花。

注释

①流酸：带酸。有些版本作"留酸"。②溅齿牙：留在齿牙上。③分绿：言芭蕉的绿荫映得纱窗也成绿色。④无情思：犹言没精打采、懒洋洋的样子。

译文

梅子的余酸留在齿颊间，芭蕉映得窗纱一片碧绿。夏季漫长的白天让人醒后无精打采的，慵懒地看小孩儿们弄着柳絮。

　　杨万里诗越出江西诗派樊笼，面向自然，因为"山中物物是诗题"，所以他说"点铁成金未是灵"，"不听陈言只听天"。其"诚斋体"灵动活泼、雅俗共赏，影响深远，此诗是其有名佳作之一，表现诗人午睡后的倦态以及"闲看儿童捉柳花"的悠然心境。语言活泼流畅，足见诗中谐趣。

田家

范成大

昼出耘田^①夜绩麻^②，

村庄儿女各当家^③。

童孙未解^④供耕织，

也傍桑阴学种瓜。

注释

①耘田：除掉稻田的杂草，中耕。②绩麻：捻麻成线。③各当家：指各人都要承担一定的工作，男女老少各有各的农事或家务劳动。④未解：不懂得，不会。

译文

白天下田耕作夜晚灯下绩麻，农村的男女各有分工勤俭持家。幼小的儿孙对耕作和织布还不懂，也在桑树下学着种瓜。

范成大（1126—1193），字致能，号石湖居士，汉族。南宋著名诗人。他的诗歌继承了白居易、王建等新乐府诗人的现实主义精神，风格淡雅清新，题材广泛，自成一家。杨万里评其诗"清新妩媚"。

此诗描写了田家农忙时节辛勤劳作的场面，是典型的田园诗。范成大的田园诗素享盛名，其诗将传统的田园诗中的风光描写与对封建剥削的揭露结合为一体，创造了文化长卷式的"杂兴"体，此诗是《四时田园杂兴》中的一首，诗中句意清新、语言生动，真实地描绘了农村生活图景。

村居即事

范成大

绿①遍山原白②满川③，

子规声里雨如烟④。

乡村四月闲人少，

才了⑤蚕桑又插田。

注释

①绿：碧绿的树木野草。②白：水。③川：河。④雨如烟：细雨蒙蒙如烟雾一般。⑤了：结束，了结。

译文

山野新绿满川之水白光浩渺，细雨霏微如烟漠漠杜鹃声声。四月乡村家家繁忙闲人绝少，蚕事刚刚结束又开始了插秧。

赏析

　　作者考进士屡试不中，终身未仕，但其诗文颇有声名，与当时的徐照、徐玑、赵师秀并称"永嘉四灵"。其诗清新自然。

　　这首诗亦名《乡村四月》，是一首描写江南农村初夏风光的小诗。起句写自然之景，"绿"写树木葱郁，"白"状水光一色，句中不见树和水，却让人领略到它们的色彩。次写"雨"，雨在"子规声"中更显得悄无声息，虽如烟如雾，润物无声，却暗潜生机。后两句写农事繁忙，诗句朴实无华，却照应了上两句中的景物描写，"少"与"遍"和"满"照应，只见青山不见人。"才"与"又"显出一个"忙"字，更见景处有景，鲜明如画。

题榴花

朱熹*

五月榴花①照眼明②，

枝间时见子初成③。

可怜④此地无车马⑤，

颠倒⑥苍苔落绛英⑦。

*《全唐诗》与

《朱文公校昌黎先生集》皆作韩愈作

注释

①榴花：石榴花。石榴五月开花。②照眼明：喻石榴花鲜艳夺目。③子初成：石榴花刚开始结实。④可怜：可惜。⑤无车马：交通不便，无车无马，意谓无人来此赏花。⑥颠倒：散乱、纷乱。⑦绛英：深红色的花瓣。指红彤彤的石榴花瓣。

五月里开放的石榴花鲜艳似火、耀人眼目，在枝叶间不时地可见几个初成的果实。可惜这么好的花竟无人来观赏，白白地让鲜艳的花朵纷乱地飘落到苍苔上。

赏析

全诗以"榴花"为题，首先赞其色之艳丽耀眼，一个"照"字静中显动，一个"明"字物中见人。次写其果实刚刚萌生于枝叶之间，与上句一样，人与物相映。后两句抒发感叹，可惜此地交通不便游客稀少，无人观赏，一任花瓣飘落，被苍苔覆盖，一种花开花落的"惜花"之感油然而生。也许诗人是以"惜花"寓意"怀才不遇"的惋惜心情吧！

书①湖阴先生壁

王安石

茅檐常扫②净无苔，

花木成蹊③手自栽。

一水护田将绿绕，

两山排闼④送青来。

注释

①书：书写，记载。②常扫：常常打扫。③蹊：蹊径。④排闼：推开大门。

译文

茅草屋檐下常打扫没有青苔，路旁两边的花木自己亲手栽。一条溪水将绿色的农田环绕，大门外两座并峙的青山将碧翠画面送进来。

这首诗表面上在写湖阴先生的居处而不提及其人，实际上人即在其中矣。前两句写庭院、写屋内，虽是茅舍，但非常清洁，花木成行，喻修养之高，品德之茂。后两句又补充写出环境之佳胜，清泉绕绿，青山奇峰，排闼直入。可谓门临青山绿水，花绕晴日芳树。诗人将"一水"、"两山"拟人化了，不仅含蓄生动，而且静幽闲适，生动活泼，想象奇绝，意余不尽。末两句许多年来一直为人们所传诵。这是前人推崇王安石运用修辞技巧的又一名句。这一联对得十分工巧，尤其是"护田"与"排闼"，实是对偶之精者。五代沈彬诗"地隈一水巡城转，天约群山附郭来"，此乃化用其意。

乌衣巷

刘禹锡

朱雀桥①边野草花，

乌衣巷口夕阳斜。

旧时②王谢堂前燕，

飞入寻常③百姓家。

注释

①朱雀桥：秦淮河上桥名，离乌衣巷很近，面对金陵朱雀门，建于东晋咸康二年（336）。②旧时：从前，过去。③寻常：普通、一般。

译文

朱雀桥边的野草开着小花，夕阳的余晖斜照着乌衣巷口。以前栖息在王、谢府大堂前的燕子，现在已飞入寻常百姓家的屋檐下了。

这是一首怀古诗，诗人以极为凝练的语言，高度的艺术概括，表现了诗人抚今追昔的沧桑之感，寄托了世运无常的感慨。一、二句诗写曾经显赫一时的王、谢两家曾经居住的地方，如今已是杂草丛生，野花点点，夕阳斜照，凄冷荒凉。三、四句诗写王、谢两大家族已经不复存在了，过去出入于王、谢华堂中的燕子，如今也飞入了普通的百姓家中。全诗从侧面落笔，借眼前景物描写今昔之变，抒发怀旧之感，含蓄深沉，耐人寻味。

送元二使安西

王维

渭城①朝雨浥②轻尘，

客舍青青柳③色新。

劝君更④尽⑤一杯酒，

西出阳关⑥无故人。

注释

①渭城：在长安西北渭水北岸，是秦代咸阳旧址，汉武帝时改名渭城。②浥：湿润。③柳：古人离别时要折柳相送。言柳，暗示离别之意。④更：再。⑤尽：喝干。⑥阳关：关名，西汉置，在今甘肃敦煌市西南南湖镇破城子。因位于玉门关之南，故称"阳关"。出关便是荒凉的西域。

译文

一场早雨洗湿了渭城道上的灰尘，客馆旁的杨柳树郁郁葱

葱气象新。劝朋友再干尽这一杯酒，出了阳关就再也见不到故人。

赏析

这是一首送朋友赴边地远征的诗，后被谱入乐府。此曲又名《阳关曲》或《阳关三叠》。白居易《晚春欲携酒寻沈四著作》云："最忆阳关唱，珍珠一串歌。"自注道："沈有讴者，善唱'西出阳关无故人'词。"李商隐《赋歌妓》诗也有"断肠声里唱《阳关》"之句，可见此诗入乐后，曾是社会上最流行的送别歌之一。别情离绪为人类最普通的情感，将此最普通之情写为普通之词，为最普通人传唱，无大手笔，岂可得乎？

立秋

刘翰

乳鸦啼散玉屏①空,

一枕新凉一扇风。

睡起秋声②无觅处,

满阶梧叶③月明中。

注释

①玉屏:用玉石制成的屏风,或是颜色如玉的屏风。这里用来比喻傍晚明净的秋空。②秋声:秋风萧瑟的声音。③梧叶:梧桐叶,立秋之季,梧桐叶不耐寒,先自凋落,落下第一片叶子,题目是立秋,故特选桐叶。

译文

几只小乌鸦啼叫着四散而去,天空如玉屏般明净空寂,微风吹过带来一枕的清新与凉快,如同有人在枕边扇着风。仿佛

听见外面秋风萧瑟，醒来后却了无踪迹，只见落满台阶的梧桐叶沐浴在朗朗的月光中。

赏析

刘翰，字武子，南宋文人，作诗刻意追求南宋"永嘉四灵"的江湖派诗风。

这首诗分别描写了秋空、秋风、秋色。写秋空如玉制的屏风，晶莹皎洁，几声鸦啼，更显得秋夜的空明；写秋风，以人物为视角，诗人倚着簟枕，轻摇小扇，借来阵阵秋风；写秋色，再起转折，循着萧瑟的秋风起身寻觅秋色，却应了"梧叶落而天下惊秋"的说法，门外台阶已经撒满了梧叶，在月光照映下，给人的是清凉，还是惆怅？

品读经典

秋夕

杜牧

银烛①秋光冷画屏②，

轻罗小扇③扑流萤④。

天街⑤夜色凉如水，

卧看牵牛织女星。

注释

①银烛：比喻月光。②画屏：即绘有图画的屏风。③轻罗小扇：用轻薄的丝绢织成的团扇，即古代所说的"纨扇"。④流萤：即萤火虫。⑤天街：指天河。银河，古代传说天上有宫阙街市，银河一带繁星万点，有似天街。

译文

秋夜的烛光映照着冷冷的画屏，持一把罗扇扑打飞来飞去的萤火虫。天被夜色浸得凉如水，躺着看那里的牛郎织女星。

　　此诗描写了一位宫女在秋夜中寂寞的生活和凄凉的心情。只有白色的蜡烛与冰冷的画屏陪伴着她。秋天的寒风吹过,她无聊地扑打着萤火虫,生活是如此的烦闷,青春就在这凄凉的等待中慢慢消逝。看着天上的牛郎织女还有一年一次相会的机会,而她只有无尽的等待。整首诗意蕴含蓄,刻画形象生动逼真,典型地反映了宫女普遍的生活,作者寄寓了深深的同情。

晓出净慈寺①送林子方

杨万里

毕竟②西湖六月中，

风光不与四时③同。

接天莲叶无穷碧，

映日荷花别样红。

注释

①净慈寺：著名佛寺，位于今杭州西湖南岸。②毕竟：终归，到底。③四时：指春、夏、秋、冬四个季节。

译文

到底是西湖六月中旬，风光景物与其他季节都不同。碧绿的莲叶和天空一色，相连没有穷尽，荷花在阳光的照耀下格外鲜红。

这是一首咏赞西湖的佳作。语言明白易懂，风格妙在"以小见大"。四句话写出了西湖在特定时空中的美景特色。诗中的内容有四方面：六月、早晨、净慈、西湖。倘若要反映这一典型环境，必须选择典型材料，而莲花就是这四方面集中的代表性事物，因此，全诗就围绕着这个典型事物来描写。

前两句是虚写，后两句是实写。虚实结合，动静相宜，初日芙蓉，香清色艳，湖光山色，秀丽可餐。在后两句中诗人运用了"互文"这一修辞手法。在集中描绘旭日西湖荷花盛开的特有景象时，诗人用"无穷碧"与"别样红"，从表面上看，好像"无穷"是形容"碧"的，其实也在修饰"红"；同样，"别样"明是形容"红"的，其实也在修饰"碧"。读者漫吟中颇觉碧荷满湖，红花艳丽，这也是诗人借以表达对林子方惜别之情的象征。

饮湖上初晴后雨

苏轼

水光潋滟①晴方好②，

山色空蒙③雨亦奇。

欲把西湖比西子④，

淡妆浓抹总相宜。

注释

①潋滟：波光闪动的样子。②方好：才显得漂亮。③空蒙：烟雨迷茫、聚散变幻的样子。④西子：即西施，四大美人之一。

译文

水波荡漾，光彩熠熠，正是西湖春天的美景，而雨后山色迷茫，烟雨蒙蒙的景致同样令人赏心悦目，新奇无比。可以把西湖比做美女西施，无论淡妆还是浓抹都是那样秀丽宜人。

诗人在杭州任通判期间，曾写了大量咏叹西湖景物的诗，这是其中最为脍炙人口的一首。诗的前两句既写了西湖的水光山色，也写了西湖的晴姿雨态，阳光映照下，碧波荡漾，雨幕朦胧，山影缥缈。"晴方好"、"雨亦奇"，盛赞不同天气下的湖光胜景。后二句紧承上句，借用西施之美，用一个既空灵又贴切的妙喻传出了湖光的神韵，正因为西湖与西子都是其美在神，所以对西湖来说，晴也好，雨也好；对西子来说，浓妆也好，淡抹也好，都未改其美的神韵。"方好"、"亦奇"，正对"相宜"，可见诗人才思的空灵，比喻的神来之笔。

直中书省①

白居易

丝纶阁②下文章静，
钟鼓楼中刻漏长。
独坐黄昏谁是伴，
紫薇花对紫薇郎。

注释

①中书省：官署名，与门下、尚书同为中央政务中心。
②丝纶阁：草拟诏书的地方。语出《礼记·缁衣》"王言如丝，其出如纶"。意即王言意义重大，出言应当谨慎。

译文

丝纶阁里幽静寂然，我将诏书撰写好了，坐听钟鼓楼上报更的声音拖得很长。夜深人静，我一人独坐，谁与我做伴？只有庭院中的紫薇花与我这个紫薇郎相顾相盼。

　　白居易(772—846),字乐天,汉族,河南新郑(今郑州新郑)人,晚年号香山居士,唐朝伟大的现实主义诗人。他的作品涉猎广泛,多种多样,语言通俗易懂,被称为"诗魔"和"诗王"。官至翰林学士、左赞善大夫,现存有《白氏长庆集》,代表作有《长恨歌》、《卖炭翁》、《琵琶行》等。

　　这首诗抒发了诗人在中书省值夜班时的心情。第一句点出地点,第二句写出时间,第三、四句是重点,末句写人与花相伴。花唯紫薇花,人独紫薇郎,一句之中重叠两个"紫薇",越发显出花之寂寞,人之孤独,况复两者相对,同病相怜,其况味不言自喻。从另一方面反映出诗人忧国忧民、以国事为重的高贵情操。

观书有感

朱熹

半亩方塘一鉴①开②，

天光云影共徘徊③。

问渠④那得⑤清如许⑥，

为⑦有源头活水来。

注释

①鉴：一种青铜器皿，浅盘，盛水即可作为镜子。②开：开辟。③徘徊：来回移动。④渠：他、它。这里指池塘水。⑤那得：怎能。⑥清如许：如此的清澄。⑦为：因为。据《朱文公文集·卷二》作"谓"。

译文

半亩大小的方形池塘里水光明澈像一面打开的镜子，蓝天和白云的倒影在水面上缓缓移动。问它为什么如此清澈明晰，因为有源源不断的活水流进来。

　　诗题"观书"，似为议论评说，但诗中却是事物描写。看：半亩大的池塘像一面镜子那样明净澄澈，天光云彩都在镜子里闪耀浮游。若要询问它为何这般清澈，它的回答是：因为有源源不断的清水流进来。全诗围绕着一"清"字展开想象，层层铺开，以"鉴"作喻，以"天光云影"映衬，又设一问一答，妙趣横生，形象地表达出了诗人想说的道理、想发的议论。

品读经典

冬景

苏轼

荷尽已无擎雨盖①，

菊残②犹有傲霜枝③。

一年好景君须④记，

最是⑤橙黄橘绿时。

注释

①擎雨盖：指荷叶。②菊残：指秋菊的花朵已经枯萎。③傲霜枝：指耐霜的菊花枝叶。④须：应当、应该。⑤最是：正是。

译文

水面上荷叶枯萎败尽，再也见不到遮雨的叶盖，菊花凋谢后仍然挺立着傲霜的枝叶。一年之中最好的景致你应该记得，正是这橙黄橘绿的时节。

　　此诗原名《赠刘景文》，刘即杭州两浙兵马都监，常与苏轼诗酒往还，交谊甚厚。这首诗赞美初冬景色，泼墨于一个"色"字，先用"荷尽"、"菊残"作比、烘托。前两句描写凋残的花色，却并非贬义；后两句独选冬景为上佳之色，赞美了菊花"傲霜"的凛凛晚节，突出了橙橘常青树般的高洁品质。

枫桥夜泊

张继

月落乌啼①霜满天，

江枫②渔火对愁眠③。

姑苏④城外寒山寺，

夜半钟声到客船。

注释

①乌啼：指乌鸦夜啼。②江枫：江边的枫树。这里泛指江边之树。③对愁眠：即"伴愁眠"之意。指自己怀着游览的忧愁睡在船上。④姑苏：苏州的别称。苏州城外有姑苏山，苏州又称姑苏城。

译文

月亮落去，乌鸦啼叫，寒霜茫茫遍野，面对着江边的枫树和渔船的灯火使人愁闷难眠。姑苏城外的寒山寺里，半夜的钟声飘入到远来的航船。

赏析

张继，出生年月不详，字懿孙，襄州（今湖北襄阳）人。天宝年间进士及第，至德年间官任监察御史。大历年间在武昌任职，后因任检校祠部员外郎，在洪州掌管财政赋税，曾任租庸使、转运使判官，死于任所。他的诗关注时事，激越淋漓，事理皆切，寄意深远。

此诗写的是诗人夜泊枫桥时的所见所闻和他对江南深秋夜景独特幽妙的感觉，创造出一种隽永的诗境美，千百年来传诵不衰。整个诗句构成了一幅优美的图画：在寂静的长夜，传来阵阵乌鸦的啼叫，残霜满天，江边的枫树和渔船的灯火，陪伴着愁绪满怀、难以入眠的诗人，更有悠长的撞钟声，自远而来，打破了夜的沉静。那种凄美、迷蒙的境界，引人入胜。

品读经典

霜夜

李商隐

初闻征雁①已无蝉②，

百尺楼台水接天。

青女③素娥④俱耐冷⑤，

月中霜里斗婵娟⑥。

注释

①征雁：远飞的雁，这里指大雁南飞。②已无蝉：听不到蝉声了。③青女：神话传说中的霜神。④素娥：古代传说中嫦娥的别称。⑤俱耐冷：都经得住寒冷。⑥婵娟：姣好美丽。

译文

刚刚听到南飞大雁的鸣叫声，鸣蝉就已销声匿迹了。登上百尺楼台只见天水相接，烟波浩渺。天上司霜青女和月中嫦娥都能忍耐寒冷，正在寒月冷霜中比试美好的容姿。

李商隐（约813—858），字义山，号玉谿生，荥阳（今属河南）人，原籍怀州河内（今河南沁阳）。曾受牛党令狐楚提拔，表为巡官，后又有令狐楚之子令狐绹举荐，进士及第，任弘农尉。李党王茂元镇河阳，惜其才，用为掌书记。后李商隐娶茂元之女，牛党斥之为"背主、忘恩"。李德裕为相时，政事渐兴，李商隐亦积极从政。后牛党掌权，他遭反攻倒算，只得往桂州、徐州、梓州等处为幕僚，终于郑州。他性格孤高绝俗、耿直不屈，诗风"高情远意"，构思精细，语言清丽。

此诗以深秋之夜作为时间背景，着墨于霜天月色的景象描写。在高高的楼台上，诗人独自倚栏，极目水光天色交相辉映，托出一轮明月，霜神和嫦娥都在寒霜中争妍斗艳，各显异彩。诗人展开了想象的翅膀，诗意浪漫，反映了诗人向往美好光明的愿望。

梅

王淇

不受尘埃半点侵^①，
竹篱茅舍自甘心^②。
只因误识^③林和靖，
惹得诗人说到今。

注释

①侵：沾染、玷污。②甘心：安于现状。喻梅花生命力强。③误识：无意中得以结识。

译文

纯洁清白的身心不染一点灰尘，身居竹篱草屋也情愿甘心。只因为结识了人称"梅妻鹤子"的林和靖，才把这佳话传到如今。

梅

王淇

不受尘埃半点侵[1]，
竹篱茅舍自甘心[2]。
只因误识[3]林和靖，
惹得诗人说到今。

注释

[1]侵：沾染、玷污。[2]甘心：安于现状。喻梅花生命力强。[3]误识：无意中得以结识。

译文

纯洁清白的身心不染一点灰尘，身居竹篱草屋也情愿甘心。只因为结识了人称"梅妻鹤子"的林和靖，才把这佳话传到如今。

　　北宋诗人林逋《山园小梅》诗句"疏影横斜水清浅，暗香浮动月黄昏"，历代传唱为咏梅佳句。此诗借助林逋爱梅的故事，描绘出梅花不受世俗污染、自甘淡泊的高洁形象，以梅花比照人，写出住在竹篱茅舍中自甘寂寞不愿坠入世俗的真隐士的形象。

雪梅（其一）

卢梅坡

梅雪争春①未肯降②，

骚人③搁笔④费评章⑤。

梅须逊雪三分白，

雪却输梅一段香。

注释

①争春：争抢春色。②降：降伏、退让。③骚人：指诗人。④搁笔：放下笔。⑤评章：即评论、讨论。

译文

梅花和雪花互争春色，谁也不肯服输，使得诗人只好搁笔费心加以评判。梅花虽白但比雪还差三分，雪花却输给梅花一股幽香。

卢梅坡，生卒年不详，宋代诗人。流传下来的诗词较少。

此诗评价了雪与梅的高下，又说明二者互为陪衬的另一面，梅花和白雪互相媲美争夺春辉，谁也不相退让，诗人无法评论，只好搁笔免得白费笔墨。梅花应该承认没有雪那么洁白，白雪也要承认没有梅花那种清香。诗人的笔下，梅与雪各有千秋，相得益彰，无须争强好胜，各自谦让一步，自然互见短长。诗人借此倡扬一种谦逊的美德，强调人贵有自知之明。

雪梅（其二）

卢梅坡

有梅无雪不精神^①，

有雪无诗俗了人^②。

日暮^③诗成天又雪，

与梅并作^④十分春^⑤。

注释

①精神：神采，神韵。这句的意思是：梅花如果没有白雪相映衬，就显得缺乏精神。②俗了人：给人一种庸俗的感觉。③日暮：天晚。这句是指天黑之时写成诗，天又下起了雪。④并作：合作，合成。⑤十分春：十足的春色。

译文

梅花没有雪花映衬就缺乏神采，赏雪不吟诗章就是俗人。傍晚时分新诗吟成却又大雪纷纷，三者合一构成春色十分。

　　此诗是承上首诗进一步深化了雪、梅的关系。在作者看来，雪、梅二者缺一不可，否则将会失去韵致，而如果雪、梅缺乏诗的点评则俗气而不够高雅，雪、梅、诗三者合一才是最高的境界。此诗是对前一首诗的情趣的进一步深化，是作者高尚的生活追求。

泊秦淮

杜牧

烟笼①寒水月笼沙，
夜泊秦淮②近酒家。
商女③不知亡国恨④，
隔江犹唱后庭花。

千古名诗千家诗

注释

①笼：笼罩。②秦淮：河名，发源于江苏溧水县，流经南京市区而入长江。六朝以来即为旅游胜地和著名的游乐场所。③商女：以卖唱为生的歌妓。④亡国恨：这里是指南朝国家灭亡的遗恨。

译文

烟雾笼罩着寒水，月光笼罩着沙滩，夜晚船停靠在秦淮河边靠近酒家的地方。卖唱的歌女并不懂得亡国的沉痛，隔着江水依然唱着《玉树后庭花》这首曲子。

这首诗是夜泊秦淮河所见所闻的描写，寄寓了诗人深沉的感受，同时揭露了晚唐统治集团沉溺声色、醉生梦死的腐朽生活。一、二句，诗人以一幅月色迷蒙、轻烟淡雾、笼罩着秋夜的河水的图景，引出人物。一个"近"字，点明了诗人观景的视角位置。后两句着重抒情，是全诗的重点。由"酒家"引出"商女"，又由"商女"引出"后庭花"曲，由视觉转而听觉，自然顺畅，境中生意，意中抒情，有感而发，独具匠心。

题 壁

无名氏

一团茅草乱蓬蓬^①，

蓦地^②烧天蓦地空。

争似^③满炉煨^④榾柮^⑤，

慢腾腾^⑥地暖烘烘。

注释

①乱蓬蓬：散乱，乱八七糟的样子。②蓦地：忽然地。③争似：怎比得上。④煨：小火。⑤榾柮：短木块、树根。⑥慢腾腾：慢悠悠。

译文

一团茅草乱七八糟烧起来，顷刻烈焰腾空转瞬烧成灰烬。怎么比得上烧烤满炉老树根，缓而持久提供给人们舒暖适意。

千古名诗千家诗

　　后人对这首诗的看法不尽一致。有说是反对王安石变法革新的，有说是比喻得势小人，一时气焰万丈，权势滔天，一朝身败名裂，灰飞烟灭。不管是什么含义，皆可发人深思。诗的风格虽较粗犷，但其艺术手法比较成熟。比喻贴切，形象逼真。

七　律

早朝大明宫

贾至

银烛①朝天紫陌②长，禁城③春色晓苍苍④。

千条弱柳垂青琐，百啭流莺绕建章。

剑佩声随玉墀步，衣冠身惹御炉香。

共沐恩波凤池上，朝朝染翰侍君王。

注释

①银烛：白色的蜡烛，这里代指月光。②紫陌：京都的道路。③禁城：皇帝宫苑所在地的垣墙叫禁城，乃禁止一般人出入。粉刷的颜色为紫色，因而又叫紫禁城。④晓苍苍：形容拂晓时的天空，苍苍，深青色。

译文

大臣们手持银烛朝见皇上，排列在长安路上，皇城春意盎然，晓来天色苍苍。千万条嫩柳垂挂在宫门前，上百只黄莺绕

着大明宫婉转地啼叫着。大臣们走在玉砌的台阶上，身上的宝剑玉佩叮当作响，衣服帽子上沾带散发出御香炉里的烟香。大家在宫中共同沐浴着浩荡的皇恩，天天起草诏书文令，侍奉着君王。

赏析

贾至（718—772），唐代文学家，以诗文著称。

此诗以"早朝大明宫"为题，是诗人随肃宗在长安大明宫赦天下之时所作。全诗歌功颂德，人称"御用诗"，虽其思想内容无可取之处，但其艺术上还是可以借鉴的。全诗扣题紧，首联用"银烛朝天"表达"早朝"二字，御街深宫，春晓月沉；颔联紧扣"明"字，柳笼宫院，流莺百啭，气氛浓郁；颈联扣住"朝"字，群臣诚惶诚恐，彬彬有礼，突出帝王的尊严；尾联歌颂皇帝恩德，表达忠于职守、报恩勤王的忠心。句句意境鲜明，前后情景交融，当为应制诗中上乘之作。

和贾舍人早朝

杜甫

五夜①漏声②催晓箭③，九重春色醉仙桃。

旌旗日暖龙蛇动，宫殿风微燕雀高。

朝罢香烟携满袖，诗成珠玉在挥毫。

欲知世掌丝纶美，池上于今有凤毛。

注释

①五夜：即五更。②漏声：铜壶滴漏的声音。古代无钟表，用来计算时间的工具叫漏。一般以铜壶盛水。使水滴于有刻度的器具中，而视其盛水的情况来计时。③晓箭：计时用的铜壶上标明时刻的箭杆状标尺。比喻漏声催晓，如箭之速。

译文

五更的漏声像箭一样催晓，皇帝的容颜像仙桃般红润丰满；旗帜在丽日下像龙蛇蜿蜒飘舞，燕子在微风中高翔于殿檐

之上；大臣退朝后衣襟都带着熏香味，提笔便写出了珠圆玉润的诗篇；要知谁是几辈人都在干这起草文书的美差，那就是凤凰池上的贾舍人他们一家了。

此诗为杜甫唱和贾至的《早朝大明宫》之作，表达了诗人对贾至的一片赞美之情。诗先分别交代了时间、地点及入宫时的所见，如"日暖"、"风微"中的龙蛇飞动、燕雀交翔，既是诗人真实的所见，同时在轻快活泼的笔调中暗含了对群臣沐浴皇恩的喜悦之情的描述。尾联一语双关，既表达了对诗人贾至的赞赏，又切合奉和之作的主题。

和贾舍人早朝

王维

绛帻①鸡人②报晓筹，尚衣③方进翠云裘。

九天阊阖开宫殿，万国衣冠拜冕旒。

日色才临仙掌动，香烟欲傍衮龙浮。

朝罢须裁五色诏，佩声归到凤池头。

注释

①绛帻：大红色的头巾。②鸡人：掌管报晓的宫人。③尚
衣：掌管帝王衣服的官员。

译文

头戴红巾的卫士高声报道清晨已至，尚衣官刚刚给皇帝进
献翠绿云纹的皮衣。高耸九天的皇宫大门一一敞开，各国使
臣、文武百官共同朝拜帝王。张开的掌扇迎着初升的朝日，香

烟缭绕着龙袍在浮动。早朝完毕还要撰写五色诏书，玉佩声中
已快步赶回到凤凰池。

这首诗也是对贾至
诗的唱和之作。当时
王维任太子中允之职。
此诗题目虽标明"和"
字，但并不依照贾至
的原韵，只是和其主
题而已。

在著名的唐诗选本
《唐诗别裁集》及《唐
诗三百首》中，都只
选王维和岑参的诗，
贾至的原诗反而未被
选入。因为杜甫、王维、
岑参的和诗，艺术水
平远远超过原诗。王维这首和诗，气派宏大，曾被许多皇帝所
赏识。全诗的结构：首联写上朝之前，颔联写朝见，颈联写退
朝，尾联专说贾舍人，而"九天阊阖开宫殿，万国之冠拜冕旒"
句，气象、气氛、气派、气度，相得益彰，烘托尊严，造语堂皇，
向称名句。

和贾舍人早朝

岑参

鸡鸣紫陌曙光寒，莺啭皇州①春色阑②。

金阙③晓钟④开万户，玉阶仙仗⑤拥千官。

花迎剑佩⑥星初落，柳拂旌旗露未乾。

独有凤凰池上客，阳春一曲和皆难。

注释

①皇州：皇城、帝京。这里指长安。②春色阑：春天将尽。③金阙：宫阙。此指大明宫。④晓钟：大明宫前有钟鼓楼，用以报时。⑤仙仗：指皇宫的仪仗。⑥剑佩：殿前卫士以及朝臣佩带的宝剑、玉石等饰物。

译文

鸡叫的时候，长安的大路上泛起了清寒的曙光，树林间，莺鸟婉转啼鸣，京城的春天将尽了。皇宫的晓钟敲过，千门万

户都大开了，玉砌的台阶上仪仗队簇拥着上朝的官员。阵阵袭来的花香像在欢迎着他们的到来，星星刚刚隐没，柳枝上露水还未干，微风轻拂着旌旗。在众多满腹经纶的文客中，独有凤凰池上的贾至做起诗来像"阳春白雪"，难于唱和。

赏析

这首诗紧扣"早朝"主题，诗中"曙光寒"、"春色阑"、"晓钟"、"星初落"、"露未干"均体现了一个"早"字，而"金阙"、"仙仗"、"拥千官"、"旌旗"皆表现一个"朝"字。这首诗被后世人称誉其"精工整密，字字天成"，对其场面的描绘更有特色。

上元应制

蔡襄

高列千峰①宝炬森②，端门③方喜翠华④临。

宸游不为三元夜，乐事还同万众心。

天上清光留此夕，人间和气阁春阴。

要知尽庆华封祝，四十余年惠化深。

注释

①千峰：指众多的灯火如山。古时正月十五日之夜，将彩灯堆叠成山形，取名鳌山。②宝炬森：指灯火林立。森，排列耸立。③端门：宫殿的正门，皇帝居住的宫殿的第一道大门，后世称之为午门。④翠华：皇帝身后的障扇，此指代皇帝的仪仗。亦可解为御驾。

译文

灯烛林立，像高高排列的千座山峰，皇帝正高兴地登临到午门

上。天子出游不是为观看灯山火海，而欢乐的事还是跟万民的心相同。天上明亮的月光在今夜流连，人间温暖融和的气息像长住的春天。要知道为什么百姓都仿效华封人祝颂天下，为着皇上在四十多年对百姓恩泽仁爱深厚的缘故。

赏析

　　蔡襄（1012—1067），字君谟。他为人正直，讲信义，学识渊博，擅长书法，书法史上"苏、黄、米、蔡"中的"蔡"即是蔡襄。他的书法恬淡端庄，浑厚有力，自成一家。

　　全诗是作者侍仁宗观灯，奉命之作。首联写了作者所见的灯会盛况，彩灯罗列，人头攒动，一派热闹景象；中间两联点明天子与民同乐的主旨，"天上清光"与"人间和气"一语双关，表达了皇帝的喜悦与万民的激动，使全诗气氛欢跃；尾联借用《庄子》典故，进一步表达了臣民对皇帝的祝福与感恩。

上元应制

王珪*

雪消华月①满仙台②，万烛当楼宝扇③开。

双凤云中扶辇④下，六鳌⑤海上驾山来。

镐京春酒沾⑥周宴⑦，汾水秋风陋汉才。

一曲升平人尽乐，君王又进紫霞杯。

★一作王洪作

注释

①华月：月亮的光辉。②仙台：宫殿的楼台。③宝扇：皇帝仪仗中遮风挡阳用的大扇子。④辇：专指帝王等乘坐的车。⑤六鳌：传说中背负蓬莱等仙山的六只大龟。⑥沾：分沾，指参加。⑦周宴：周武王曾在镐京大宴群臣，这里代指皇帝在元宵之夜要宴请群臣。

译文

　　春雪消融，皎洁的月光洒满瑶台，万烛煌煌，高楼的宝扇忽然双开。灯彩有双凤排云驾仙人的辇车，鳌鱼堆砌成巍峨神山破浪而来。周武王镐京集宴群臣规模不大，汉武帝汾水巡游君臣同歌秋风。高丽进曲，歌舞升平，万民享其乐；普天同庆，君王甚乐，紫霞杯赐酒。

赏析

　　王珪（1019—1085），字禹玉，北宋时期名相，著名文学家。

　　这首诗是皇帝《上元观灯》诗的唱和之作。大凡这种"应制"诗词都必须运用一些公式化的歌颂词汇，如诗中的"宝扇"、"仙台"、"双凤"等，还要引用一些典故，如"六鳌海上驾山来"、"镐京春酒沾周晏"等。这种"应制"诗的格式称"使事"。据《侯鲭录》载："元祐中，元夕上御观灯，有御制诗，时王珪与蔡持正为左右相。持正扣王珪云：'应制上元诗如何使故事？'王珪曰：'鳌山、凤辇，外不可使。'章子厚笑曰：'此谁不知。'后两日登对，上（皇上）独赏王珪诗，云妙于使事。"

答丁元珍

欧阳修

春风疑不到天涯①, 二月山城②未见花。

残雪③压枝犹④有橘, 冻雷⑤惊笋欲抽芽。

夜闻啼雁生乡思, 病入新年感物华。

曾是洛阳花下客, 野芳虽晚不须嗟。

注释

①天涯: 天边, 天尽头, 这里指地处边远的峡州。②山城: 泛指丁元珍住处的城。据载此诗作于三峡, 但并非指白帝城。③残雪: 即尚未融化完的雪。④犹: 还, 仍。⑤冻雷: 早春的雷, 即惊蛰节气的雷。

译文

心里想春风吹不到这遥远的边疆, 二月了山城还没见到鲜花开放。残雪尚未消融的枝上还有过冬的橘子, 春雷声声惊醒

竹笋想要抽出新芽。夜听雁声产生对家乡的深深思念，病中感慨新的一年万物起了变化。你曾在洛阳任留守官职，多历春光，多见春花，暂谪山野，荒野花儿晚开也不必抱怨悲叹。

赏析

欧阳修（1007—1072），字永叔，号醉翁，晚号六一居士，祖籍庐陵（今属江西）。少孤，贫而好学。天圣八年（1030）中进士，先后担任过知制诰、翰林学士、枢密副使等职。他是范仲淹"庆历新政"的拥护者，并和尹洙、梅尧臣等人倡导诗文革新运动，堪称北宋文坛的泰山北斗。欧阳修注意提携后进，曾巩、王安石、苏舜钦、苏轼父子等都出于他的门下。他在诗词文等多方面都取得了很高的成就，著作等身。欧词格调清新，语言明丽。代表作品有《秋声赋》、《醉翁亭记》等。

这首诗是作者被贬到峡州夷陵时所作，诗中通过对山城春晚的感叹，表达了作者被贬他乡的哀怨心情。

插花吟

邵雍

头上花枝照酒卮^①，酒卮中有好花枝。
身经两世^②太平日，眼见四朝^③全盛时。
况复^④筋骸粗康健，那堪时节正芳菲。
酒涵花影红光溜，争忍花前不醉归。

注释

①酒卮：酒杯。②两世：即六十年，古时以三十年为一世。③四朝：指真宗、仁宗、英宗和神宗四朝。④况复：况且又。

译文

招展的花枝，映照手中的酒杯，手中的酒杯印含妍丽的花枝。亲身经历了整六十年太平岁月，亲眼见到过四位君王全盛时日。况且我筋骨强健，身体健康，再加上这大好季节、满眼春芳。酒杯里映满花影，红艳艳光流彩溢，怎忍在花前不酩酊大醉痛饮它一场？

赏析

邵雍（1011—1077），字尧夫，自号安乐先生、伊川翁，北宋哲学家、易学家。创"先天学"，认为世间万物都是由"太极"演化而成的。

由于诗人隐居生活比较充实，饮酒时常于酒杯中瞥见头上的花枝，便觉兴致盎然。诗人经历了真宗、仁宗、英宗、神宗四代皇帝，而这四代正是赵宋国力强盛、民富物丰的太平盛世，所以，诗中的叙述并非有意粉饰太平。既然作者一生并未受到委屈，安贫且乐，六旬老翁，无病无痛，衔杯乐圣之情自在言表，在对着花枝映酒、红光欲溜的情况下，难道不饮而归吗？难道"相逢不饮空归去，洞口桃花也笑人"吗？

寓意

晏殊

油壁香车①不再逢，峡云无迹任西东②。

梨花院落溶溶月③，柳絮池塘淡淡风④。

几日寂寥⑤伤酒⑥后，一番萧索⑦禁烟⑧中。

鱼书欲寄何由达，水远山长处处同。

注释

①油壁香车：即油壁车。古代一种用油漆涂饰车壁的华贵车子。②任西东：不定之意。③溶溶月：月色如水一般柔和。④淡淡风：微微吹拂的轻风。⑤寂寥：静寂、孤寥。⑥伤酒：厌酒、腻烦酒。⑦萧索：萧条，冷落。⑧禁烟：即禁火。旧俗清明前一日为"寒食节"。这一天禁火，只能食冷食。

译文

美丽女子乘坐的油壁香车再也碰不到了，就像巫峡顶上飘

动的云团已没了踪影。开满梨花的院落里只有流动的月光，柳絮飘拂的池塘边上只有淡淡的微风依旧。连日来以酒浇愁又恰逢寒食节禁烟火，更显得萧条冷清。想写封信寄给远方的人，却不知如何才能送到，山远路长，只有难以排遣的愁绪忧思无处不在。

赏析

晏殊（991—1055），字同叔，祖籍抚州临川（今江西抚州）。少有文名，被誉为神童，皇帝亲自召见，赐进士及第。担任同平章事，兼枢密使，死后谥号元献。晏殊不仅自己身居高位，同时也注重提携后人，范仲淹、韩琦、欧阳修等都是他的弟子。晏殊在文坛上以词著称，小令写得最好，有词一百三十多首，集成《珠玉词》，大部分是写闲逸生活，缠绵幽美，用语新奇，善于炼字，有不少名句。

晏殊的诗在富贵气质中却有缠绵悱恻的情致，故有"富贵闲人"之称。此诗题为"寓意"，意为一段幽怨难以明说，只好含蓄于诗句之中。首联飘忽传神，油壁香车刚刚辗过又骤然消失，一片彩云飘忽不定，喻爱情起波折；颔联景中有情，院落中的梨花沐浴在如水的月光之下，淡淡轻风荡起池塘边的柳絮，描绘出一种情致缠绵的境界；颈联写眼前景况，欲遣不能，一副颓唐、沮丧的失落景象；尾联则宕开一笔，自问自答，自我排遣，似乎想从抑郁的爱情伤感中挣脱出来，以寄书信的方式，去找回失去的爱情。但"处处同"一句又提醒自己：世事处处同，还是别执著吧！

寒食

赵元镇

寂寂柴门①村落里，也教②插柳纪年华③。

禁烟不到粤人国④，上冢⑤亦携庞老家。

汉寝唐陵无麦饭，山溪野径有梨花。

一樽竟藉青苔卧，莫管城头奏暮笳。

注释

①柴门：农家的篱笆门。②也教：也懂得。③插柳纪年
华：古代习俗。寒食节门上房檐上插柳，标志着冬季已经过
去，草木开始返青抽芽。纪，同"记"。④粤人国：指今两广
一带。当时寒食节禁烟的风俗还没有传到那些地方。⑤上冢：
即上坟祭扫。冢，坟堆。

译文

寒食节时，村落里冷清的柴门上，也插上了柳枝作为节日

的标志。寒食禁烟的习俗虽没有传到岭南广东一带，但上坟的规矩却与中原类同。昔日的汉唐寝陵已无人携麦饭前去祭祀，而山村野路上却开满了雪白的梨花。手持酒杯喝着醇香的美酒，竟醉卧在了青苔上，全然不去理会城头奏起的胡笳。

赏析

赵元镇（1085—1147），精通经史，擅长诗文。

这首诗是作者被贬潮州时所作，诗中隐含作者被贬后的愤懑与不满。首联写寒食节岭南边荒之地也插柳记岁，颔联却道出岭南与中原习俗之异同，颈联紧承颔联叙写了昔日汉唐寝陵的孤寂，隐含了作者对时局的不满，尾联直抒胸臆，道出作者的超然心态。全诗用笔曲折，表意深刻。

清明

黄庭坚

佳节清明桃李笑①，野田荒冢②只生愁。

雷惊天地龙蛇蛰③，雨足郊原草木柔。

人乞祭余骄妾妇，士甘焚死④不公侯。

贤愚千载知谁是，满眼蓬蒿共一丘。

注释

①桃李笑：形容桃花、李花盛开。②荒冢：长满荒草的坟墓。③蛰：动物冬眠时潜伏在洞穴中不食不动的状态。④士甘焚死：此句用介子推被焚的典故。

译文

桃花、李花已在清明节时开放，荒原上破败的坟墓引起愁怀。春雷震动大地，龙蛇也被惊醒，雨水充足草木长得嫩绿可爱。介子推廉洁宁愿烧死不封侯，齐人无耻乞食还要炫耀

妻妾。谁贤谁愚千年后难以分辨了，都同样埋在沉寂的荒野之中。

赏析

黄庭坚（1045—1105），字鲁直，号涪翁，又号山谷道人，祖籍洪州分宁（今属江西修水）。他一生仕途不顺，但以文名世，早年师从苏轼，为"苏门四学士"之一。他诗、词俱佳，尤其善诗，是江西诗派的祖师。其词与秦观齐名，秀逸豪放兼得，著有《山谷集》。

清明扫墓多哀伤，而此诗却以"笑"开篇，桃李花开似笑迎扫墓人，但见荒凉的祖坟又不由生出愁绪；颔联又以饱满的热情，描绘春气发动给大地带来万象更新；颈联又由喜转悲，引用典故——齐人偷吃了祭剩的酒肉后，还回家向妻妾炫耀自己天天"吃请"的光彩，以此影射奸臣献媚的卑鄙形象；尾联劝人兼自劝：谁贤谁愚千古难以评说，最终都不免归蓬蒿荒冢。

曲江对酒（其一）

杜甫

一片花飞减却^①春，风飘万点正愁人^②。

且看欲尽^③花经眼^④，莫厌伤多酒入唇。

江上小堂巢翡翠^⑤，苑边高冢卧麒麟。

细推物理须行乐，何用浮名绊此身。

注释

①减却：减去、减了。②愁人：令人忧愁。③欲尽：花即
将谢尽。④花经眼：花瓣在眼前闪过。⑤巢翡翠：翡翠筑巢。
翡翠，水鸟名，属鸣禽类，羽毛翠绿可爱，俗呼翠雀。

译文

一片片落下来的花瓣让人感到春色消减了许多，一阵大风
万花飘落，更让人忧愁万分。暂且看那些开败的花儿从眼前飞
过，不要担心酒多伤人而停止举杯。曲江上小楼里的翡翠鸟儿

又筑起了巢，芙蓉苑高大坟墓边上踞卧的麒麟依旧。细细地推究万物荣衰变迁的道理，发现人应该及时行乐，何必用转瞬即逝的浮名绊住自己的一生呢？

赏析

这首诗作于乾元元年暮春，时杜甫虽任左拾遗，但于事无补，于是怀着一种失落的心情来到曲江边，面对落花纷飞和安史之乱后曲江的残败景象，借诗抒怀。首联从"一片落花"入笔，虽小小一片，却减却了美好的春光，何况"风飘万点"，可见"愁人"的伤感；颔联由叹春转而惜春，由"欲尽"到"莫厌"，情思起伏，凄婉无限；颈联从飞花转到人事，回头看，江边旧时华丽的小堂现在只供鸟儿们筑巢栖息，花苑边那些雕龙画凤的墓碑也被推倒，让人有人去堂空、好景不再的感慨；尾联议论，由观景伤怀到反思自问，似乎找到了精神上的解脱。

曲江对酒（其二）

杜甫

朝回①日日典②春衣，每日江头尽醉归。

酒债③寻常④行处⑤有，人生七十古来稀。

穿花蛱蝶⑥深深见，点水蜻蜓款款飞。

传语风光共流转，暂时相赏莫相违。

注释

①朝回：上朝回来。②典：典当、抵押。③酒债：赊欠的酒钱。④寻常：往往、一般。⑤行处：到处。⑥蛱蝶：即蝴蝶。

译文

天天上朝回来拿着春衣去典当，每天都去江头大醉而归。我去过的酒店都欠了酒债，这很平常，人生活到七十岁自古来就很稀少。蝴蝶在花丛中穿来穿去时隐时现，蜻蜓在水面漫飞

忽高忽低。寄语景物风光人生贵适性，即使给我短暂的欣赏也不要违背我的心愿。

赏析

这首诗也是杜甫的感春之作，寓意也是及时行乐。诗人典衣买酒尽兴方归，似乎是一种豁达，其实反衬出作者与日俱增的哀愁。作者想以与春光共流转的方式超脱自我，然而这也仅是暂时的欣赏而已。

黄鹤楼①

崔颢

昔人②已乘黄鹤去，此地空余黄鹤楼。

黄鹤一去不复返，白云千载空悠悠。

晴川③历历④汉阳树，芳草萋萋⑤鹦鹉洲⑥。

日暮乡关何处是，烟波江上使人愁。

注释

①黄鹤楼：在湖北武昌市黄鹄矶上，面对着长江。②昔人：传说中乘黄鹤飞去的仙人子安。③晴川：指晴川阁，在汉阳东。④历历：清晰分明。⑤萋萋：草木茂盛。⑥鹦鹉洲：位于汉江西南长江之中的小洲。

译文

前人已经乘着黄鹤成仙而去，这里就只剩下空旷的黄鹤楼。黄鹤飞去杳无音讯不再回来，只有白云悠悠千年寂寞飘

浮。晴朗中的汉阳绿树历历在目，茂密的春草铺满了鹦鹉洲头。暮色苍茫下何处是我的故乡，江上烟波茫茫平添无限怅惘。

赏析

这是一首脍炙人口的七言律诗，据辛文房《唐才子传》载：李白登黄鹤楼见此诗，发出"眼前有景道不得，崔颢题诗在上头"的感叹，遂不作黄鹤楼诗。诗的前两联紧扣黄鹤楼，托想空灵，寄兴高远。首联点题，写楼名来历，楼壁有黄鹤下壁而舞、仙人驾鹤远去图画，诗人巧妙地用诗释图，"乘"、"空余"前因后果勾连呼应；颔联接着写楼上所见，仍从传说故事生发开来，仙人驾鹤不再复返，登楼所望见的唯有片片白云千载飘荡；颈联实写，诗人的目光由仰望长空转而俯瞰大地，遥望对岸，山川晴朗锦绣，绿树历历在目，视线南移，江中的鹦鹉洲上花草郁郁葱葱；尾联由景抒情，遥望夕阳西下的远方，只见江山烟雾弥漫，更添思乡愁，一种游子无定止的人生感慨油然而生。

旅怀

崔涂

水流花谢两无情，送尽东风过楚城①。

蝴蝶梦②中家万里，杜鹃枝上月三更。

故园书动经年绝，华发春催两鬓生。

自是不归归便得，五湖烟景有谁争。

注释

①楚城：泛指湖南、湖北一带广大的地区，春秋战国时期是楚国的城池和地域。②蝴蝶梦：本为《庄子·齐物论》的典故："昔者庄周梦为蝴蝶，栩栩然蝴蝶也……俄而觉，则蘧蘧然周也。"诗中泛指梦境。

译文

水自流逝，花自凋零，都是那么无情，等春天将尽的时候，我已来到楚地。夜晚梦中成了一只蝴蝶却无法抵达万里之

外的家乡，醒来时，杜鹃在枝头啼叫，已是三更时分。故乡的书信，已经断绝有一年多了，光阴流逝，两鬓边生出了白发。是由于自己在外不愿回去，想回也是很便当的，太湖上烟波浩渺的风景有谁与我来争呢？

赏析

　　崔涂（854—？），字礼山，晚唐诗人。久在西南、西北做客，多羁愁别恨诗作，情调抑郁低沉。

　　这首诗寄寓着一种深沉的旅途情怀。首联写流水东去、花开花谢都是不可抗拒的自然现象，一路上度过了春天又走过了楚城；颔联写故乡的音信断绝已经多年了，思乡的愁闷催白两鬓华发；尾联写，是回去还是不回去当然由自己决定，但江南胜景能由人任意争夺吗？诗中表达了强烈的思乡情绪，但又流露出想回乡又不忍回乡的矛盾心理。

答李儋

韦应物*

去年花里^①逢君别，今日花开又一年。

世事茫茫难自料，春愁黯黯^②独成眠。

身多疾病思田里^③，邑^④有流亡^⑤愧俸钱^⑥。

闻道^⑦欲来相问讯^⑧，西楼望月几回圆。

*一作杜甫作

注释

①花里：指花开时节，即始春之际。②黯黯：即黯然，心神沮丧的样子。③思田里：思念田园乡里，暗含希望归隐家乡，享受田园之乐的情绪。④邑：城市。所指滁州，诗人当时任滁州刺史。⑤流亡：指流浪的穷人，或四处逃荒的百姓。⑥愧俸钱：意指愧对国家的俸禄。俸钱，旧时说薪俸，今天叫"工资"。⑦闻道：听说。⑧问讯：探望，探听情况。

译文

去年开花时与你分别，到今年花开时又过了整整一年。世事茫茫谁都难预料，春日里心情黯淡独自无奈在床眠。自身患有多种疾病很想早日回家园，想着城内衣食无着的流浪百姓，我愧对薪俸钱。听说你想要来看望我，长盼你来西楼望月，月儿已经有过几回圆。

赏析

全诗语言自然，感情真挚，以怀友起，又以怀友结，首尾呼应，写得浑圆通畅。首联叙别，由景融情，引起"世事茫茫"之慨；颈联进而写个人精神的苦闷，渴望得到友人的慰勉；尾联以月圆盼人圆加深全诗怀友情志的表露。

江村

杜甫

清江^①一曲抱^②村流，长夏^③江村事事幽。

自去自来梁上燕，相亲相近水中鸥。

老妻画纸为棋局^④，稚子敲针作钓钩。

多病所须惟药物，微躯^⑤此外更何求。

注释

①清江：指浣花溪，溪水清澈。②抱：环抱，围绕。③长夏：漫长的夏日。④棋局：棋盘。⑤微躯：微贱的身体。作者对自己的谦称。

译文

一弯清清的江水环抱小村而流，江村的夏天处处安谧清幽。梁上有飞来飞去的燕子，水中有相亲相爱的白鸥。老妻在纸上画棋盘，小儿在敲针做鱼钩。年老多病的我所需要的只是药物，微薄的身躯除此之外还有什么要求?

赏析

这首诗就是描写诗人在成都西郊草堂安贫乐素的生活。唐肃宗上元元年(760),杜甫经过长达四年的流亡生活,举家来到受安史之乱影响较小的成都,并在风光秀丽的西郊浣花溪畔,营建数间简朴的草堂,使他在久经颠沛流离之后,寻得一个暂时安居的栖身之所,时而流露出相当满足的心情。诗的构思独特,以表面的满足衬托内心的不满足,再以"幽"字为线索,即形象地刻画这个"幽"字体现生活表面的满足。古代评论家说,这种"背面敷粉"的修辞手法,是以"乐境写哀,以哀境写乐,一倍增其哀乐"。由此可见千年前中国高级知识分子的生活写照。

夏 日

张耒

长夏村墟①风日清②，檐牙③燕雀已生成。

蝶衣晒粉花枝午，蛛网添丝屋角晴。

落落④疏帘邀月影，嘈嘈⑤虚枕纳溪声。

久斑⑥两鬓如霜雪，直欲⑦樵渔⑧过此生。

注释

①村墟：村庄。②清：晴爽。③檐牙：屋檐斗拱。④落落：稀稀疏疏的样子。⑤嘈嘈：形容水流声音的嘈杂。⑥久斑：时间长久。⑦直欲：真想、真愿意。⑧樵渔：砍柴、打鱼。这里是指隐居的生活。

译文

漫长的夏日里江村沐浴着清风丽日，屋檐下，小燕雀已在振翅试飞。晴天里，蝴蝶在花枝间飞舞，蜘蛛在屋角悠闲的结

网。晚上，月光照在稀疏的竹帘上，枕边传来了嘈嘈的流水声。早已花白的头发如今像霜雪一般白了，年老的我，真想隐居起来，过着恬淡的樵渔生活。

赏析

作者张耒，北宋诗人，其诗自然清新，平易流畅，通俗质朴，这首诗是诗人罢官后在乡村闲居时所作。首联写对农村夏日的总体印象为一个"清"字；颔联写蝴蝶晒粉于花间，蜘蛛因天晴添丝于屋角，则更显得幽静之极；颈联写夜晚"虚帘"、"凉枕"，陌中见"清"，"纳"字形象逼真，耳贴枕，似觉枕中有声；尾联水到渠成带一笔，写常年于官场奔忙，已经两鬓如霜，而这里的环境如此宜人，真想过一生打柴捕鱼的生活。

积雨辋川庄作

王维

积雨空林烟火迟^①，蒸藜^②炊黍^③饷^④东菑。

漠漠水田飞白鹭，阴阴夏木啭黄鹂。

山中习静观朝槿，松下清斋折露葵。

野老与人争席罢，海鸥何事更相疑。

注释

①烟火迟：烟火缓缓上升。②藜：野菜名，一年生草本植物，嫩叶可以吃。古人常以藜藿为羹。③黍：又称黍子，在北方称为黄米。④饷：送饭食。

译文

连雨时节，丛林上空炊烟缓缓升起，农家煮好藜黍送去东边的庄稼地。广阔迷茫的水田上飞翔着白鹭，碧荫深幽的树林里传来黄鹂婉转的歌声。我久居山中习惯于静观槿花朝开暮

落，坐在松树下摘把带露的葵叶供清斋素食。野老早已不跟人
争席了，海鸥还有什么事要怀疑呢？

全诗以雨中农家生活写起，乡野气息甚浓，表现了作者闲散
安逸的心境。诗中空阔幽静的风光与作者恬淡自适的禅寂生活
相融合，境界幽深，画意盎然。

偶成

程颢

闲来无事不从容^①，睡觉^②东窗日已红。

万物静观皆自得^③，四时佳兴与人同。

道通天地有形外，思入风云变态中。

富贵不淫贫贱乐，男儿到此^④是豪雄^⑤。

注释

①不从容：这里是说没有"不从容"的意思，用的是修辞的"反语"格，实际上的意思是说从从容容，或很悠闲。②睡觉：一觉醒来。③万物静观皆自得：冷静地观察宇宙万物，自己即能有所体会。万物，指天地间的事物。静观，冷静地观察。④到此：达到这个境界。⑤豪雄：英雄豪杰。

译文

心平气和对事从容，一觉醒来已经日光通红。静静观察世

间万物都会有所心得，欣赏四季佳景人人的心情都相同。天地同万物都有一定的发展规律，人们的思想能够把握风云的变幻。富贵不骄奢，贫贱仍快乐，男儿能达到这个境界便是英雄。

赏析

此诗叙写了诗人在日常生活中对道的感悟，诗中充满了哲理。诗人心情闲适安乐，观万物都有其变化的道理，并进一步说明"理"在于"天地有形外""风云变态中"，最后又终结到学者的"修身立命"之处，即"富贵不淫贫贱乐"，认为这才是修养的最高境界。作者说理深入浅出，用诗来说理，是一种新的创意。

秋兴（其一）

杜甫

玉露①凋伤②枫树林，巫山巫峡③气萧森。

江间波浪兼天涌，塞上风云接地阴。

丛菊两开他日泪，孤舟一系故园心。

寒衣处处催刀尺，白帝城高急暮砧。

注释

①玉露：即白露。②凋伤：摧残，意指白露使枫树衰败。
③巫山巫峡：巫山，山名，其下江峡为巫峡，是长江三峡之
一，在四川东部。

译文

秋天霜降枫林使枫叶凋零败落，巫山巫峡一带气象萧瑟阴
森，峡间波浪汹涌翻滚与天连成一片，北方关塞风云沉沉似乎
连接了大地的阴晦之气。一丛丛菊花已开放了两次，想起往日

不禁伤感落泪，孤舟永系着我的思念之情。家家户户都在赶制寒衣，高高的白帝城不时传来黄昏时急促的捣衣声。

赏析

　　组诗《秋兴》作于唐代宗大历元年（766）秋，杜甫流入于四川奉节，因秋兴感，百忧交集。这首诗从大处落笔，写深秋的肃杀景象，白露风摧残了枫树，巫山巫峡冷漠阴森。峡底江水咆哮回旋，白浪滔天，深谷水雾迷蒙，云愁风惨。今日看到菊花又开，竟把菊花的露珠看做是饱含已久的泪水，登上孤舟却魂牵故乡，心系长安。家家户户都在为自家外出服役的人赶裁寒衣，傍晚地处高山上的白帝城也能听到捣衣的声音（古时赶制寒衣先把布帛放在砧上捶捣）。全诗从景物着笔，渲染了深秋的肃杀之气，抒发了心系故园的漂泊之感。

秋兴（其三）

杜甫

千家山郭①静朝晖，日日江楼坐翠微②。
信宿③渔人还泛泛，清秋燕子故飞飞。
匡衡抗疏功名薄，刘向传经心事违。
同学少年多不贱，五陵裘马自轻肥。

注释

①山郭：村落、山城或靠山的城郭。②翠微：《尔雅》："未及上翠微。"半山未及顶之处。另，山色青黛，或近水草之处，皆可称为翠微。③信宿：古代称一宿曰宿，二宿叫次，二宿以上叫信。这里是第二天的意思。

译文

早晨秋阳明朗，千家村落寂静，每天坐在江楼上观看青绿的山水景色。隔宿打鱼的渔民还泛舟江中，清秋时节燕子未归

依然飞来飞去。匡衡上疏直谏反落个贬官降职，刘向上书传授经书而事与愿违。年轻时的同学多半当了大官，轻裘肥马在五陵里炫耀显威。

赏析

此为《秋兴》之第三首，诗人虽居西阁之上，但闲散无聊，见渔人泛舟江中，秋燕闲飞，表现出对羁旅漂泊的厌倦之感，后四句直抒胸怀，以匡衡、刘向为典，与自己身世形成对比，感叹自己既不能上呈直言，又不能下遂心愿，同学少年早成显贵，而自己却不能身居要职，只能贫贱度日。全诗意境苍凉，表现出对世事的洞彻和对现实的不满。

品读经典

秋兴（其五）

杜甫

蓬莱^①宫阙对南山^②，承露金茎霄汉间。

西望瑶池降王母，东来紫气满函关。

云移雉尾^③开宫扇，日绕龙鳞识圣颜。

一卧沧江惊岁晚，几回青琐点朝班。

注释

①蓬莱：宫殿名，原称大明宫。②南山：终南山，在长安之南。③雉尾：指用雉鸡尾羽制成的供皇帝上朝障面的宫扇，待皇帝坐定后始开扇。

译文

蓬莱宫阙正对南山，望如仙境，铜柱支撑的承露盘高耸云霄。西望瑶池恰似王母驾云而降，东瞻函谷紫气冲天老子出关。皇帝临朝雉尾宫扇像云移动，阳光照在龙柱看见皇

帝圣颜。病卧峡江，惊诧自己暮年晚景，不觉忙待漏青琐随班朝见。

赏析

这首诗承前二首，仍以流亡途中所见为主，并触景追忆中唐兴旺时期的景象。人称杜甫每饭不忘君，由此可见。

秋兴（其七）

杜甫

昆明池①水汉时功，武帝旌旗②在眼中。

织女③机丝虚夜月④，石鲸鳞甲动秋风。

波飘菰米沉云黑，露冷莲房坠粉红。

关塞极天惟鸟道，江湖满地一渔翁。

注释

①昆明池：汉武帝时为增强水军的力量，仿云南昆明滇池凿池训练水师，故名昆明池，在长安城西。②武帝旌旗：昆明池是武帝练水军用的，故说武帝旌旗。③织女：昆明池有织女石雕像。④虚夜月：是说昆明池畔的织女，不再纺织，虚度月光照耀秋夜。

译文

昆明池水波荡漾让人想起汉武帝的赫赫战功，武帝军队的

旌旗仿佛还在我眼前飘荡。池边石雕的织女徒然地望着夜空的月亮，石凿的鲸鱼似乎在秋风中舞动着鳞甲。江中菰米漂浮在水面如同沉沉的黑云，莲花早已凋谢只有莲蓬还在秋霜中摇曳。极目远望关塞道途险峻唯有鸟道可走，而我就像是在江湖上漂泊无依的那个渔翁。

赏析

　　这首诗原为《秋兴八首》中的第七首，主要描写长安。首联描写昆明池昔日汉武帝操练水师时的盛况，今日回顾，似在眼前；颔联和颈联运用四组比喻，描写昆明池今日的衰落。"虚夜月"中的虚字，流露出枉负失落的情绪，"动秋风的"中的"秋"字，勾画了肃杀寂寥的境遇，"漂"、"沉"、"冷"、"坠"等字眼更给人以破败凄凉的感觉；尾联转回到眼前的景物之中，诗人心系长安，但途中却"关塞极天"，险阻难返，于是生出日后将似渔夫浪迹江湖、漂浮无定的沮丧。

月夜舟中

戴复古

满船明月浸虚空①，绿水无痕②夜气冲③。

诗思④浮沉樯影⑤里，梦魂摇曳⑥橹声中。

星辰冷落碧潭水，鸿雁悲鸣红蓼风。

数点渔灯⑦依古岸，断桥垂露⑧滴梧桐。

注释

①浸虚空：月光如水，故言浸。虚空，天空。②绿水无痕：水清浪平之貌。③冲：弥漫。④诗思：创作诗篇进行种种思考的过程或情思。⑤樯影：帆影。⑥摇曳：摇摆不定。⑦渔灯：渔船上的灯火。⑧断桥垂露：断桥旁边露珠滴落。

译文

小船载满月光好像沉浸在虚空中，绿水动荡无痕，夜间凉气暗冲。诗兴在樯桅身影中沉浮不定，不能入梦，心魂在橹桨

声里飘荡不宁。星光冷清映照在碧绿的潭水里，秋晨，鸿雁悲鸣于绯红的蓼花风中。几只船儿依傍在古岸边，断桥残破，夜露滴上梧桐。

这首诗的主题在"月"与"舟"二字上，诗人在月夜的舟中有感于四周景色，抒发在寂寞的环境中的情怀。满船载月，水光夜气之浮空。诗人浮沉于樯帆之影未定，梦魂飘荡于橹桨之中而未宁，惊醒而视，星辰映水，鸿雁鸣风，碧潭红蓼之间，唯有渔灯数点，梧桐垂露，滴断桥之下而已。全诗景与情之句紧扣主题，意境闲淡，清畅渺远。

长安秋望

赵嘏

云物①凄凉拂曙流②，汉家宫阙动高秋③。

残星几点雁横塞④，长笛一声人倚楼。

紫艳半开篱菊静，红衣落尽渚⑤莲愁。

鲈鱼⑥正美不归去，空戴南冠⑦学楚囚。

注释

①云物：指天空中的云雾。②拂曙流：晨光逐渐发亮。③高秋：天高气爽的深秋。④横塞：横，横渡、横越。塞，边塞，边关。⑤渚：水中的沙洲。⑥鲈鱼：巨口细鳞，味美。⑦南冠：即楚囚，是楚人钟仪囚于晋国的典故。

译文

拂晓的光亮在天边渐渐延伸，宫殿高耸像触动高高的秋空。远望边塞疏星几点鸿雁当空，一声长笛传来有人正倚危

楼。艳丽篱菊紫色花朵似开未开，渚洲莲花褪尽残红愁容毕现。家乡鲈鱼莼羹正美何不归去，枉自好似南冠楚囚有家难归。

赏析

这首诗从"望"字写起，到"想"字收束。诗中的"残星几点雁横塞，长笛一声人倚楼"曾受到名诗人杜牧的欣赏，因此作者被称为"赵倚楼"。这两句诗读后，好像看见拂晓时天空中的残星和飞雁，听到高楼的笛声悠扬。

清末俞陛云评论："诗写长安秋望所见闻。上句言晓星明灭之时，见雁行自塞北而来，写秋空之远旷也。下句赋闻笛，设言吹笛者，为风鬟雾鬓之人，或言闻笛者，为愁病怀乡之客，皆著迹象。赵以七字浑然写之，而含思无限，杜紫薇所以称赏不置，称为'赵倚楼'也。"（《诗境浅说·丁编》）

中秋

李朴

皓魄①当空宝镜②升，云间仙籁③寂无声。

平分秋色④一轮满，长伴云衢⑤千里明。

狡兔⑥空从弦外落，妖蟆休向眼前生。

灵槎拟约同携手，更待银河澈底清。

注释

①皓魄：指月光。②宝镜：指月亮，因中秋月圆似镜，故言。③仙籁：仙境的声音。籁，天空中的声音。④平分秋色：这里是指月与大地平分它的光亮。⑤云衢：指云海中月亮运行的轨道。衢，四通八达的路。⑥狡兔：以兔比喻月亮。

译文

一片清光满空，皎洁的月亮腾起，云中的仙风寂寥无声息。中秋节平分秋天，今夜月儿满圆，沿着云衢运行明亮千里

无边际。能生月光的狡兔不要被弓箭射落，会吃月魄的妖蟆不要从眼前跳出。约定乘坐仙人的筏子泛舟天河，携手共游，等到云散，银河更加澄澈清明。

赏析

　　李朴（1063—1127），字先之，生活在北宋末南宋初，身经靖康之乱，又与秦桧等奸党同朝为官，朝廷的腐败黑暗常使他愤懑不已，但他敢于直言不怕奸佞。

　　这首诗就表现出诗人除恶扬善的决心和气度。同时此诗不失为一首优美生动的中秋写景诗，写中秋之夜皓月当空，一泻千里，万籁俱寂，写得很有气势。此外，诗人用"狡兔"、"蛤蟆"影射奸党，并要待银河清澈后乘灵槎游仙境，想象奇特夸张，表达了诗人对美好的向往和追求。

九日蓝田①会饮

杜甫

老去悲秋强自宽②，兴来今日尽君欢。

羞将短发还吹帽，笑倩③旁人为正冠。

蓝水④远从千涧落，玉山⑤高并两峰寒。

明年此会知谁健，醉把茱萸⑥仔细看。

注释

①蓝田：今陕西省蓝田县。②强自宽：强，勉强。自宽，自己安慰自己。③笑倩：笑着请求。倩，请求。④蓝水：在蓝田县东。⑤玉山：即蓝田山，因产美玉而得名。⑥茱萸：植物名，有浓香。古代习俗，农历九月初九，佩带茱萸可以避邪。

译文

年老更易悲秋勉强自我宽慰，兴致来了尽情会饮与君尽欢。头发稀短恐效孟嘉风吹帽落，于是笑着请旁人帮着正一正。蓝

田溪谷的水从许多洞流下，玉山高险耸立两峰显得秋寒。不知谁还能参加明年的聚会，喝醉了酒便把茱萸仔细欣赏。

赏析

　　"今日"是指阴历九月初九的重阳节。《易经》中将"九"定为阳数，两九相重为"重九"，月日并阳，两阳相重为"重阳"。相传古时有个叫桓景的人，为战胜当时流行的瘟疫，访仙求道，遇上仙人费长房，仙人告诉他必须在九月九日这天全家登上高山，插上茱萸叶，喝菊花酒，这样才能避开瘟疫。待他这样登山回来后，果然家中鸡犬尽死，人得以幸免。所以民间有重阳登高，赏菊饮酒，遍插茱萸等习俗。蓝田，即今陕西蓝田县。此诗写于乾元元年（758），诗人重阳节时在崔氏庄园饮宴，而当时他因直言得罪权贵，由左拾遗贬为华州司功参军，因而在诗中反映了他政治上遭到排挤的苦闷心情。

秋思

陆游

利欲①驱人②万火牛，江湖浪迹③一沙鸥。

日长似岁④闲方⑤觉⑥，事大如天醉亦休⑦。

砧杵敲残深巷月，梧桐摇落故园秋。

欲舒⑧老眼无高处，安得⑨元龙百尺楼。

千古名诗千家诗

注释

①利欲：追求物质利益的欲望。②驱人：驱使人。③浪迹：到处漂泊，行踪不定。④日长似岁：度日如年。⑤方：才能。⑥觉：觉察，意识到。⑦休：罢了，忘却。⑧舒：舒展，放眼。⑨安得：哪里能够得到。

译文

利欲驱使下的人如同尾系干柴的火牛般奔突陷阵，而我却像浪迹江湖的沙鸥一样清闲自在。闲暇时才觉度日如年，天大

的事也常以一醉罢休。捣衣棒敲响在深巷西沉的明月中，井边的梧桐树在暮秋中摇动落叶，想要极目远眺苦于没有登高的地方，又怎么能像云龙一样有幸登上百尺高楼呢？

赏析

陆游（1125—1210），字务观，号放翁，祖籍越州山阴（今浙江绍兴）。陆游是坚定的抗金派，因而在仕途上不断遭受顽固守旧派的污蔑与打击。中年后入蜀，任蜀帅范成大的参议官。虽未实现其破敌复国之心愿，但中年时期的军旅生活为他的诗词创作积累了大量素材。晚年后，陆游闲居山阴老家，临终之时依然惦念国家的统一。其一生笔耕不辍，今有9300余首诗词传世，辑为《剑南诗稿》，有文集《渭南文集》、《老学庵笔记》等。

这是写于秋天的感怀诗。诗人看国家民族面临危机，而赵宋

王朝力主议和，苟且偷安，不思恢复中原大计。诗人借秋日抒怀，表达自己"报国有心，请缨无路"的愤懑心情。全诗没有一个"思"字，却句句都在"思"中：因"思"不为利欲驱使，因"思"体悟出时光流逝，因"思"能万缘放下，因"思"秋夜难寐，因"思"心比眼高。

冬景

刘克庄

晴窗①早觉②爱朝曦③，竹外秋声④渐作威⑤。

命仆⑥安排新暖阁，呼童熨贴⑦旧寒衣。

叶浮嫩绿⑧酒初熟，橙切香黄蟹正肥。

蓉菊满园皆可美，赏心从此莫相违。

注释

①晴窗：窗外发白。②觉：醒来。③朝曦：清晨的阳光。④秋声：秋天的自然声响，如风声、落叶声、虫鸣声等。⑤渐作威：声音逐渐响亮。⑥仆：仆人。⑦熨贴：指把衣服烫平。⑧嫩绿：指酒色如竹叶之绿。

译文

早醒后看见朝辉洒满窗棂，竹林外西风声势渐猛。我叫仆人安排好新造的暖阁，又喊来童仆熨贴旧年的寒衣。酿好的新

酒像嫩叶一样澄碧，蟹黄肥美犹如切开的橙。芙蓉花和菊花满园盛开，鲜艳悦目。尽情地享受吧，不要错过这美妙的时机。

赏析

刘克庄（1187—1269），字潜夫，号后村，福建莆田人，南宋时期著名的诗人、词人、诗论家，是辛派词人的重要代表，诗词风格雄壮豪放。

诗以"冬景"为题，实是描写晚秋初冬之景。全诗按时间顺序，一气呵成，先写景，再叙事，最后一句抒怀，戛然而止。

小至

杜甫

天时人事①日相催，冬至②阳生③春又来。

刺绣五纹添弱线，吹葭六管动飞灰。

岸容待腊将舒柳，山意冲寒欲放梅。

云物不殊乡国异，教儿且覆掌中杯。

注释

①天时人事：天气季节与人世间的节令活动。②冬至：节气名。在农历冬月间，节后逐渐日长夜短。③阳生：从冬至开始，太阳从北回归线向南移转，天气渐暖，故曰冬至阴极而阳生。

译文

四时变幻，人事兴替相互催迫，冬至过后天气逐渐转暖，春天又将来临。绣花女每天都在添针加线，芦管吹灰飞向上天测知

冬至已到。等到腊月过后堤岸上杨柳将舒展枝条，山中吹出寒风且让梅花开放。这里的景物也与故乡相同，且让小儿斟上酒来，一饮而尽吧！

赏析

诗写出了时令变化带给诗人心情的愉悦。首联交代时间，奠定了全诗欢快的基调。颔联写冬至阳生后人的变化，颈联则写自然景物的变化。二者无不让人觉得白昼渐长、气候渐暖、春天的脚步将至的欣喜。当此万物复苏之际，作者的心情更是愉快的，乡国虽异而云物不殊，暂且乘这时节"覆掌中杯"，饮尽杯中的美酒。全诗结构严谨，一气贯通，用字精妙传神，为人称颂。

山园小梅

林逋

众芳①摇落独暄妍②，占尽风情③向小园。

疏影横斜④水清浅，暗香浮动⑤月黄昏。

霜禽欲下先偷眼，粉蝶如知合断魂。

幸有微吟可相狎，不须檀板共金樽。

注释

①众芳：百花。②暄妍：指梅花明媚艳丽。③风情：美好风光。④疏影横斜：指梅花疏疏落落，斜枝投在水中的影子。⑤暗香浮动：梅花散发的清幽香味在飘动。

译文

梅花在严寒里开放鲜艳夺目，占尽了小园中美丽的风光。梅枝疏朗姿影倒映在浅水里，朦胧的月光下清幽香气飘散。活跃在天上的白鹤也偷眼窥视，粉蝶如知花香都会魂夺神销。我能低吟同梅花彼此相亲近，哪里须用清歌妙舞美酒佳肴。

赏析

　　林逋（967—1028），字君复，号和靖先生，宋钱塘（今浙江杭州）人。他自幼聪颖好学，年轻时在江淮一带游荡，后来归隐于杭州西湖，单身一人，种梅养鸟，超然物外，陶然自乐，被人们叫做"梅妻鹤子"。他为人狂放不羁，安贫乐道。其词今存3首。

　　该诗描写了梅花超凡脱俗、清雅高洁的形象，表现了诗人自己不同时俗的高尚志趣。其中"疏影横斜水清浅，暗香浮动月黄昏"是写梅的名句，后来宋代姜夔就以此两句中的"疏影"、"暗香"作为咏梅的词牌。

自咏

韩愈

一封朝奏九重天①，夕贬潮阳②路八千③。

本为圣明除弊政，敢将衰朽惜残年。

云横秦岭家何在，雪拥蓝关马不前。

知汝远来应有意，好收吾骨瘴江边。

注释

①九重天：借指皇帝居住的宫殿。②潮阳：即潮州，在今广东省潮阳市。③八千：长安至潮阳路程的估计数字。形容路程遥远。

译文

一封谏书清早刚刚呈给皇上，晚上就被贬谪到八千里之遥的潮州。我本想替皇帝除去有害的事物，又岂因身体衰朽而爱惜自己。云雾横阻在秦岭上空，故乡现在何处？大雪拥塞蓝关连马也驻足不前。我知道你远道而来是有用意的，是为了到瘴气多的江边收我的尸骨呀。

赏析

此诗是韩愈谏迎佛骨遭贬途中写给其侄孙韩湘的。诗中前四句说自己早上进谏、晚上就遭贬的经过，并以"九重天"、"路八千"等词极力修饰，说明差别巨大，颇有不平之气。后四句描写自己遭贬途中的艰难险阻，以及未到潮阳时就已觉寒冷、生死未卜的迷惘心情。此诗叙议结合，情景交融，抒发了自己远离京城遭受磨难的凄恻之情，这是一首千古传唱的名篇。

新竹

黄庭坚*

插棘编篱谨①护持，养成寒碧②映涟漪。

清风掠地秋先到，赤日行天午不知。

解箨③时闻声簌簌，放梢初见影离离④。

归闲我欲频来此，枕簟⑤仍教到处随。

注释

①谨：小心、谨慎。②寒碧：指新竹。碧，苍翠。③解箨：此处指笋皮脱落。④离离：形容枝叶茂盛的样子。⑤簟：竹席。

译文

竹子刚栽时要编上篱笆小心卫护，培养已成有寒碧涟漪映水的趣味。微风拂地领略到秋天的凉爽，烈日当头竹林凉爽不

知正午炎热。竹笋拔节脱壳风吹竹动发出响声，新竹发枝长权，竹影交错疏密有致。告老归乡闲居时一定常常到这里，更带着枕头和竹席到处僵卧休憩。

赏析

这首诗亦名《东湖新竹》，全诗突出描写夏日竹林的幽静、清凉。首联从对刚栽竹林的"谨护持"，到"养成"后有"寒碧映涟漪"的趣味；颔联写微风拂地，领略到秋风的凉爽，烈日当空而竹林幽凉清爽；颈联写竹笋脱壳时发出簌簌之声，长枝拔节时竹影疏密有致；尾联抒发感慨，并设想告老归乡闲居时便有时间常来此地纳凉了，带着枕头和竹席，随处都可僵卧休憩。全诗围绕"新竹"这个主题，描写竹林的"养成"经过和凉爽宜人的环境，抒发了对大自然的热爱和向往。

归 隐

陈抟

十年踪迹走红尘①，回首青山②入梦频。

紫绶③纵荣争及睡，朱门④虽富不如贫。

愁闻剑戟扶危主，闷听笙歌聒醉人。

携取旧书归旧隐，野花啼鸟一般春。

注释

①红尘：人世。这里指仕途功名。②青山：指作者的故园，即归隐地华山。③紫绶：系在高级官员印章上的紫色丝带。这里代指高官厚爵。④朱门：古代王侯贵族的大门多漆成红色，后遂以朱门作为富豪之家的代称。

译文

十年来为功名踪迹遍人间，回首往事，旧游的青山频频入梦。当官纵然荣耀，怎比得上酣睡舒适，住大红漆门里虽然富裕也比不上淡泊贫穷。听到武将扶救君主的事我就讨厌，听到靡靡的笙歌醉人我就心烦。带着我旧时的琴书回乡归隐，过花开鸟鸣的山居生活。

赏析

陈抟（871—989），字图南，号扶摇子。他是五代时期应试不中而隐居华山的一位学者，或曰道家隐士。性嗜睡，被尊为"陈抟老祖"。其实，他不过在隐居时著有《无极图》，刻于华山石壁，刻本有《先天图》。其学说后经周敦颐、邵雍加以推演，成为宋代理学的组成部分。

这首诗的主题在"回首"二字上，处处以对比的修辞手法来突出归隐的好处。用"野花啼鸟"的山居生活，比之忙碌富贵的官场生活，更能突出山居生活的恬静、潇洒。"愁闻"与"闷听"也于取舍中见到强烈的感情。

时世行

杜荀鹤

夫因兵乱守蓬茅①，麻苎②裙衫鬓发焦③。

桑柘④废来犹纳税，田园荒尽尚征苗。

时挑⑤野菜和根煮，旋斫生柴带叶烧。

任是⑥深山最深处，也应无计避征徭⑦。

注释

①蓬茅：简陋的茅草房。②麻苎：用粗糙的苎麻布做成的
衣服。③焦：营养缺乏，毛发枯黄如焦。④柘：树名，叶子可
喂蚕。⑤时挑：时常挑取。⑥任是：任凭是。⑦征徭：强出实
物叫征，强出劳力叫徭。这里指的是赋税和徭役。

译文

丈夫阵亡了，留下妻子守着茅草屋，穿着粗麻衣服，鬓
发枯黄。桑柘树都荒废了还要交纳丝税，田园荒芜了还要征

品读经典

收青苗钱。常挑些野菜，连根一同煮着吃，刚砍下的湿柴带叶一起烧。任凭跑到比深山更幽深的地方，也没有办法躲避赋税和徭役。

赏析

杜荀鹤（846—904），字彦之，号九华山人，唐代诗人。出身贫寒，数次考试不第。生逢唐末战乱，对人民所受的战争苦难有深切的体会。

这首诗就写一个饱受战乱赋役之苦的山中寡妇困苦艰辛的生活，从侧面反映了唐末战乱频繁，民生凋敝的社会现实，将批判的矛盾直接指向统治者的苛捐杂税和徭役制度，揭露了当时黑暗的社会现实并对贫苦人民寄予了深切的同情。

孔庆东◎主编

图文版

千古诗词·楹联

千古楹联千古对

下

吉林出版集团股份有限公司

序

古人说："刚日读经，柔日读史。"本来说的是什么时间读什么书，从侧面看来，我们的前辈多么勤奋，每日读书，并不留空闲。

在一个号召"全民阅读"的时代，如何阅读，阅读什么，成为新常态下的新课题。数千年来的文化传统和我们的祖先的经验告诉我们，那就是阅读经典图书。这套《品读经典》丛书，其旨趣、其志向，大概就是"打通"这样一个目标。

我也经常说，只有阅读经典著作，建立了平衡的知识结构，才能做到"风吹不昏，沙打不迷"。

一日不读书，心源如废井。

在我看来，读书应该是日常生活的组成部分，就像呼吸空气那样。

我在北大附属实验学校的一次报告会上曾经谈过，要读书，读好书，也只有那些有独创思想的著作才能称为"书"，才可能成为经典。

经典书，也就是我们常说的"真正的书"，它应具有独特性、原创性、思想性。独特性就是与众不同，是自己独立思考的东西；原创性就是"我手写我心"；思想性就是必须加入自己个体的思考。

另外，经典书均为文史哲范围，因为这些书属于上游书，其思想辐射至其他专业。今天我们有几百个专业，它们并不是在一个平面上展开的。

我们要每天读点儿书，滋润自己的心灵。读书不是立竿见影之事，不能立马改变生活，它是个慢功夫。几天不读好像没什么，其实你已经落后了，而当你水平提高了又不容易下去。

对于个人来讲，我们把学到的知识用到实践当中，用到一点就足够我们享用一辈子了。表里不一对于国家来说是毁国家前途，对于个人来说是毁自己前途。很多人总是发明新道理，但是我觉得旧道理够用。

知道了之后再实践了，这才是真正的读书人。

古人言："读万卷书，行万里路。"

"读万卷书"是前提，"行万里路"是实践，把知识实际地运用。孔子讲的"忠、恕、仁"这几个概念，你能把它实践好就很不错了，懂了这些道理你读书就很快乐。有了这种精神状态之后，你就会持一个乐观的心态。读书最后还是为了自己，使自己成为一个乐观快活的人，让自己活在这个世界上特别有劲。

我们既要"行万里路"，也要"读万卷书"，更要读好书，读经典书。

著名学者汤一介先生说，一本好的经典，"可以启迪人们的思考，同时也告诉我们应该重视经典"，面对先贤的智慧，面对我们两千余年来的诸子百家、孔孟老庄，"我们必须谦虚，向经典学习"，也许这就是"品读经典"丛书出版的意义。

前　言

宋代诗人王安石在《元日》中写道：

爆竹声中一岁除，春风送暖入屠苏。

千门万户曈曈日，总把新桃换旧符。

这"新桃"和"旧符"其实就相当于现在的春联，而春联正是中华楹联的一种。

楹联又称"对联""联语""对子""楹贴"等，是我国汉语言文学所独具的一种文学艺术形式。楹联迄今已有千余年的历史，以其别致的形式和广泛的用途成为中国文化史上的一枝奇葩。

楹联在形式上极富对称之美，内容上充分体现着中国传统文化的精髓。它兼具诗、词、曲、赋等文体的特性，把汉字的声、形特点表现得淋漓尽致，经过长期的发展和演变，已经深入到我国社会生活的各个层次，各个领域。名山大川、亭台楼阁、园林景观、墓祠庙宇都有楹联的存在。世间万物皆可入联，其内容之丰富可谓包罗万象。比起其他艺术形式，楹联集艺术性和实用性于一身。古往今来，楹联艺术经久不衰，一些经典对联仍在广泛使用，新对联又不断涌现。

本书以楹联的知识性、趣味性、实用性三方面为着眼点精心编排。第一部分的"话说楹联"，对楹联的起源以及发展、创作的基本方法等方面进行了详尽的介绍；第二、三、四部分的"中华经典智趣名联""内涵丰富的节庆联""十二生肖联"则通过对各种妙联、趣联来龙去脉的介绍和楹联背后故事的穿插，把这些广为传颂的对联分门别类地展示给读者，以方便读者查找和欣赏研习；第五部分的"最实用的楹联"，遴选生活中方方面面所需要的各种联语，分类细致，选联精当。为方便读者快速入门，使读者在短时间内掌握尽可能多的对联词汇，我们在本书最后设置了"声律启蒙篇"，相信这对于想了解楹联和喜爱楹联的读者将大有裨益。

由于编写时间紧迫和编者水平所限，本书难免出现纰漏和错误，恳请广大读者朋友予以谅解和指正。

——品读经典编委会

目　录

第三章

内涵丰富的节庆联

第四章

十二生肖联

第五章

最实用的楹联

附 录

声律启蒙篇

话说楹联

什么是楹联

楹联，俗称"对联"、"对子"，又名"联语"，是由两串等长、成文和互相对仗的汉字序列组成的独立文体，用汉字书写（后来发展到也可用其他少数民族文字书写），悬挂或张贴在壁间柱上的两条长幅，长幅必须成对称形式，悬挂在相对的位置上，上联在右，下联在左。通俗地说，上下联字数不限，但两联字数必须相等；联文是有意义的，或可以理解的；平仄要合律，对仗要工整；楹联是独立存在的文体，不是其他文体的一部分——凡符合这些条件的就是楹联，否则就不能称其为楹联。

楹联言简意赅，两两相对，对仗工整，平仄协调，是一字一音的汉语言独特的艺术形式，是中华民族独有的，具有强烈的民族风格的文化，具有独特的文学地位。楹联是传统文化的普及与提高结合最成功的典范，是雅俗结合最成功的实例，也是艺术与实用结合最完美的典范，是拥有最大群体的大文化。它遍及众多领域和场所，成为应用最广泛的独特文化现象。

楹联的起源——从春联看起源

楹联这一文体，在中国几千年文明史的长河中，和其他文学形式一样，历史悠久，源远流长。究其起源，众说纷纭，尚无定论，为大多数人所接受的观点是：从先秦时期的桃符开始，经过五代十国演变成春联，并逐步发展至成熟的艺术表现形式。

关于桃符，传说在东海度朔山上有一棵大桃树，树干弯曲伸展，长达三千里，叉枝又一直伸向东北方的鬼门，鬼门下的山洞里住了很多的鬼怪，这些鬼怪归"神荼"和"郁垒"两兄弟管辖，他们专门抓那些出去害人的鬼怪喂老虎。从先秦起，每年到了年终，百姓们就把两位神将的图像画在桃木板上，或在桃木板上题写他们的名字，并把桃木板悬挂于大门左右，以驱鬼压邪，这种习俗持续了一千多年。南朝《荆楚岁时记》记载，每逢岁时，人们便挂桃符来驱鬼避邪、迎喜接福。

五代十国时，神像在桃符上消失了，联语被题于桃木板上，据说此种现象是孟昶所赐。后蜀广政二十七年（964），后蜀主孟昶突发奇想，下了一道命令，要群臣在"桃符板"上题写对句，以试才华。可是群臣写来写去，孟昶都不满意。于是，他亲自挥毫，在"桃符板"上写出：

新年纳馀庆，佳节号长春

从此，每逢过年，孟昶都要让臣子在桃符上书写联语，而后这一形式也慢慢传入民间。据《宋史·蜀世家》记载，五代十国后蜀主孟昶"每岁除，命学士为词，题桃符，置寝门左右"。虽然这不一定是中国第一副楹联，但一般学者都认为是我国最早出现的一副春联。换句话说，春联是楹联中出现最早的、应用范围最广的一种类型。

楹联的发展

楹联的成熟年代应为隋唐，这是多数学者予以认可的说法。隋唐时，一些文人墨客喜欢将一些精彩之笔凝注于对句上，

形成"摘句欣赏评品"的时风，在诗人们的参与下，楹联艺术得到了弘扬。唐代诗人大都有名联传世，如李白的"三山半落青天外，二水中分白鹭洲"，题湖南岳阳楼联："天水一色，风月无边"；杜甫的"一去紫台连朔漠，独留青冢向黄昏"，题诸葛亮故居联："三顾频烦天下计，两朝开济老臣心"；白居易的"猿攀树立啼何苦，雁点湖飞渡也难"；李商隐的"春蚕到死丝方尽，蜡炬成灰泪始干"；骆宾王题杭州观联："楼观沧海日，门对浙江潮"等等，都是脍炙人口、流传千古的名句。

宋代以后，民间新年悬挂春联已经相当普遍。王安石诗中"千门万户曈曈日，总把新桃换旧符"之句，就是当时盛况的真实写照。虽然这时的桃符已由桃木板改为纸张，但春联仍称"桃符"。赵庚夫在他的《除夕即事》诗中这样写道："桃符诗句好，恐动往来人。"这说明，当时的联语作者已不在少数了。另外由于受诗词的影响，楹联在对仗方面前进了一大步，从陆游为自己的书房题联"万卷古今消永日，一窗昏晓话流年"之工整可见一斑。宋代题联的范围也有所扩展，楹联已普遍成为名胜古迹、寺庙廊院等处不可缺少的装饰品。著名文学家苏轼也为广州真武庙题联："逞披发仗剑威风，仙佛焉耳矣；有降龙伏虎手段，龟蛇云乎哉。"

元代时由于种种原因，楹联较之前朝显得冷落了些，流传下来的也少。楹联真正达到鼎盛时期是在明清两代。明清统治阶级对骈文和楹联非常赏识，还将其列入科举考试之中，因此楹风极盛：皇帝身边大臣无不精研对工以求赢得主子的抬爱；文人墨客更以题联巧对为人生乐事；得中的进士、举人，无不通晓对工以应时风；甚至有人因一副楹联而改变命运。

明代，桃符改称"春联"。明代陈云瞻《簪云楼杂话》中载："春联之设，自明太祖始。帝都金陵，除夕前忽传旨：公卿

士庶家门口须加春联一副，帝微行时出现。"一夜之间，朱元璋便把春联从宫廷豪门推广到了百姓万家。他本人还写了一副楹联送给将军徐达："破虏平蛮，功贯古今人第一；出将入相，才兼文武世无双。"当时的文人学士无不把题联作对视为雅情幸事，解缙、祝允明、文征明、唐伯虎等江南才子更是把楹联创作推向了一个高潮；更因为有了皇帝的提倡，此后过年贴春联便沿袭成俗，一直流传至今。

清代是楹联的繁荣期，不论在内容的开拓还是在艺术的成熟上，都是前所未有的，更出现了不少脍炙人口的名联佳对。如揭示人生哲理的"读书好，耕田好，学好便好；创业难，守成难，知难不难"；反对帝国主义的"琵琶琴瑟八大王，王王在上；魑魅魍魉四小鬼，鬼鬼犯边"，等等。在清朝还出现了楹联分类著作，如梁章钜父子的《楹联丛话》。

千百年来，从封建帝王的金銮殿到庶民百姓的茅草屋，从达官贵人的朱门到市井贫家的白屋，从楼堂亭榭到小摊茅店，乃至从本土的道教儒教庙观到外来的佛教、基督教的寺宇教堂，都能看到楹联文化的印记。从汉族到少数民族，从沿海内陆到北漠南疆，从名胜古迹到民俗农户，从戏曲舞台到文学作品，从文人的书房以及文具到工棚、农具以及工匠用具，从供神到敬人，从言谈到楹柱，从古到今，地球上凡有华人的地方几乎都有楹联的踪迹和影响，在越南、朝鲜、日本、新加坡等国至今也还保留着贴楹联的风俗。

1. 楹联的术语称谓

楹联

俗称"对联"，"对子"，原指悬挂在楹柱上的楹联，后来

发展为对所有的楹联的一种雅致的称呼。

上联

楹联的前半部分。一副楹联由两个字数相等的部分组成，古人称先为上，故先书的部分为上联。上联一般以仄声字结尾（亦有用平声字者，但极少）。其张贴、悬挂、镌刻的位置，应在读者面对方向的右侧。上联又称出句、上支、上比、对公、对头、上句等。

出句

（1）又叫"出对"，一般指上联，是先出而令人后对的句子，多用于应对。

（2）根据收尾字平仄声判断，也有的出句为下联，如出句"三光日月星"，平声尾，应是下联。

下联

楹联的后半部分。一副楹联由两个字数相等的部分组成，古人称后为下，故后书的部分为下联。下联一般以平声字结尾。其张贴、悬挂、镌刻的位置，应在读者面对方向的左侧。下联又称对句、下支、下比、对母、对尾等。

对对

（1）后对的半副楹联，为应对中常用语。多为下联，个别时为上联。

（2）对成句子之意，前一"对"字为动词，组成动宾结构的词语。

全联

完整的一副楹联，也就是说既有上联也有下联。

半联

半副楹联，指只有上联，或只有下联。产生半联的原因，一是历史久远，其中的半副联实物下落不明，而又不见原文记载；二是本身不容易对得上对句，从而形成所谓的"绝对"，历史上有些绝对至今尚未有好的对句。

单联

（1）半联（上联，或下联）。

（2）与套联相对，称一副联为单联。常江《中国楹联谭概》："上联（出句）、下联（对句）合为一联，表述一个完整的意思，可称之'单联'。"

套联

由两副以上楹联构成的内容相关、字数相等、同时用于同地的一组楹联。

支

一源分流曰支。《新唐书·骠国传》："海行五日，至佛代国，有江，支流三百六十。"取其意，联分为两支，上联称上支，下联称下支。

副

量词单位，器物"一对"或"一套"。取其"一对"的含意，楹联以副计量，上下联（全联）合称"一副楹联"。古时表

为"幅"，因"幅"之意常为单数一，现已不用。

言

楹联以上联（或下联）的字数计算，几个字则为几言。如"浮舟沧海，立马昆仑"为四言；"荷尽已无擎雨盖，菊残犹有傲霜枝"为七言。

扁

通"匾"，同"额"，常连用称"匾额"。清朝梁章钜《楹联丛话》："抚桂林时，东偏有怀清堂，为百文敏公题扁。"

颜

即题匾额处，门楣。

额

悬于门屏之上的牌匾。南北朝时期羊欣《笔阵图》："前汉萧何善篆籀，为前殿成，覃思三月，以题其额。"

幛

用于喜庆、哀挽等场合的交际礼品，有喜幛、寿幛（祭幛、祭轴）等。一般是整幅的丝绵织品，上面题缀文字，并不要求与联相配。

横批

长条形的横幅书画，其轴在左右两端，相当于横额，常与春联配合使用，多为纸制，亦称横幅、横头。

虚额

不直书地名，或用典，或拟景，更具文采的横额，如南昌滕王阁的"仙人旧馆"，《红楼梦》中的"有凤来仪"、"杏帘在望"。

实额

直书该处地名、店名的横额，如"黄鹤楼"、"同仁堂"。

成联

由一个作者创作的上下联称为"成联"或"自撰联"。

句脚

又称"联脚"，多分句组成的楹联中，每一分句的尾字称为"句脚"，最后一个分句的尾字称为"联脚"。上下联各有一句的楹联，尾字一般称为联脚。

2. 楹联的常见形式

正对

楹联中最常见的形式。上下联各写一事，各自具有一个完整的意思，但两者又和谐地统一在一个意境之中。也就是说上下联呈并列关系，内容相关，联内所用字词工整相对，但是内容不可以完全相同，同义的实词不可相对。

反对

上下两联一正一反，呈转折关系，意思相互映衬，意思相反，联中所用的词语也多是反义，要把主题表现得更为深

刻、鲜明。

串对

又称"流水对"，就是一个意思分两句来说，上下联内容顺承，下联是上联意思的继续和补充，同时深化上联所要表现的主题，上下联独立起来都没有意义或意义不全。上下联一般都有因果、连贯、条件、假设等关系。

工对

又叫严式，它要求以同类的名词相对，类别越精细，联则越工整。凡以同类词、近类词或词性相同的连绵词相对的，都叫工对。工对在古时候要求非常严格，现代有所放宽。

宽对

和工对相对。在用词上不苛求小类和平仄相对，只需大类相对，句式结构大致相应即可。宽对也不是无限的宽，至少要做到上下联句子句读相同，字数相等，语意流畅。

回文对

回文又称回球，是讲究词序可回环往复的一种修辞方法，以趣味性为重。回文联有三种不同的写法，一是上联可倒转作下联，如"人过大佛寺，寺佛大过人"。二是上下联顺逆一致，如"北陵奇景奇陵北，南塔新奇新塔南"。三是上下联颠倒互换法，如"禽鸣听耳悦，鲤跃视神怡"可读为"怡神视跃鲤，悦耳听鸣禽"。

3. 楹联的常用辞格

拆合格

利用汉字偏旁的拆分和组合来构成楹联，例如：

古木枯，此木成柴；

女子好，少女尤妙

镶名格

楹联中巧妙镶入人名（嵌人名需嵌名人，不能随手编人名来对句）或地名或事物名，又叫"嵌名格"，例如：

两舟并进，橹速（鲁肃）不如帆快（樊哙）

八音齐奏，笛清（狄青）难比箫和（萧何）

急转格

楹联的上下半联中间各自的意思向反面突然转变，例如：

爱民若子，金子银子皆吾子也

执法如山，钱山靠山岂非山乎

回文格

楹联的上下联各自倒读和顺读完全一样，例如：

客上天然居，居然天上客（乾隆出）

人过大佛寺，寺佛大过人（纪晓岚对）

拟人格

利用拟人手法构成的楹联，例如：

鸦叫鹊鸣，并立枝头谈风雨

燕来雁往，相逢路上话春秋

反诘格

利用反问形成楹联，例如：

经忏可超生，难道阎罗怕和尚？

金钱能赎罪，居然菩萨是赃官？

楹联的分类

中国楹联，源远流长，内容丰富，种类繁多。对楹联的分类，也有多种多样。从平仄关系上可将楹联分为平仄协调的楹联和不拘平仄的楹联；从字数上可将楹联分为短联和长联；也有从内容上分为写景联、庆贺联、赠答联、奇巧联等。

1. 按修辞

叠字联

同一个字连续出现。

复字联

同一个字非连续重复出现。

顶针联

前一个分句的句脚字作为后一个分句的句头字。

嵌字嵌名联

联中嵌入序数、方位、节气、年号、姓氏、人名、地名、物名等。

拆字联

拆字、合字、析字等。

音韵联

包括同音异字、同字异音和叠韵等。

2. 按使用场合

春联、喜联、寿联、挽联、装饰联、行业联、交际联、宅第联、胜迹庙堂联和杂联（包括谐趣联）等。

3.从趣味角度

无情对、玻璃对、回文对、药名对、谜语对、集句对等。

楹联的讲究

楹联句式不一，形式多样，但不管何类楹联，使用何种形式，传统意义上的楹联必须具备以下特点：

1.字数相等，节奏一致

上下两个长条幅，合成一副联，称为上联、下联，除有意空出某字的位置以达到某种效果外，上下联字数必须相同，不

多不少。至于各联本身的字数则没有定规，常用楹联，上下联一般各在四个汉字到二十几个汉字左右。另外，上下联相对应的句子节奏点必须互相一致，如上联第一句是五言，节奏点是"二二一"，那下联第一句也应该是五言，节奏点也应是"二二一"，如此类推。这样才彼此契合，否则就叫失对。

2. 平仄相合，音调和谐

古代汉语单调分为"平上去入"四调，"平"声为"平"，"上"、"去"、"入"声为"仄"。现代汉语没有"入"声，"平"声分为"阴平"和"阳平"，"上"和"去"为"仄"。汉语的音调全靠平仄相间来调动，才能变得抑扬顿挫、婉转动听；而一副楹联必须平仄相对，吟诵起来才有音律美。传统习惯是"仄起平落"，即上联末句尾字用仄声，下联末句尾字用平声。

3. 词性相对，句式相同

所谓词性相对，即"虚对虚，实对实"，就是名词对名词，动词对动词，形容词对形容词，数量词对数量词，副词对副词。这些相对的词必须在相同的位置上，使句式相同。比如"日照花如锦，风吹柳似丝"，"日照"对"风吹"，"花如锦"对"柳似丝"，这样便是工整的楹联，如果变成"日照花如锦，柳丝似风吹"，看似词句依然优美，但因节奏紊乱，不再是楹联。

4. 内容相关，上下衔接

楹联的两段文字在内容上也必须互相关联，存在一定的逻辑关系，这样才能珠联璧合，如果上下联是两个不相关的事物，两者既不能照应、关联，又不能贯通、呼应，则成败笔。

楹联背后的文字奥妙

楹联是汉语文字学、音韵学、修辞学等语言学科的综合实用性作品，属于一种凝缩了的文学艺术品类，集众家之长，避群类之短。在众多的文学品类中，楹联与格律诗有着极其相近的特征，那就是都以最精巧的语言和有节奏的韵律集中地反映人们的生活及抒发情感。楹联具有形式对称、内容相关、文字精练、节奏鲜明的独特之处，有人将其称为楹联四美，即建筑美、对称美、语言美和节律美。同样，欣赏方法也不离其宗：

1. 形式是否对称

中国古代文学中，对偶佳句屡见不鲜，春秋诸子的四书五经，两汉以后的赋体文学，魏晋南北朝时期的骈体文学，唐代以后的格律诗……对偶这一辞格逐渐被人们所掌握，成为古典文学中不可替代的修辞方式。中国的方块字，一字一言，本身便为对仗艺术的产生提供了适宜其生长的先决条件。这一特点使得骈文、诗歌、楹联这类凝缩艺术千年不衰，具备了强大的生命力。

对称是楹联的基本要求。对称，指上下联句的对仗形式，也称对偶形式。对仗，是中国古典文学的一项重要的修辞方法，是楹联的魅力和生命之所在。"对仗"一词来源于古代宫中卫队行列，卫士们两两相对，整齐排列，故称对仗。对仗作为一种修辞方式运用到汉语文字艺术中，即比喻用平行的两句话，成双成对

地排列，表达相关或相反的关系。楹联中的对仗是在楹联的出句和对句中把同类的概念或相对的概念放在相对应的位置上，使之并列起来，形成联句的对称美。在楹联中，对仗方式尤为重要，它是楹联艺术的精髓所在。

2. 内容是否相关

楹联，之所以称其为楹联，不但在其中需要对仗，重要的还在于一个"联"字，楹联不联则不能称其为楹联。楹联的联系形式多种多样。有的楹联不但内容相关，而且在形式上也做到相互关联，如徐树人所撰："惟贫病相兼，乃称寒士；并钱漕不取，才算清官。"有的楹联虽然不用关联词，但可以使人们清楚地看出它表示的因果关系，如雁门关联："莫愁前路无知己；西出阳关多故人。"

不管是写景抒情，还是怀古咏物，以物言志等等，在立意上象意通气，开合得当，要借助比兴手法，放得开，收得拢。不能单纯为写景而写景，为抒情而抒情，这样才能使上下两联内容联系紧密，相互为用。最能说明这点的莫过于顾宪成书院的门联："风声雨声读书声，声声入耳；家事国事天下事，事事关心。"上联意在写景，下联独在言志，两种互不相关的事物相互为用，上联就不单是为写景而写景了，一句"声声入耳"，道破了作者的用心；而下联也不是为言志而言志，一句"事事关心"点明了作者的立意初衷。

3. 文字是否精练

楹联之所以千年不衰，一个很重要的原因就是它文字精练，

表现力强，便于传播，对仗精巧，朗朗上口。楹联有极强的表现力，这不仅与中国的语言文字特点有关，更主要的是在于作者将楹联句进行高度的浓缩和提炼，使其成为比赋、骈文更精练，比诗、词、曲更灵活的特殊文体。它不需要小说三要素，只要把要说的意思用最洗练、简捷的语言表达清楚即可，如吉林长白山高山亭联："千峰拔地；万笏朝天。"周恩来在青年时代写的一副赠联："浮舟沧海；立马昆仑。"都可谓言简意赅，惜墨如金。炼字炼句的难度是很大的，不像一些人所说简而易行，信手拈来，实际上，做好一副奇绝楹联，不比写一首诗来得容易。

4. 节奏是否鲜明

　　楹联的节奏是比较灵活的，但它并不是无规律可循。所谓的节奏灵活，是说它没有固定的程式，在长联中只要做到大概的平仄交错就可以了，因为节奏与平仄是同气相连的两个方面。至于七言以下的短联，因字数少，要求须严格些，但无论如何，在不因辞害义的前提下，上联尾字须是仄声，下联尾字须是平声。一些名联打破这种常规实为可谅，但我们作为初学者，仍以工对为好。

　　如前所说，楹联的鉴赏是一个主客观交互作用的审美过程，这就要求作为审美主体的鉴赏者本人也要有相当的文化素养和鉴赏能力。人们提高鉴赏能力的最佳途径是在全面提高古典文化修养的同时多多研读上乘佳联，只有最大限度地沉浸于佳联妙对之中，方能脱去俗尘数斗，即使不能马上提高创作技艺，也会潜移默化地提升鉴赏水平。

楹联的应用

　　楹联是一门雅俗共赏的艺术品类，古往今来，人们从未间断过对楹联的艺术探求。从开始只限于春联的尝试，到后来的各种行业联、文苑联等的创新，充分说明楹联有着极其强大的生命力和独特的实用性，它有着比诗歌更广泛的实用价值。

1. 装饰环境

　　贴楹联的目的是给人看，所以它必须以美的形象出现于不同场合，于是就起到了装饰的作用。装饰环境是楹联的自身特征，不管是过去的桃符，还是现在的纸联，虽形式不同，但都包藏着一种对称之美，正迎合了中国人的审美观点。曹雪芹在《红楼梦》第十七回中曾借贾政之口说道："偌大景致，若干亭榭，无字标题，也觉寥落无趣，任有花柳山水，也断不能生色。"

　　从明代起，题联之风大盛，墨客游人在游山玩水、访胜寻古之际，常常触景生情，题诗题联，留于后世。使后人既可阅古今，壮观瞻，激诗情，又可生妙趣，添游兴，长知识。有时一副好联，竟使游人流连忘返，增添游兴，难以忘怀。如滕王阁有一联："依然极浦遥天，想见阁中帝子；安得长风巨浪，送来江上才人。"使人读联之后引发思古之幽情，仿佛自己也已化入历史的时空之中。

2. 祈祥祝福

　　祈祝吉祥是楹联这一文体的内核，古有桃符驱逐鬼邪，后有春联庆贺新年，宋代以后的人们还逐渐有了写寿联的习惯。孙奕

在《示儿篇》中提到，黄耕庚夫人3月14日生日，吴叔经为其作一寿联"天边将满一轮月，世上还钟百岁人"，一方面表达对老人高寿的喜悦，另一方面还有祝福的意思。

我们在作联时，必须注意楹联喜悦、吉祥的效果，要根据实际内容撰写有不同层次的充满吉祥气氛的楹联，文体要得当，做到恰如其分，必要的艺术夸张是可以的，但不要无的放矢，要做到文题相符。

3. 陶冶情操

历代文人，多借用诗歌散文等一些手段，或直抒胸襟，或隐喻文心，或借古喻今，或托物抒怀，以发天地人之感慨，真善美之心声。自从楹联问世，中国的文人们庆幸找到了一种简捷精练的文学形式，写出了大量修身、养性、咏物、言志、治学的佳作诗对。

综观楹联古籍，以联抒怀者不胜枚举，且举一例，程十发所撰："揉春为酒；剪雪为诗。"作者以物咏怀，饱蘸对春的浓郁之情，更将春的颜色作为酿酒之曲，把春雪之图一片片剪开，组成诗词，一"揉"一"剪"，用字奇险，正应了古人言：诗中有画，画中有诗。

4. 传递感情

楹联还是人们传递感情，增进友谊的绝好媒介。综观楹坛，许多高手、名人留下了许许多多的题赠佳品，或互相勉励，或寄托情思，或抒发心志，或言明事理，或表示对对方的景仰、思慕之情。请看鲁迅赠瞿秋白的一副联："人生得一知己足矣；斯世当以同怀视之。"鲁迅与瞿秋白的友谊是相当深厚的，瞿曾为鲁

迅的杂文写过序，鲁迅在瞿牺牲后为瞿编了《乱弹》、《海上述林》以示纪念。

5.启迪世人

中国古代文化是凝合文学和哲学为一体的一门学问，它融入了中国古老的辩证理论，具有一定的说理性和教育性。楹联也是如此，一篇好的楹联往往使人顿开茅塞，令人从中领略到人生的哲理和真谛。

许多名人志士都以联警世，教诲和鞭策同仁、同辈和亲朋好友，给人以鼓舞和勉励，传为美谈。比如孙中山先生说过的一句话："革命尚未成功，同志仍须努力。"被后人以楹联的形式在重要场合广泛张贴、宣传，旨在号召人们继承孙中山的遗志，完成其未竟之事业，起到了教育鼓舞人的作用。

如何创作楹联

当您了解了楹联的基本知识，赏读了大量古今经典名联（参见本书第二、三、四部分），心中涌起创作的冲动之时，我们建议初学者最好先做以下准备：

1.读几市启蒙的讲授楹联的专业书籍

讲授楹联的书籍有多种，时人常见、常用的主要有《声律启蒙》（参见本书第六部分）、《笠翁对韵》（笠翁，即李渔，清初著名戏曲小说家），还有《声律发蒙》、《对属发蒙》、《对类》等。这类书籍大致上都是从少到多，由浅入深，从一个字对

一个字的对子开始，发展到十多个字的对句为止。它们是按诗韵编排的，读者在学习对对子的同时，还熟悉了近体诗的押韵。这些书籍原本就是为作近体诗做准备的，但因为它们都从对对子入手，或是提供许多对对子的素材，所以古代人（特别是明清两代）讲授写楹联时也用这种书籍启蒙。这种学习方式经过上千年的实践，被证明十分有效，建议初学写楹联的人，也可从这里入手，一则看看现成的对子是什么样的，二来还可扩大自己的楹联词汇。

2. 找现成的词语做简单的对对子练习

初学撰写楹联的人，常常感到自己的词汇十分有限，建议大家不妨先做一些简单的对对子练习。前人总结的常用而有效的对对子方式主要有以下几种：

人名对

人名对在楹联之中，相对的两个人名，可以是以名对字，以名对官衔、封爵、谥号等均可，甚至有时把人名、封号等去掉一两个字，只要达到平仄调谐就行。如：胡适之对孙行者。人名对中较著名的还有：蔺相如，司马相如，名相如，实不相如；魏无忌，长孙无忌，尔无忌，我亦无忌。

地名对

可以从书籍中、地图中寻找配对。如找北京地名配对：北海对西山；磨盘大院对烟袋斜街；东棋盘街西棋盘街对南芦草园北芦草园，等等。还有用地名对人名的，如：陶然亭对张之洞。

物名对

花卉名，如：帝女合欢，水仙含笑；牵牛迎辇，翠雀凌霄。

动物名，如：鹦哥观晴空素云雪雁；善姐赏绿池莲花鸳鸯。此联中"鹦哥、雪雁、鸳鸯"既是动物，也是名著《红楼梦》中的人物。

书名对

《呐喊》对《彷徨》；《伪自由书》对《准风月谈》；《朝花夕拾》对《故事新编》，等等。清代沈起凤著《谐铎》，书中各则题目均两两相对，如：梦中梦对身外身；奇女雪怨对达士报恩；菜花三娘子对草鞋四相公，等等。

戏剧名对

如：《乌龙院》对《白虎堂》；《三气周瑜》对《七擒孟获》，等等。

电影名对

如：《车轮滚滚》对《春雨潇潇》；《试航》对《创业》。较著名的集电影名的楹联是：《马兰花》《苦菜花》《白莲花》《蒙根花》《五朵金花》《战地黄花》《生活的浪花》《繁花似锦》对《雁荡山》《杜鹃山》《六盘山》《火焰山》《雪海银山》《万水千山》《沸腾的群山》《江山多娇》。

成语、俗语对

《巧对录》等书籍中录有此种对子，例如：瓜熟蒂落对藕断丝连；隔靴搔痒对画饼充饥；守株待兔对打草惊蛇；风吹草动对日晒雨淋；靠山吃山靠水吃水对种豆得豆种瓜得瓜，等等。

3. 进入创作阶段

做好了充分的准备，按循序渐进原则，就可以进入简单创

作阶段了：

确定主题

主题是一切艺术创作的核心，因此在楹联创作之初，先要确定楹联的中心思想，即确定楹联所要表达的感情，或所要描述的事物，或所要说明的哲理等。

选择方式

按楹联的形式分类（见"术语"）选择自己喜欢的创作方式。

组织文字

（1）对仗。对仗是楹联的基本特征。对仗的要点是词类要相同，义类要相对。义类，指"以类相从"，如"庄生晓梦迷蝴蝶，望帝春心托杜鹃。""庄生"对"望帝"，属专有人名相对；"晓"对"春"，属时令相对；"梦"对"心"，属名词中人事对形体（称为邻对）；"迷"对"托"，属动词对动词，"蝴蝶"对"杜鹃"，属动物对动物。

（2）炼字。初学对句，掌握词汇量是根本，道理和英文的单词一样，少词则难造句，更难成文。一副楹联一共没多少字，炼字是很重要的。

联句中最重要的一个字就是谓语的中心词（称为"谓词"）。把这个中心词炼好了，诗句当然就因之生动形象，正所谓一字千金。谓语中心词，一般是用动词充当的，因此，炼字往往也就是炼动词，王维的《观猎》："草枯鹰眼疾，雪尽马蹄轻。"其中"枯"、"疾"、"尽"与"轻"即是炼字之功。

炼字时还必须结合生活体验，才能使联句既简练，又合理。

这就要利用夸张、比拟等手法，但必须做到贴切、自然、有的放矢，避免离题万里，才能使读者读之可信，嚼之有味。如一洗澡堂联："到此皆洁身之士，相对乃忘形之交。"寥寥十四字便把此处风物展示得淋漓尽致，文字既典雅又新奇，不偏不倚，恰到好处。

（3）造句。楹联的基本要求是连贯、周密、简练、生动。连贯不必缀言，单讲周密，指修饰要恰当、考虑要周到等等，其实，它的要求和我们上小学、初中时的造句、改病句的要求是一样的。出句不要直接以文言文来思维，先把脑子里白话文的句意演绎到无可挑剔了，再斟酌推敲转换成文言文句子。

调整平仄

平仄，即声律。现代汉语与古代汉语平仄音律有了不小的变化，在区分平仄时，可以按照普通话读音前两声为平、后两声为仄，也可以按照古代的平水韵分类标准，也可以这两种混杂着用。

一副楹联中，不是全联所有的字都讲究平仄声律，只是每个词的尾字，即单字词的，要讲；两字词的，只讲后一个；三字词的，也只讲最后一个字；四字以上词的按一或两词等组合算。

在此基础上，上联最后一个字（联脚）应当是仄声；下联则要求平声收尾。最末三个字，应尽可能避免都是平声或都是仄声。尽可能避免只有一个平声字，或只有一个仄声字。

口诀：一联之内，平仄相间；两联之间，平仄相对；上联仄尾，下联平尾。

以上介绍的是楹联创作的入门知识，随着对传统文化及楹联艺术的深入了解，读者还要多读一些包格律含韵文的古典书籍，注意加强格律音韵方面的技能培养，再根据现实生活内容量体裁衣，这样就完全能够创作出具有强烈的时代感和生命力的楹联。

中华经典

智趣名联

谐趣讽刺联

在中国的文字世界里，谐趣联和讽刺联占据着相当重要的地位。谐趣联之出现，每每和中国文人之日常生活有关，中国古时每当文人相会，必把酒谈笑于文字之间，因此无数意味深远、引人发噱的谐趣楹联便应运而生，传诵千古。讽刺联之出现则皆因中国文人素来每遇不平之事则会以文字作为宣泄之途径，而楹联结构工整、朗朗上口，使之成为最佳之文字宣泄途径。谐趣讽刺更多有穿插或延伸，细细品来，或笑或悟，或醒或痴。另外，本书在选摘谐趣讽刺联时，因为本着"趣"的原则，所以又编入了许多其他"趣联"，如谐音联等。

* 父进士，子进士，父子同进士
* 婆夫人，媳夫人，婆媳皆夫人

注释

有一个财主，平时为恶乡里。某年，父子俩花钱各捐了一个进士，心中十分得意，大年三十，在门前贴出此联，耀威乡邻。村里有个秀才王某，读罢在楹联上寥添数笔，其联顿成：父进土，子进土，父子同进土；婆失夫，媳失夫，婆媳皆失夫。财主见了又羞又怒，只得把楹联撕去。

* 墙头芦苇，头重脚轻根底浅
* 山间竹笋，嘴尖皮厚腹中空

明朝有个锦衣卫叫纪纲，不学无术、骄悍跋扈，却硬要假充风雅，胡诌楹联，引得刚正耿直的解缙不满，于是他给纪纲出了上联，纪纲想了半天始终续不了下联。解缙便笑道："我看大人是懒得对，还是我来续下联吧。"接着就把下联念出来了。话音一落，顿时满堂哄笑。联中，表面上是写墙头芦苇和山间竹笋的形态特征，其实是在讽刺挖苦那些徒有虚名，并无真才实学，只会摇头晃脑，夸夸其谈的腐儒。此楹联后来还曾经被毛泽东引用来反对党八股。

* 鹦鹉能言难似凤
* 蜘蛛虽巧不如蚕

历史上的联语大师多在少年时代就显示出自己出众的才华。北宋文学家王禹偁七八岁时，就能吟联作对。一天，他随父亲赴宴，席间主人出了一上联让众人答对。座中客平时都自命不凡，此刻却鸦雀无声，正尴尬时，王禹偁稍加思索便对出下联。后来，王禹偁考中进士，官至翰林学士，一生坚持操守，一身正气，曾以磨面为题，留下一副著名的励志楹联："但取心中正，无愁眼下迟。"

* 王老者一身土气
* 朱先生半截牛形

注释

相传某地有个王老头很会作楹联，附近一位朱秀才见他普普通通的样子，颇有些不以为然。一日秀才登门便言上联，因"王"、"老"、"者"三字，均含有土字在内，故以"一身土气"讽之。王老头当然不甘示弱，立即对出下联，因"朱"、"先"、"生"三字都含有牛字在内，且都在上部，故以"半截牛形"相讥。

* 袖里笼花，小子暗藏春色
* 堂前悬镜，大人明察秋毫

注释

相传明朝时，解缙幼年在院子里玩，见桃花盛开，便折了一枝。刚从树上爬下来，父亲就带着朋友进院了，解缙赶紧把花藏在衣袖中。父亲发现了，吟出上联，解缙很聪明，当场对出下联。（关于此联的出处有多种版本，这是比较常见的一说。也有说是朱彝尊，有的说是纪晓岚，也有的说是梁启

超；或者是对父亲，或者说是对老师。）

* **只准州官放火**
* **不许百姓点灯**

注释

宋朝年间，某地新来了一个州官，名田登，最忌别人直呼其名。州民为避其名讳，只好把"点灯"说成"放火"。元宵节来临，田登布告曰："本州依例放火三日。"后来有人把此事撰成楹联，流传至今。

* **天增日月人增寿**
* **春满乾坤福满门**

注释

有一个地主，为母亲祝寿，大摆筵宴，悬灯结彩。为增加气氛，他叫账房先生将常见的"天增日月人增寿，春满乾坤福满门"写在大红条幅上，说要贴于大门两边。账房先生正要落笔，地主忽然想起，这是为老母祝寿，应该改得切题才好，于是他让账房先生把上联改"人"为"娘"。哪知账房先生为求楹联工整，又把下联改"福"为"爹"，最后这副楹联就变成了："天增日月娘增寿，春满乾坤爹满门"，贻笑大方。

* **两船并行，橹速不如帆快**
* **八音齐奏，笛清难比箫和**

清乾隆年间的一天，纪昀乘船而行，这时，一只船赶上前来，船头站着一位武将打扮的人。这位武将见纪昀的船摇橹缓行，便急令船夫将帆拉满，快速前进，超过纪昀的船只，并急速写了一个纸条，裹上石子扔过船来。纪昀一看上联马上明白了，这是借用鲁肃（橹速）和樊哙（帆快）两位古人的名字写上联。鲁肃为东吴文臣，樊哙却是汉刘邦手下的武将，以此嘲笑文不如武。这下倒一时难住了纪昀，直至三更，他听到外面歌楼传来美妙的音乐，忽然来了灵感，对出了下联，"笛清"谐音"狄青"，为北宋名将，"箫和"谐音"萧何"，为西汉文官。也有一说，此联原为："两舟竞渡橹速不如帆快；百管争鸣笛清难比箫和。"

* **礼记一书无母狗**
* **春秋三传有公羊**

清初苏州进士韩慕庐，尚为秀才时曾在某富家私塾教书，这家的主人自以为很有才学，经常替韩上课以炫耀自己的学问。有一天他教学生读《礼记》中的《曲礼》一篇，竟将"临财毋苟得"，读成"临财母狗得"。此时，一位饱学之士由此经过，错认为是韩念的，觉得好笑，因此在窗外高声出对，将错就错地将"母狗"直接替代了"毋苟"（飞白法）。韩慕庐一听，知道是冲他来的，于是立即应声答出下联，以"公羊"对"母狗"（公羊是复姓，即指给《春秋》做注释的作者之一

公羊高，另二位先生是左丘明、穀梁赤；三传是指《左传》、《穀梁传》、《公羊传》），妙语惊人。那学士听后，方知此先生不是凡俗之辈，于是登门求见。二人见面一谈，才知念"母狗"者不是韩先生。

* 双手劈开生死路
* 一刀割断是非根

注释

明太祖朱元璋过年时不仅亲自微服出城，观赏笑乐，还亲自题写春联。有一次，他经过一户人家，见门上不曾贴春联，便去询问，原来这是一家阉猪的，家里没读书人，又不会写字，暂时无人能题出联语。朱元璋一时兴起，当场为那阉猪人写了这副春联，联意奇巧贴切、幽默不俗。

* 持三字帖，见一品官，
  儒生妄敢称兄弟
* 行千里路，读万卷书，
  布衣亦可傲王侯

注释

《中国楹联大观》中有这样一段故事，清末孙中山留学归国，途经武昌时，闻湖广总督张之洞办洋务兴实业，十分仰慕，欲与一见，便投名片曰："学者孙文求见之洞兄。"张之洞当时不把一般人放在眼里，见有无名学者用此种口气同他说

话，便在纸条上写出上联，让门官交孙中山。孙中山旋即写出下联传进去，张之洞见了，暗暗称奇，立即下令大开中门，迎接这位资质不凡的读书人。张之洞在出联中摆官架子，孙中山在对句中则以"粪土当年万户侯"的气概予以折服，两人之联皆各切身份。

* **万家乐用万家乐, 万家都乐**
* **九州同吟九州同, 九州大同**

注释

此联是广东省石油燃气用具发展有限公司于1989年所征之联，出句中的第一个"万家"是虚指，为主语，中间的"万家乐"为企业产品的名称，为专用名词，作宾语。第二分句的"万家都乐"是从侧面描写、宣传了产品的优点，句尾二字嵌以地名，"都乐"是广西柳州名胜地，著名影星赵丹逝世于此，他生前曾留下墨宝"天下都乐"，这些为应征的下联增加了一定的难度。下联为我国台湾地区陈怀所撰，作者巧化了陆游《示儿》诗中"但悲不见九州同"一句，以九州同铺开，格调豪迈，雄浑苍劲，抒发了祖国人民盼两岸统一的心情。作者来自我国台湾地区，所吟之句别有情致。对句既关联政治，又有文化，有历史，境界高远。

* **家藏千卷书, 不忘虞廷十六字**
* **目空天下士, 只让尼山一个人**

相传宋代刘少逸幼时，一日随师往拜名士罗思纯。罗出上句，少逸对下句。其中，虞廷，指舜的朝廷。相传舜为古代明主，故常以"虞廷"作"圣朝"的代称。十六字，指《书·大禹谟》之"人心惟危，道心惟微，惟精惟一，允执厥中"。宋儒将此十六字视为尧、舜、禹心心相传个人道德修养和治理国家的原则。尼山，本为山名，在山东曲阜，此代指孔子。联语用了用典和借代二法。刘少逸小小年纪语出此言，令人震惊。

* **松下围棋，松子每随棋子落**
* **柳边垂钓，柳丝常伴钓丝悬**

黄庭坚是"苏门四学士"之一，某日与苏东坡在松树底下下棋，一阵风吹来，松子掉到棋盘上。苏东坡得上句，黄庭坚对下句。

* **烟锁池塘柳**
* **炮镇海城楼**

用相同的偏旁部首镶嵌于楹联之中，其局限性很大，但一旦写作成功，则趣味性浓郁。这副楹联的上下联偏旁分别以"金、木、水、火、土"五行相对应，堪称绝对。此联曾在漫

长的年代中是无人能对的绝联，乾隆年间，纪晓岚曾对"板城烧锅酒"，"五行"齐备，但联意全无。直至晚清西方列强瓜分中国时，才有人根据战火硝烟情景对出下联。

* 小翠花，小翠喜，
  一文一武，一京一汉
* 马连良，马连昆，
  同乡同姓，同教同科

注释

清末以来，我国出了一批杰出的戏曲表演艺术家，小翠花、小翠喜、马连良、马连昆就是其中的四位，此联嵌四人姓名。小翠花，京剧演员于连泉的艺名，北京人；小翠喜，汉剧演员，武汉人；马连良，回族，马连昆亦是，且与马连良同为北京人。同教，同信回教。同科，同习老生。联语除嵌名外，还借助了人名中相同的文字取巧，又重言"一"字与"同"字。

* 少目焉能评文字
* 欠金岂可望功名
* 横批：口大欺天

注释

清朝乾隆年间，直隶学士吴省钦主持乡试，贪赃受贿，录取不才。落第生员愤而在试场门口贴出此联。上联暗嵌"省"

字（少目合而为省），下联暗嵌"钦"字（欠金合而为钦），横批暗嵌"吴"字（口天合而为吴）。联语使吴省钦的劣迹昭然若揭，引起轰动。

* **五行金木水火土**
* **四位公侯伯子男**

注释

这是几个秀才合谋出句为难丘机山的楹联。丘机山，宋初人，以滑稽闻名于世。丘出奇制胜，巧借孟子"公一位，侯一位，伯一位，子男同一位"之语，以四位对五行，不可多得。

* **虎贲三千，直抵幽燕之地**
* **龙飞九五，重开尧舜之天**

注释

在元代，中原红巾军初起之时，写在战旗上的"旗联"是："虎贲三千，直抵幽燕之地；龙飞九五，重开大宋之天。"这副"旗联"充分反映了红巾军浩大的声势和所向无敌的英雄气概。在写作格局和程式上，并不强求工仗，且有同字相对，但其影响极大。在尔后明代中叶刘六、刘七起义时，西路军战旗的旗联仅改"大宋"二字为"混沌"而已："虎贲三千，直抵幽燕之地；龙飞九五，重开混沌之天。"清末太平天国起义军占领南京之后，在龙凤殿两旁柱子上又见到了这副楹联，仍是更易二字，成为此联。

* 水仙子持碧玉簪，
* 风前吹出声声慢
* 虞美人穿红绣鞋，
* 月下行来步步娇

注释

这是由词牌组串成的一副巧联，联中串出六个词：曲牌名《水仙子》、《碧玉簪》、《声声慢》、《虞美人》、《红绣鞋》、《步步娇》，描绘出了一幅美人轻移莲步，观月赏景的美丽画卷。

* 二三四五
* 六七八九
* 横批：南北

注释

从字面看，读者便知作者在做文字游戏。上联缺"一"字，下联缺"十"字。"一"与"衣"谐音，"十"与"食"谐音，加上横批所缺"东西"二字，作者的意图不言而喻，原来全联的意思就是"缺衣少食，没有东西"。此联立意奇巧，很形象地表达了穷人过年三难。它不但是一篇缺如联，还是一副数字联，若把它视为谐音联也是可以的。

* 天气大寒，霜降屋檐成小雪

＊　**日光端午，清明水底见重阳**

　　此联描绘了"大寒"和"端午"时节的自然景象，上联镶嵌"大寒"、"霜降"、"小雪"三个农事节气，下联镶嵌"端午"、"清明"、"重阳"三个农时节日，别有一番情趣。

＊　**三绝诗书画**
＊　**一官归去来**

　　《楹联丛话》载，郑板桥辞官归田后，一日在家宴客，有人送来一副楹联，观之出句，云：三绝诗书画。郑板桥说先不看下联，要自己对上后再看，但是思虑很久，也没能对出来，只好打开下联来看，曰：一官归去来。原来，唐玄宗时，有诗人郑虔，诗书画皆工，时称"郑虔三绝"，此上联以郑板桥比郑虔。又有东晋陶潜，于彭泽令上挂冠归隐，作《归去来辞》，此下联又以郑板桥比陶潜。两比皆为暗中赞誉，准确精当，令人叫绝。

＊　**母鸡下蛋，谷多谷多只一个**

* **小鸟上树, 酒醉酒醉无半杯**

注释

　　相传为古代文人把酒言欢时之戏作。"谷多谷多"是仿母鸡的叫声，"酒醉酒醉"是仿小鸟的叫声。联语意境含蓄，生活气息犹浓，读之情趣盎然。

* **云锁高山, 哪个尖峰得出**
* **日穿漏壁, 这条光棍难拿**

注释

　　旧时有一穷书生，好打抱不平，为此被歹人诬陷。公堂审案，县官知其为人，想找个理由将其释放，便言："吾出一联，能对则免罪；不能则严办。"遂出上联，书生见壁洞透进阳光，对下联。惺惺相惜，结果不言而喻。另有一联，与此意恰好相反，光棍先说上联："叶落枝枯，看光棍如何结果"；县令当下对出下联："刀砍斧劈，是总督也要拔根"。"督"谐"菟"。

* **坐南朝北吃西瓜, 皮向东放**
* **由上向下读左传, 书往右翻**

注释

　　旧时张、李两考生在炎夏苦读，暑热难当，乃共食一瓜，

张生出上联，描绘自己吃瓜的情态；李生一时难以对上，后展书触情，回敬下联，描绘自己读书的情景，以供笑乐。联语对仗工整，堪称佳作。

* **上句上，中句中，朔日望日**
* **五月五，九月九，端阳重阳**

注释

《奇趣绝妙楹联》言，明代解缙一日与友宴饮，友出上联，解缙对下联。每个月前十日为上旬，初一（即上旬上）为朔日。中间十日为中旬，十五（即中旬中）为望日。五月初五为端午节，亦称端阳。九月初九为重九节，亦称重阳。上下联前两句各为回文，末句共嵌四个名称。"旬"与"日"，"月"与"阳"又为重言。

* **流水夕阳千古**
* **春露秋霜百年**

注释

旧时有一户人家办喜事，把丧联"流水夕阳千古恨，春露秋霜百年愁"错贴于喜堂之上，客人一见，无不惊异，因碍于情面又不便明说。当新娘来到喜堂见此联时，不免暗中叫苦，但她灵机一动，来到丧联旁，将上下联尾各截去一字，丧联立刻变成此喜联。

* 磨砺以须，问天下头颅几许
* 及锋而试，看老子手段如何

注释

该联相传为太平天国将领石达开所作，上下联全是反诘语气，诙谐风趣，虽没有明确作答，然其乐观豪迈、气势凛然的联语本身就寓答案于其中了。现在，该联常被用作理发店楹联。

* 炭黑火红灰似雪
* 谷黄米白饭如霜

注释

明朝弘治皇帝宴请众臣，大学士杨廷和偕子杨慎赴宴，席间弘治出上联试杨慎，杨从容答对下联。

* 天寒地冻，水无一滴不成冰
* 国乱民贫，王不出头谁是主

注释

朱元璋举事前，在大雪天遇到一个叫葛恩的人。交谈中，朱发现葛是个关心民间疾苦的人，便想与他结交，为试其才学，朱即景生情地吟出上联，葛恩听了，望了望朱元璋，对出下联，这句话劝朱出头成大事，朱心中大喜。一次大雪吟联，促使朱元璋起兵反元，最终建立明朝。

* **沽酒欲来风已醉**
* **卖花人去路还香**

注释

清乾隆文韬武略，精通诗词。某日，乾隆一行来到江南一酒家门前，闻到酒香飘来，使人欲醉，乾隆信口拈上联让臣子作对。此时恰有一卖花女走过，留下一阵余香，一学士见此景对出下联。

* **一弯西子臂**
* **七窍比干心**

注释

《评释古今巧对》上说，朱元璋有次微服出巡，见一读书人在吃藕，顺口出了这个上联。西子，指西施，以"西子臂"比喻莲藕的外形秀巧可人。读书人略一思考，对出了下联，以"比干心"来比喻莲藕多孔的身体，更是传神之笔。比干是商

纣王的叔父。《史记》上说，纣王无道，比干多次进谏，纣王非常恼火。他说：我听说圣人的心有七窍，看看比干到底是不是圣人，把比干杀了，挖出他的心来验证一下。后世便有"比干心有七窍"之说。

* 八十君王，
  处处十八公，道旁介寿
* 九重天子，
  年年重九节，塞上称觞

注释

乾隆五十五年，农历九月九日的重阳节，乾隆一行北巡热河，随行的有纪昀等几位重臣。其中有一位叫彭羡门的出一上联，想难一难纪昀。此联很有深度，这年正是乾隆八十岁，而十八公喻指万松岭的松树，故将松字拆成"十八公"，与前面的八十正好颠倒换位，纪昀听后，随即对出下联。帝王所居之所称"九重"，时逢重阳节又称"重九"，也正好与"九重"换位。此句实属难得，非大家不能为之。

* 美酒可消愁，入座应无愁里客
* 好山真似画，倚栏都是画中人

注释

此联是一位名叫区菊泉的人为福州广聚楼所撰。上联之意

为：人说"借酒浇愁愁更愁"，但在这里却不会如此，何也？
酒美之故也。下联则盛赞楼美，到此地如同人在画中游，真是
"似仙境，不似人间"。

* **文章高似翰林院**
* **法度严于按察司**

注释

《坚瓠集》云，常熟人桑民悦以才自负，居成均之时，为
丘仲深所屈，遂入书院任教，书此联于明伦堂。翰林院，官署
名，清代掌编修国史及草拟制诰等，在其中供职的成员由每年
考中的进士选拔。法度，此指学观。按察司，一省主管司法的
最高机构。

* **为名忙，为利忙，**
  忙里偷闲，饮杯茶去
* **劳力苦，劳心苦，**

苦中作乐，拿壶酒来

注 释

这是成都的一家酒楼联，联语自然天成似脱口而出，近乎白话，细心品味，人间苦乐情状，可谓淋漓尽致矣。

* **酒当吃醉时，笑也真，说也真，**
  露出真机，便带几分仙气
* **仙到修成后，天可乐，地可乐，**
  得来乐趣，岂止一个酒狂

注 释

兰州五泉山酒仙殿的酒店联。这副联写得淋漓洒脱，不遮不掩，将酒醉后的真情袒露无余，言外之意是在说：人间真情是在酒醉之后。

* **寸土为寺，寺旁言诗，**
  诗曰："明月送僧归古寺"
* **双木成林，林下示禁，**
  禁云："斧斤以时入山林"

注 释

一位相国小姐，很有文才，立志要嫁一个才子，条件是要对上她的上联。上联中，"寺"和"诗"都用两个相联的字组合而成，最后一句唐诗，"月"又是"明"字拆开的。后来一位姓林的书生，对出下联。相府小姐很满意，几经周折，与之结为夫妻。

* **竹本无心,偏生许多枝节**
* **梅虽有蕊,不染半点风尘**

注释

从前有一位年轻的梅姓寡妇，带儿子独自生活。儿子长到七岁时，她要给儿子请一位塾师。梅氏为了试探塾师的水平，便出上联"弯腰桃花倒开花，蜜蜂仰采"，后来有一位姓朱的中年男子对出下联"低头莲蓬偏结子，鹭鸶斜观"，为此，梅氏当即聘他为儿子的老师。梅氏平时在生活上很关照他，时间一长，便传出了一些二人的闲话，梅氏家族为此告到官府，说是梅氏与朱先生私通。县官是一个开通的人，他见二人一身正气，端庄忠厚，估计不会做出这种事来。当问及当初聘塾师的经过后，县官说："你们二人既然都会对对子，就一人写半句联作为答辩状吧。"朱先生乃写上联："竹本无心，偏生许多枝节"，梅氏看了上联，挥笔写道："梅虽有蕊，不染半点风尘"。通看全联，是一篇很好的答辩状，上联嵌竹（与朱谐音），下联嵌梅，等于二人同时签上姓名。另有一说，"竹本无心"句下联对"藕实有缝，内无半点灰尘"。

* **榨响如雷,惊动满天星斗**
* **油光似月,照亮万里乾坤**

清朝人陶澍从小才智过人，十岁时乡上油榨作坊开业，店主想写一幅大红楹联志庆，连请几位秀才作联，店主都不满意，陶澍毛遂自荐，一挥而就。此联气势宏伟，且嵌"榨油"二字，可谓珠联璧合的妙联。

* **君恩似海（矣）**
* **臣节如山（乎）**

注释

此联原为"君恩似海，臣节如山"，为明末陕西总督洪承畴的门联，是一副表白自己、歌颂皇恩的楹联。洪承畴后来投清卖国，遭人唾弃，便有人在原联句尾添此"矣"、"乎"二字，其意即大相径庭，成为一副绝妙的讽刺联。

* **昨日偷桃钻狗洞，不知是谁**
* **他年攀桂步蟾宫，必定有我**

注释

郭沫若小时候贪玩，和同学们一起逃课偷桃吃，被老师发现。老师先严肃地训斥了逃课的学生，然后说："我出一上联，谁能对出下联，可以免罚。"老师在黑板上写出上联，郭沫若马上走到黑板前写出了下联。老师看了很满意，免了他的处罚。"攀桂"、"步蟾宫"均为飞黄腾达之意。

* **三代夏商周**
* **四诗风雅颂**

注释

北宋时刘攽(即刘贡父)才华出众，王安石有意以此联难他，然而刘稍思虑片刻便对出了下联。此联难度在于解决下联总括数目与列品数字、义与上联的矛盾，或多或少都很难成对。刘以巧取胜，别开洞天，从《诗经》中独辟蹊径。风、雅、颂为《诗经》的四个组成部分，其中雅分大雅、小雅，历史上通称为四诗。以"四诗"对"三代"，以"风雅颂"对"夏商周"，妙语惊人，被称为传世绝对。

* **(早)行节俭事**
* **(不)过淡泊年**

注释

古时有一王某，平日里挥霍无度，过年时缺柴少米，便在门上贴楹联"行节俭事；过淡泊年"以自我解嘲。偏有好事的邻居在上下联各添一字，王某羞愧难当，观者为之捧腹。

* **山羊上山，山碰山羊角，咩**
* **水牛下水，水淹水牛鼻，哞**

注释

此联为民间流传的一副象声联，对仗工整，把山羊和水牛

的形态绘声绘色地表现了出来，颇为生动有趣。

* 爱民如子
* 执法如山

注释

有一贪官，为表其清白，于大衙门口题出此对，挂联当日，众议纷纷。夜里，有人在其联下续上二行：爱民如子，金子银子皆吾子也；执法如山，钱山靠山其为山乎。

* 早死一时天有眼
* 再留三日地无皮

注释

古时有一李某为官，不思为民谋富，反而巧立名目，搜刮民脂民膏，百姓无不恨之入骨。他死后有人戏作此联，后来用以讽贪官。

* 花里神仙，无意偏逢蜀客
* 林中君子，有心来觅湘妃

注释

明朝"吴中四才子"之一文征明年轻时，听说杜府的小姐杜月芳貌美如花，且琴棋书画样样皆通，便心生爱慕，但又苦于无媒相助。某日，文征明私自跳进杜家后花园，恰好遇到杜月芳，杜月芳见文征明英俊潇洒，便没有让家人把文征明抓起来，思虑再三，决定以对试才，出了上联，文征明当即对下联。后来他们几经周折，喜结连理。

* 未必逢凶化
* 何曾起死回

注释

相传有一个名叫"吉生"的庸医，医术甚差，却很爱自吹，有人便在其门上贴了这副楹联予以嘲讽。在上下联镶嵌的成语中，每个成语都故意漏写了一个字，而所漏写的字合起来恰是他的名字。

* 普天同庆，当庆当庆当当庆
* 举国情狂，情狂情狂情情狂

注释

讽刺袁世凯称帝的楹联：上下联均是模拟锣鼓的敲击声。

"当"拟小锣声，"庆"拟小钹声，"情"拟大钹声，"狂"拟大锣声。从内容上来讲，"普天同庆"当然应是"当庆"，"举国情狂"，"情狂"也是理所当然的。不过"情狂"二字是贬义词，又指男女苟合，用在窃国大盗袁世凯及其追随者身上很合乎情理。

* 袁世凯千古
* 中国人民万岁

注释

此联是上下字数不等、对仗不工整的经典名联。民国年间，袁世凯一命呜呼之后，全国人民奔走相告。四川有一位文人，声言要去北京为袁世凯送挽联。乡人听后，惊愕不解，打开他撰写好的楹联一看，有人不禁哑然失笑。文人故意问道："笑什么？"一位心直口快的小伙子说："上联的袁世凯三字，怎么能对得住下联中国人民四个字呢？"文人说："对了，袁世凯就是对不住中国人民！"

* 莲子心中苦
* 梨儿腹内酸

注释

该联相传为金圣叹在刑场离别子女时所作。联语表面意思是写莲心之苦、梨核之酸，实际上是以"莲"谐音"怜"

和"连"，寓含"可怜"、"连累"之意；以"梨"谐音
"离"，寓含"离别"之意，全联意为"怜子心中苦，离儿腹
内酸"。准确、形象、生动地表现了父子刑场离别时的心情，
确为对偶精工、文辞优美的佳联。

* **南通州北通州，南北通州通南北**
* **东当铺西当铺，东西当铺当东西**

注释

此联为乾隆下江南经通州时与纪昀相对而成。联句以南北东
西入联，此迭字法上联三出"通州"，三现"南北"；下联三出"当
铺"，三现"东西"，然而联尾的东西两字在这里也产生了变化，从
方位词变成了名词。形同而义变，情味盎然。

* **东启明，西长庚，**
  南箕北斗，朕乃摘星汉
* **春牡丹，夏芍药，**
  秋菊冬梅，臣是探花郎

注释

清朝乾隆五十四年的科举考试，皇帝亲自主考，见刘凤
诰其貌不扬，又是个独眼龙，心中不悦，遂自言道："独眼岂
可登金榜？"刘凤诰马上对出下联道："半月依旧照乾坤。"
乾隆叹绝，心生雅兴，又出此上联，刘凤诰也很快对出，"探

花"一语双关。乾隆赏识刘凤诰才气，于是钦点他为探花。后世称刘凤诰为"楹联探花"。

* **密云不雨旱三河，虽玉田也难丰润**
* **怀柔有道皆遵化，知顺义便是良乡**

注释

某年，某钦差视察京郊，见民不聊生，心有不满。地方官忙以当地地名集成上句为自己开脱，钦差当即以当地地名作下联回答。据说几年后，钦差再次视察京郊，百姓安居乐业，地方官以此作答："密云布雨润三河，泽玉田百年丰润；平谷移山填静海，建乐亭万世兴隆。"联中密云、平谷、怀柔、顺义、良乡在今北京市，三河、玉田、丰润、乐亭、遵化、兴隆在今河北省，静海在今天津市。

* **书生脚短**
* **天子门高**

注释

清初褚人获《坚瓠集》中有这样一个故事，明代湖广茶陵人李东阳自幼聪明过人，六岁时被明英宗诏见。李东阳进宫门时，因小孩腿短迈不过门槛，英宗笑说上联，东阳当即对出下联，工整妥帖且盛赞天子，英宗当然很高兴。数年后东阳中进士，官至吏部尚书、华盖殿大学士。

* 花甲重逢，增加三七岁月
* 古稀双庆，再多一度春秋

注释

1785年，乾隆皇帝在乾清宫开千叟宴，赴宴者达3 900多人，其中一老叟141岁，乾隆出句相贺。按古纪年法算，一个花甲为60年，花甲重逢即为120年，三七岁月即21年，正好是141岁，可以说，对句是相当难的。大学士纪昀却信手拈来对句，俗语"人生七十古来稀"，"古稀"即七十岁，古稀双庆即140岁，更多一度春秋，也正好是141岁，对得堪称千古绝妙。

* 心口十思，思子思妻思父母
* 寸身言谢，谢天谢地谢君王

注释

清皇帝乾隆文采斐然，常有佳作。有一次，他察觉纪昀有思家之意，便出了个上联试探他。纪昀以实奏闻，以对句相答。在析字联中，将拆字与合字用于同一联中，达到了更为巧妙的艺术效果。

* 老骥伏枥
* 流莺比邻

注释

《楹联四话》中说，某地一人家，左邻是马房，右邻为妓院，

主人在自己大门上题了此联。上联出自曹操诗《龟虽寿》"老骥伏枥，志在千里；烈士暮年，壮心不已"；下联出自司空图《诗品》中"碧桃满树，风日水滨。柳阴路曲，流莺比邻"。此联内容另有所指，如此古句翻新，让人忍俊不禁。

* **门对千根竹**
* **家藏万卷书**

注释

明朝人解缙幼年时家里很穷，因家门正对富豪的竹林，除夕，他在门上贴出此联作为春联。富豪见了，命人把竹子砍掉。解缙深解其意，于上下联各添一字，变成：门对千根竹短，家藏万卷书长。富豪更加恼火，下令把竹子连根挖掉。解缙暗中发笑，在上下联又添一字：门对千根竹短无，家藏万卷书长有。富豪气得目瞪口呆。

* **此木为柴山山出**
* **因火成烟夕夕多**

注释

此联实为清朝刘尔炘所作，某些电视连续剧中被附会给刘墉、郑板桥等人所作。联中，"此木"与"柴"，"山山"与"出"，"因火"与"烟"，"夕夕"与"多"皆为字的拆合。

* **未老思阁老**
* **无才做秀才**

品读经典

古人戴大宾聪慧过人，五岁时应童子试。秀才们见其年少，笑问："欲为何官？"戴答道："阁老。"众人戏作上联，戴大声对出下联，众人皆叹服。

* **十八岁前未谋面**
* **二三更后便知心**

旧时婚姻全凭父母之命，媒妁之言，夫妻双方不到洞房之夜是互不相识的。某夫妇新婚之夜，新郎揭开新娘盖头，心生感慨，出此上联。没想到新娘也是个有胆有识且聪慧过人的女子，闻此便细声羞涩应道下联，一切尽在此言中，实属妙对。

* **闭门推出窗前月**
* **投石冲破水底天**

新婚之夜，苏小妹欲试新郎秦少游之才，将秦拒之门外并出上联。秦少游左思右想不得其对，徘徊长廊。苏东坡见状，虽替妹夫焦急，却又不便代劳。突然，他灵机一动，拾起一块石头，投进盛满清水的花缸里。秦少游听到"扑通"一声，顿时领悟，脱口对出下联。苏小妹闻声大喜，急忙迎新郎进洞房。

* **微笑熄灯双得意**
* **含羞解带两痴情**

注释

苏小妹三难新郎后，新郎秦少游胜过三关，进入洞房。进入洞房后，苏小妹又出此上联，秦少游很快对下联。因通俗而不失典雅，且工整精当，现常被人用来跟新婚夫妇开玩笑。

* **因荷而得藕**
* **有杏不须梅**

注释

明代程敏政自幼聪慧，人称神童，长大后亦才思敏捷，宰相李贤听说后，心下深为赏识，欲招为婿。有一次，二人同坐一宴，李贤指着席上果品出对，程敏政心领神会，随口对出下联，李贤非常高兴，便把女儿许配给他。

* **明日逢春好不晦气**
* **终年倒运少有馀财**

注释

相传明代有一财主让祝枝山给他作一副春联，财主希望"明日逢春好，不晦气；终年倒运少，有馀财。"祝作此联。此联妙处在于如何断句，若念成："明日逢春，好不晦气；终

年倒运，少有馀财。”则意思相反。

* **此屋安能久居**
* **主人好不悲伤**

注释

　　明代又有一财主造了高楼大厦，请祝枝山写楼联。祝深知此财主为人，决意捉弄他一下，便写了下面这副楹联，并念成："此屋安，能久居；主人好，不悲伤。"富翁听后颇为满意，待贴出来后，宾客们却个个偷偷地暗笑，等富翁领会过来，气得七窍生烟，却又无可奈何。原来这副楹联如不断句，上联分明是疑问句式，下联是感叹句式，那么这间屋子是无人敢住的。

* **月圆**
* **风扁**

注释

　　福建莆田戴大宾，幼年即以才气著名。十三岁时，一日有位客人想试他才气如何，于是出了一联：月圆。戴大宾对曰：风扁。客问何以风是扁的？答云：风见缝就钻，不扁怎行？客认为有理。继而又出联曰：凤鸣。戴对曰：牛舞。客问牛何能舞，答云：《尚书》中有言"百兽率舞"，牛亦兽，自在其中，客人大加赞赏。可见，运用巧辞的联，说是亦是，说非亦

非，于似是而非之间令其似非而是，颇为有趣。

* **月朗晴空今夜断言无雨**
* **凤寒露冷来晚必定成霜**

注释

传说有一个秀才看中了一个姑娘，因不便直接问其心声，遂出上联以试探。而这个才貌双全的姑娘早已中意这个秀才，片刻便对出下联。联语揭示两人彼此心知肚明，还约定当天晚上就见面。"成霜"谐"成双"。

* **酿酒坛坛好做醋缸缸酸**
* **养猪头头大老鼠只只瘟**

注释

清代有一酒坊老板为人奸诈，时常欺瞒顾客。过年时，他请李渔给他写了一副春联，写好后贴在门上："酿酒坛坛好做醋缸缸酸；养猪头头大老鼠只只瘟。"账房先生念给老板听："酿酒坛坛好做醋，缸缸酸；养猪头头大老鼠，只只瘟。"老板听了，气得脸发紫，派人把李渔找来，指斥他的不是。李渔顿挫有致地念道："酿酒坛坛好，做醋缸缸酸；养猪头头大，老鼠只只瘟。"

* **士不忘丧其元**
* **公胡为改其度**

李元度是曾国藩的部将，屡为太平军所击败。衢州一役，李军更是伤亡惨重，于是军中有些刻薄的人，作了一副嵌字的楹联以嘲讽之。据说此联还有一句横额"道旁苦李"。

* 坐、请坐、请上坐
* 茶、泡茶、泡好茶

清代学者阮元游平山堂，寺庙方丈将阮元当做一位普通游客，只说了一声："请"，又对下人说："茶"。随之交谈，觉其出语不凡，便改了口气："请坐"，吩咐下人："泡茶"。后来当他知道是大学士阮元时又换成了："请上坐"、"泡好茶"。到了阮元临走时，方丈恳求墨宝，阮即以方丈的言语出此联，对仗十分工整，且别开生面，活脱脱描绘了一个前倨后恭者的面目。

* 小犬无知嫌路窄
* 大鹏展翅恨天低

明朝解缙少时有"神童"之称，曹尚书一次请他入府，故意不开正门，让他从小门进。解缙嫌门窄，曹便出上联取笑他，聪明的解缙以下联回应。

千古楹联　千古对

五九

* 雨洒灰堆成麻子
* 风吹荷叶像乌龟

注释

此联相传为两个人互相讥讽而作，向某取笑陈某满脸麻子，陈某取笑向某老婆不忠。联中"成"谐"陈"，"像"谐"向"。

* 千年古树为衣架
* 万里长江做澡盆

注释

明朝杨慎五六岁时在桂湖附近一个堰塘里游泳，县令路过，他居然不起来回避。县令命人把他的衣服挂在一棵古树上，并告诉杨慎："本县令出副对子，如果你能对得出，饶你不敬之罪！"县令刚说完此上联，杨慎即对出下联，县令叹服，赞杨慎为神童。

* 大老爷过生，金也要，银也要，
* 铜钱也要，红白一把抓，不分南北
* 小百姓该死，稻未熟，麦未熟，
* 高粱未熟，青黄两不接，送甚东西

　　某县令为官不仁，作恶乡里，借过生日之名，向乡民大索寿礼，有一秀才送来这样一副楹联。等县令看完，心生愤怒之时，秀才早已不知去向。

* 从未闻男女平权，公说公有理，
* 婆说婆有理，万难成理
* 君不见阴阳合历，你过你的年，
* 我过我的年，一样是年

　　二三十年代上海滩南京路上，出现了许多成双成对的青年男女，这种自由恋爱的景象被一些保守人士斥为"有伤风化"，一个封建遗老出上联发泄对此的不满。而新派人物热情地赞颂先恋爱再结婚的风尚，于是几位学生作了下联来反驳。

* 师姑田里挑禾上
* 美女堂前抱绣裁

　　上联为明朝吴中才子祝枝山所出，下联为沈石田所对。"禾上"谐音"和尚"，"绣裁"谐音"秀才"。

千古楹联千古对

六一

* 门前生意，好似夏月蚊虫，
* 队进队出
* 柜里铜钱，要像冬天虱子，
* 越捉越多

注释

《笑笑录》云，明朝唐伯虎为一商人写楹联，曰："生意如春意，财源似水源。"其人嫌该联表达的意思还不明显，不太满意。唐伯虎又写了这副楹联。蚊子、虱子，皆为嗜血动物，人人见而厌之，以此比喻生意和铜钱，形象不言而喻。那商人居然大喜，足见其无知与浅薄，联趣正在这里。此联除用比喻外，还用了重言（队，越）。

* 一代奇书镜花录
* 千秋名士杜林胡

注释

"文革"中，曾有一个半文盲被派到某图书馆担任驻馆代表，他居然将小说《镜花缘》读为"镜花录"。有一次在学习《反杜林论》时，有人说"杜林胡说什么"一语，他听不懂，误以为"杜林胡"是什么出名人物，便大声说："杜林胡反马克思主义毛泽东思想，应该拉出去枪毙！"于是有人以此为题，写了这样一副楹联。这副楹联先录其错读，再录其错断，并加以讽刺，用的是"飞白"手法。

* **你求名利，他卜吉凶，**
* **可怜我全无心肝，**
* **怎出得什么主意**
* **殿遏烟云，堂列钟鼎，**
* **堪笑人供此泥木，**
* **空费了多少钱财**

注释

　　此联系某地观音菩萨庙楹联。此联以自怨自艾、自嗟自叹的形式，入木三分地揭露封建迷信的本质，嘲笑了信神信鬼的愚昧行为，发人深省，耐人寻味，妙趣横生。很显然，这样的写作方式比平铺直叙的宣传效果要好得多。

* **前方吃紧**
* **后方紧吃**

注释

　　抗日战争时期，由于国民党采取不抵抗政策，致使日寇长驱直入，中华民族陷入水深火热之中。可国民党军队却一退再退，大吃大喝。于是有人写了这样一副通俗、直白、精短的楹联。仅八个字，一个"前方"，一个"后方"；一个"吃紧"，一个"紧吃"，形象地描绘了当时的两种势态。上联"吃紧"，指情况紧张。下联做了一下换位，则变为大吃大喝，不可终日的意思。稍动一字，差之千里。读此联不仅领会

作者遣词之妙，也悟到了中国汉字的神奇魔力。正所谓：好联不在辞众，而在意法之妙。

* 一桌子点心，半桌子水果，
* 哪知民间疾苦
* 两点钟开会，四点钟到齐，
* 岂是革命精神

注释

1926年，汪精卫在武汉政府期间，口头高喊革命，办事却大耍官僚派头，讲排场，图享受。一次，到郑州开会，冯玉祥对他的表现极为反感，便写了此联暗骂汪精卫。

* 弄子弄狮，一副假头皮，难充真兽
* 画工画猴，这等无心腹，枉作生猿

注释

相传某生员娶妻，妻工于女红，时常给孩子用布缝些狮子之类的玩具。生员为卖弄才学，便出上联以嘲笑妻子，没想到聪明的妻子马上对出下联反击。"猿"谐"员"。

* 道童锅里煎茶，不知罐煮
* 和尚墙头递酒，必是私沽

　　明朝陈道复与唐伯虎为好友，有一次二人相偕游玩至一道观，道童用锅煮茶招待，唐见此景得了上联，陈略加思索，对出下联。上下联末二字分谐"观主"、"师姑"，此种双关语的楹联，饶有趣味，见之者必然会意而笑。

* 王师岂无能，啸聚山林，
* 凤（峰）声鹤唳，敌寇未来先丧胆
* 程度果合格，汝图宝贵，
* 淮（怀）安旦夕，人民生死不关心

　　抗战时期，国民党鄂东挺进军第十七纵队司令程汝怀、副司令王啸峰，不仅不抗日，反而把枪口对着八路军。有一文人志士，用横嵌的方法，把他们二人的名字拆开嵌入联中，给以辛辣的讽刺和有力的鞭挞。

* 狗啃河上骨
* 水流东坡诗

　　苏东坡被贬黄州后，经常与好友佛印和尚一起吟诗作对。一天傍晚，二人泛舟长江。苏东坡忽然用手往左岸一指，笑而不语。佛印顺势望去，只见一条黄狗正在啃骨头，顿有所悟，

随将自己手中题有苏东坡诗句的蒲扇抛入水中。两人面面相觑，不禁大笑起来。原来，这是一副哑联。苏东坡的上联是：狗啃河上（和尚）骨，佛印的下联是：水流东坡诗（尸）。

* 长长长长长长长
* 长长长长长长长

注释

此为某豆芽店门联。解读：上联第一、三、五、六字读"cháng，经常"，第二、四、七字读"zhǎng，生长"，下联则正好相反，上下联的意思就是所生豆芽越长（zhǎng）越长（cháng）的意思。

* 珍珠双花红娘子
* 枸杞二丑绿宾郎

注释

明代山西有一位名医叫乔嗣祖，家有二女，名珍姐和珠妹。乔老先生有心想把祖传医术传给两个女儿，又怕违背祖训。最后，乔老决定招婿入门，并出此上联让应征者作对。一天，一位身穿绿锦袍的少年上门对出下联。乔老问少年下联如何解释，少年如实作答。原来少年本姓吴，名杞，哥哥吴枸，才华更在吴杞之上，但染恙在家。今身穿绿锦衣前来，乃是哥哥的嘱咐，权以"绿宾郎"自许。上联中，珍珠、双花、红娘子，都是中药名，故下联对以枸杞、二丑、绿宾郎（槟榔）。乔老先生闻后大悦，当即将二女配给吴氏兄弟。花烛之日，往观者甚众。乔老门上贴的婚联正是此联。

* 万马无声听号令
* 一牛独坐看文章

清代某年浙江大考，朝廷派去了一位姓牛的主考官。此官向来以出怪题出名，考生们为此暗自叫苦。这次果然出了一个很怪的考题："万马无声听号令。"待考题发下，他就让考生去写文章，自己捧了本书去读。此句化自欧阳修的一首诗："万年不嘶听号令，诸蕃无事乐耕耘"，考生们对原意不熟，所以无处下笔。良久，一位考生大声说道："诸君不必苦苦思索了，下句我告诉你们吧，乃一牛独坐看文章。"这位考生将考题做了出句处理，峰回路转，出其不意，显然是在讥笑主考官，这是在特殊环境下产生的作品，也属难得之作。

* 吃的是老子，穿的是老子，
* 一生到老全靠老子
* 唤不回天尊，拜不灵天尊，
* 两脚朝天莫怪天尊

此联借道教鼻祖老子的口吻成联，意在讽刺道士的寄生生涯。"天尊"亦指老子，唐朝老子被封为"太清道德天尊"。

* 荷尽已无擎雨盖
* 菊残犹有傲霜枝

注释

现代学者辜鸿铭引用苏轼《赠刘景文》诗句作成此联，以讽刺北洋军阀张勋。张的亲信部队号称"辫子军"，张勋被戏称"辫帅"，联中的"擎雨盖"暗喻清朝官员的帽子，"傲霜枝"喻清代人头上的辫子。这副楹联讽刺张勋已到了"荷尽"、"菊残"的地步。

* 牛头喜得生龙角
* 狗口何曾出象牙

注释

明代民族英雄于谦幼年时，母亲曾把他的头发梳成双髻。有一天，他到乡间的学堂去，被一个名叫兰古春的和尚看见了，就吟出上句笑他。于谦听了，立即用下句雪耻。兰古春和尚先是大惊，继则赧然。后来，于谦被选为"博士子弟员"。一次，跟着巡按、三司大人过西湖南山净慈寺，其中一人指着大雄宝殿的佛像出了上联："三尊大佛，坐狮、坐象、坐莲花。"一时无人能对。有人说："可让于谦这小秀才来对。"于谦也不谦让，随口对出下联："一介书生，攀凤、攀龙、攀桂子。"众人皆交口称赞。

* 修竹千竿，横拖直扫，

* 扫金扫银扫国币
* 小轩一角，日煮夜烹，
* 烹鱼烹肉烹民膏

注释

刘竹轩任反动县长时，因其生活荒淫，作恶多端，民愤日积。某文人作联，将其名"竹轩"分别镶嵌于上下联第二字的位置，直切揭露，痛加贬斥。

* 泰岱千峰，孔子圣，孟子贤，
* 自古文章传东鲁
* 黄河九曲，文王谋，武王烈，
* 历代道统出西秦

注释

乾隆年间，有一次会试，陕西人王某夺得榜首，众落榜之士有些不服气，于是他们决定出一难对的上联，要王某属对，借此揶揄一番。王某当然也不是等闲之辈，他见上联大出特出齐鲁人物，于是便挥笔对出下联，黄河对泰岱，以文王、武王对孔子、孟子，势均力敌，有理有据，针锋相对，令人咋舌。

* 昨夜敲棋寻子路
* 今朝对镜见颜回

子路，即孔子的弟子，又可解为"棋子的路数"。颜回，即孔子的弟子，又指"面颜的真容"。此棋联嵌入古人名，一语双关，非常奇巧。

* 独览梅花扫腊雪
* 细盹山势舞流溪

注释

此联看上去不失为一副诗味浓郁的写景联。然而，细心品读，你会发现它还有所指。原来，上联是由乐谱1、2、3、4、5、6、7的谐音而来；下联则是阿拉伯数字一、二、三、四、五、六、七的谐音化出，不过这种读音只是浙江地区的方言而已。

* 张口闭眼，喷云吐雾，
* 谁家男人像你这烧火老官
* 搬舌弄嘴，说风道雨，
* 哪个女子似我那泼水夫人

注释

某夫妇男方爱抽烟，女方爱说闲语。有一天女方出了上联以示自己反对丈夫吸烟，男方遂对下联以回敬。

* 骑父作马
* 望子成龙

注释

清朝林则徐幼年去应童子试，因人群拥挤，他的父亲就扛着他送进考场。考官见他父子这副样子，开玩笑道："骑父作马"，引起哄堂大笑，弄得林则徐父亲十分尴尬。谁知，小林则徐脱口对出："望子成龙"，满场皆惊。林则徐的下联既解了父亲的窘迫，又道出了父亲盼儿成材的心情，一时传为佳话。

* 东鸟西飞，满地凤凰难下足
* 南龙北跃，一江鱼鳖尽低头

注释

清嘉庆时期的进士宋湘有"江南才子"之称，是广东梅县人，曾向西北行至某省，与当地名士们会文，席间有人出上联想难为宋湘。才思敏捷的宋湘不慌不忙道出下句，针锋相对，满座皆惊。

* 童子打桐子，桐子落，童子乐
* 丫头啃鸭头，鸭头咸，丫头嫌

注释

此联为古人所对，1981年，《中国青年报》曾以"童子打桐子，桐子落，童子乐"为题征联，应征者多有妙对，如"玉头起芋头，芋头枯，玉头哭"、"和尚游河上，河上幽，和尚忧"等等。

* 一担重泥遇子路
* 两堤夫子笑颜回

注释

秀才张某恃才傲物。一天，在田垄遇一挑泥农夫，不肯让路，两人谁都过不去。僵持了一会儿，农夫笑道：我有一联，你若能对，愿下田让道。秀才满口应承。农夫曰："一担重泥遇子路（寓意：一旦仲尼遇子路）"。张苦思冥想，无言可对，只得下田让路。三年后，张某看浚河工决堤引水，傍晚河

工约会笑而返，才恍然大悟，对出下联。"夫子"应指农夫、孔夫子。

* 昔具盖世之德
* 今有罕见之才

注释

汪精卫就任伪国民政府主席，南京灵谷寺长老撰此联祝贺，表面是恭维，实际上却是尖刻的讽刺。"盖世"、"罕见"分别谐音"该死"、"汉奸"。

* 松竹梅岁寒三友
* 桃李杏春暖一家

注释

此联是先分后总式。上联先列松、竹、梅，再以文人雅称"岁寒三友"总之；下联亦然，桃、李、杏在初春相继开花，且有红、白、粉等不同颜色，古人常以之代春，故曰"春暖一家"。

* 双塔隐隐，七层四面八方
* 孤掌摇摇，五指三长二短

注释

纪晓岚一次南行来到杭州，友人为他设宴洗尘。席间，

照例少不了连句答对。纪晓岚才思敏捷，出口成联，友人心悦诚服，夸他为北国孤才。纪则不以为然，说道："北方才子，遍及长城内外，老兄之言从何谈起？"友人道："先时我曾北游，出了一联，人人摇手不对。"纪半信半疑，问道："老兄的出句竟如此之难？"友人道："一般。"接着，念了上联："双塔隐隐，七层四面八方。"纪晓岚听罢哈哈大笑，说："这样简单的出句，他们不屑回答，即以摇手示对！"友人不解地问："那，他们的下联是什么呢？"纪晓岚道："孤掌摇摇，五指三长二短。"友人听后，恍然大悟。

* **和尚挑水两膀尽是汗淋**
* **尼姑栽秧双手按插布阵**

注释

此联的妙处在于，"按插"谐音"按察"，"布阵"谐音"布政"，"尽是"谐音"进士"，"汗淋"谐音"翰林"。

* **移椅倚桐同赏月**
* **点灯登阁各攻书**

注释

古时一新娘洞房中出上联给新郎，新郎答不出，遂在院中徘徊思索。被邻居发现，邻居潜入洞房对出下联，并与新娘成就好事。次日晨，新郎返家，新娘方知昨晚不是新郎，遂上

吊自尽。县令以"移椅倚桐同赏月"为题在全县悬赏征下联，新郎的邻居不知是计，对出下联后，非但没有重赏，反而被足智多谋的县令认定是罪犯。上联"椅"和"倚"是同偏旁，"同"又是"桐"的偏旁，读音相同而且"移"和"椅"声母也相同；下联"灯"与"登"、"各"与"阁"既音同，而且"登"、"各"又各自是灯（古字"燈"）、"阁"字的偏旁。

* **水车车水，水随车，车停水止**
* **风扇扇风，风出扇，扇动风生**

注释

明朝唐伯虎与祝枝山同列"吴中四才子"，某日两人因事到乡村，看到农夫车水，祝灵机一动得了上联。唐看到农夫手中的扇子，当即对出下联。祝唐之对实属巧妙，传诵一时。

* **眼前百姓即儿孙，莫言百姓可欺，**
* **当留下儿孙地步**
* **堂上一官称父母，漫说一官易做，**
* **还尽些父母恩情**

注释

此联是山东金乡县令王玉池自撰的县衙大门联，联句写得很富人情味，读之令人心动。据传，王县令在任期间，赈济灾民，断案公允，生活清廉，博得县人爱戴，在旧社会能做到这一点是难能可贵的。

励志题赠联

励志题赠联在楹联历史上更占有不可或缺之一席，以联警己醒世，以联传情赠友，古往今来，屡见不鲜。或借古喻今，或托物抒怀，或发天地人之感慨，或言真善美之心声；或互相勉励，或寄托情思，或言明事理，或诉景仰思慕之情。励志题赠引申更多更广，一路看去，陡生豪情，渐长明智。

* 博济群伦挺身为民主，
* 惊传凶讯增悲痛
* 发扬正义飞楫载和平，
* 岂意黑茶赋招魂

注释

1946年4月8日，博古、叶挺、邓发、王若飞等一行十三人由重庆回延安途中，飞机不幸在山西兴县黑茶山失事。噩耗传来，全国哀悼，该联是八路军西安情报处的同志写的一副楹联，联中的"博、挺、发、飞"分别为上述四人名之省嵌。

* 有志者事竟成，破釜沉舟，
* 百二秦关终属楚

* 苦心人天不负，卧薪尝胆，
* 三千越甲可吞吴

注释

清代著名文学家蒲松龄屡次参加科举考试不中，逐作此联自勉，联语先议后叙，匠心独运，巧用"破釜沉舟"、"卧薪尝胆"两个成语典故，抒发自己发愤攻读、著述，成就事业的远大志向。

* 贵有恒，何必三更起五更睡
* 最无益，只怕一日曝十日寒

注释

毛泽东在长沙第一师范求学时改写学者胡居仁原联的一副楹联，旨在勉励自己在学业方面要持之以恒，逐渐积累，并对忽冷忽热的学习态度和方法提出警戒，这是对待学习的科学态度和方法。

* **学如逆水行舟，不进则退**
* **心似平原走马，易放难收**

注释

该联以"逆水行舟"、"平原走马"两件具体的事件，来比喻"学"和"心"这两件难以捉摸的事物，使学习之艰难与心之易放纵变抽象为具体、模糊为清晰，比喻贴切，富于哲理。

* **人生惟有读书好**
* **天下无如吃饭难**

注释

袁枚《随园诗话》记载，清乾隆进士蒋起凤曾作诗，有"人生只有修行好，天下无如吃饭难"之言，后不知何人将其改作此联。此联仅将蒋联之"只"改作"惟"、"修行"改作"读书"，境界便大不相同。此种将别的诗词联句改动一下便出新意者，谓之"脱化"。"人生"二字，或作"世间"。"间"与"下"均为方位词，对得更工。但世间即是天下，有合掌之嫌，似又不可取。

* **虚心成大器**
* **劲节见奇才**

注释

　　此联喻品性高洁。后世常作竹器店用联。联中的"虚心"、"劲节"既言竹器，也喻人的品格德行，联语简洁却富于哲理。

* **绳锯木断**
* **水滴石穿**

注释

　　毛泽东赠堂妹毛泽建联，鼓励她刻苦学习，持之以恒。

* **年难过, 年难过, 年年难过**
* **事必成, 事必成, 事事必成**

注释

　　1921年冬，陈毅同志在法国因为闹学潮被法国政府遣送回国，过春节时给自己家里写了这样一副楹联，表现出青年时代的陈毅忧国忧民和对革命一定胜利的信心。

* **铁肩担道义**
* **辣手著文章**

注释

　　明代杨继盛因弹劾奸相严嵩，无辜被杀，临刑前写了这副

楹联以示不畏强暴。1916年李大钊书赠杨子惠一副楹联，乃是翻造此联而成："铁肩担道义；妙手著文章。"该联仅易一字，却足以抒己志，又勉友人奋发向上，新意顿生。

* **事能知足心常惬**
* **人到无求品自高**

注释

明代诗人、画家陈献章作的自勉联，从事物的两个方面着笔，上联言事宜知足，下联言人贵无求，两者是立身处世之准则。作者用联中"知足"、"无求"使其思想巧妙铺开，贴切又近于情理，惟其方显作品之高雅。

* **虚心竹有低头叶**
* **傲骨梅无仰面花**

注释

此是清朝郑板桥题《竹梅图》时的楹联，以此联颂竹梅，旨在颂人品。上联抓住竹之特征，赞誉其谦虚的美德；下联刻画梅之精神，歌颂不奉迎阿谀的正气。

* **夜浴鱼池，摇动满天星斗**
* **早登麟阁，力挽三代乾坤**

品读经典

洪秀全少年时，在星光灿烂的夜晚游泳，口吟此联，颇见雄心大志，日后，他果然成为农民起义领袖。

* 雨过月明，顷刻呈来新世界
* 天昏云暗，须臾不见旧江山

李自成十六岁时，老师出上句，李自成对下联。小小年纪，想推翻"旧江山"的抱负一目了然。

* 何物动人，二月杏花八月桂
* 有谁催我，三更灯火五更鸡

清代乾隆进士彭元瑞写的一副自勉联，上联借用比兴手法，点出了春杏秋桂乃人间动人之物，从而引出下联，读书治学的好时光应倍加珍惜，不可虚度。

* 山阻石拦，大江毕竟东流去
* 雪辱霜欺，梅花依旧向阳开

此联来历不详，它赞扬了梅花坚贞不屈的品格。此联现题

于湖北省武汉市东湖"一枝春馆"，这里是中国梅花研究中心对外传播文化的基地，馆名出自南北朝诗人陆凯 "江南无所有，聊赠一枝春" 的名句。

* 家少楼台无地起
* 案馀灯火有天知

注释

这是清朝林则徐的自勉联，上联写幼时家境之清贫，下联写治学的刻苦精神，发人深省。

* 未出土时便有节
* 及凌云处尚虚心

注释

这是清朝郑板桥描写竹子的一副楹联，后来常为人用以表达精神高洁、虚怀若谷、谦虚谨慎的品质，也是一副经典的自励联。

* 人到万难须放胆
* 事当两可要平心

注释

此联是著名画家张大千所作，言简字工、精练空灵、立意

深远，充满哲理色彩，具有很高的警策启迪作用，且以平俗之辞见高远境界，乃立身立世之大格言。

* **板凳要坐十年冷**
* **文章不写半句空**

注释

当代著名历史学家范文澜写过这样一副楹联，此联语通俗如话，却寓意深邃，发人深思，告诫人们学习要有刻苦精神，文章要从实处着笔。

* **两字让人呼不肖**
* **一生误我是聪明**

注释

此联相传为张学良自撰联。两字，即"不肖"，此将"不肖"置后，是为同位语倒装。"九一八"事变，蒋介石令张学良不得抵抗，并退出东北，张为执行命令而深感痛悔，上联即

反映此种心情。下联则为后来发生的西安事变所证明，即轻信蒋介石的"诺言"而遭终身软禁，此将"聪明"置后，亦是倒装。

* **远富近贫，以礼相交天下少**
* **疏亲慢友，因财而散世间多**

注 释

此为清代鄂比赠好友曹雪芹联，全联巧用反义词相对，旨在使读者明了褒贬之意，同时也可以看做是作者对曹的赞颂。

* **安危他日终须仗**
* **甘苦来时要共尝**

注 释

为避免相互之间意见日深，自行削弱革命力量，给敌人以挑拨离间的机会，一生甘当配角的黄兴决定离开日本，远走美国，让孙中山自行其是。1914年6月27日，孙中山设宴与他叙别，并赠此联。

* **海纳百川，有容乃大**
* **壁立千仞，无欲则刚**

注 释

清朝林则徐自题书室，此联广为流传。

* 世事如棋，让一着不为亏我
* 心田似海，纳百川方见容人

注释

南京莫愁湖有一"胜棋楼"，后人在此写下了难以数计的棋楼联，此为其中一联，以棋局喻世事，劝告人们心胸要开阔，能让则让，对人如海纳百川一般。

* 春随香草千年艳
* 人与梅花一样清

注释

徐霞客自题小香山梅花堂联，以梅花自比，格调清丽，堪称一时名联。

* 不幸周郎竟短命
* 早知李靖是英雄

注释

此联为小凤仙挽蔡锷联。上联以蔡锷比周瑜岁在青年而夭，又暗喻袁世凯是曹操；下联将自己比作红拂，将蔡锷比作李靖。全联用典贴切、自然，令人联想古人之余亦发感慨。

* 四镇多贰心，两岛屯师，

* **敢向东南争半壁**
* **诸王无寸土，一隅抗志，**
* **方知海外有孤忠**

注释

　　1639年，郑成功收复台湾，并据台湾为战，拒不降清，三十九岁时因病逝世，此为清朝皇帝康熙挽郑成功联。几十年后，康熙帝从郑成功的孙子郑克爽手中得到台湾。

* **此地之凤毛麟角**
* **其人如仙露明珠**

注释

　　蔡锷赠小凤仙联，上下联嵌有"凤仙"二字。

* **月白风清其有意**
* **斗量车载已无名**

注释

　　此系清朝许宗彦于殁前三日自撰挽联，可谓了然于去来者矣。

* **常恨随陆无武，绛灌无文，**
* **纵九等论交到古人，此才不易**
* **试问夷惠谁贤，彭殇谁寿，**

* **只十载同盟有今日，死后何堪**

注释

此联是孙中山挽黄兴联。《晋书·刘元海载记》："常鄙随、陆无武，绛、灌无文"，指随何、陆贾、绛侯周勃、灌婴同是辅刘邦的大臣；"九等"，古代将士分为九品；"夷惠"指伯夷、柳下惠等古贤人；"彭殇"，指彭祖、殇子。作者旨在挽黄兴，却以古人兴亡衬之，实旨未写古人，"此才不易"褒在黄兴。下联写彭祖之寿，旨在惋惜黄兴之青春夭折。作者情感悲绝，可谓一字一泣也。

* **列为无产者**
* **宁不革命乎**

注释

此联是邓小平同志为士兵所撰，采用流水对，仅十字，并在联中嵌"列宁"二字，充分表现了作者远大的胸怀和坚定的信念。作者运用了否定句询问的形式表示肯定的答案，为反问句式的另一种。

* **遗失慕庄周，睡去能为蝴蝶梦**
* **学诗类高适，老来始作凤凰鸣**

注释

清朝吴步韩自寿（即吴步韩本人写寿联自祝）。

* 红芋包谷苑根火，这种福老夫所享
* 齐家治国平天下，那些事小子为之

注释

清代名臣陶澍十二三岁的时候，在自家门口贴了一副春联，即为此联。出语不凡，小小的一副楹联，反映出一个人的志趣、理想和抱负。陶澍长大后果然大有作为。

* 落花扫仍合
* 丛兰摘复生

注释

梁武帝时代的刘令娴是位才女。她哥哥刘孝绰被罢官后出一联："闭门罢庆吊；高卧谢公卿。"刘令娴见后即作此联，以安慰、鼓励哥哥。

* 宝剑锋从磨砺出
* 梅花香自苦寒来

注释

这可能是妇孺皆知的自勉联了。宝剑的锋刃是由人的磨砺而出，梅花的幽香是忍受了自然的严寒而生，两种平常之事理，道出人生事业之艰辛，以物喻人，风格独特，极富哲理。

* 自古雄才多磨难
* 从来纨绔少伟男

注释

　　宋朝吕蒙正自幼出身贫寒，始终奋发图强，后来三次拜相，功勋卓著。相传此联为他年少时为自励所作。

经典长句联

　　纵观联海，山水名胜、园林寺庙的楹联联幅较长的为多。按传统的说法，清代孙髯写于云南滇池大观楼、上下联共一百八十字的一副楹联号称"天下第一长联"（见下文）。其实比该联长的还有很多，据不完全统计，一百八十字左右的楹联只能排在五十名左右。大观楼联之所以长期被称为"天下第一长联"，主要是其出现得较早，也被较早介绍（梁章钜《楹联丛话》），因而名闻遐迩。在此我们择选几个长句经典楹联，以飨读者。

＊　五百里滇池，奔来眼底。披襟岸帻，喜茫茫空阔无边。看：东骧神骏；西翥灵仪；北走蜿蜒；南翔缟素。高人韵士，何妨选胜登临，趁蟹屿螺州，梳裹就风鬟雾鬓。更频天苇地，点缀些翠羽丹霞。莫辜负：四周香稻；万顷晴沙；九夏芙蓉；三春杨柳。

＊　数千年往事，注到心头。把酒凌虚，叹滚滚英雄何在。想：汉习楼船；唐标铁柱；宋挥玉斧；元跨革囊。伟烈丰功，费尽移山心力。尽珠帘画栋，卷不及暮雨朝云。便断碣残碑，都付与苍烟落照。只赢得：几杵疏钟；半江渔火；两行秋雁；一枕清霜。

注释

此联见于云南昆明滇池大观园楼，为清朝孙髯题，经典长联之一。

＊　跨蹬起层楼，既言费文韦曾来，施谓吕绍先到此，楚书失考，竟莫喻仿自何朝？试梯山遥穷郢塞，觉斯处者个台隍，只有祢衡作赋，崔颢作诗，千秋宛在。迨后游踪宦迹，选胜凭临，极东连皖豫，西控荆襄，南枕长岳，北通中息，茫茫宇宙，胡往非过客遽户。悬屋角檐牙，听几番铜乌铁马，涌浦帆挂楫，玩一回雪浪云涛，出数十百丈之颠，高陵翼轸，巍巍岳岳，梁栋重新，挽倒峡狂澜，赖诸公力回气运。神仙浑是幻，又奚必肩头剑佩，丛里酒钱，岭际笛声，空中鹤影。

＊　蟠峰撑杰阁，都说辛氏炉伊始，哪指鲍明远弗传，晋史

缺疑，究未闻见从谁乎？由战垒仰慕皇初，想当年许多人物，但云屈子离骚，曩熊遗泽，万古常昭。其馀劫霸图王，称威俄顷，任成灭黄弦，庄严广驾，共精组练，灵筑章华，落落豪雄，终归于苍烟夕照。惟方城汉水，犹记得周葛召棠，便大别晴川，亦依然尧天舜日，偕亿兆群伦以步，登耸云霄，荡荡平平，挼抢净扫，睹丰功伟烈，贺而今曲奏承平。风月话无边，赏不尽郭外柳荫，亭前枣实，洲前草色，江上梅花。

注释

此联见于武汉黄鹤楼，作者不详。

＊ 几层楼独撑东西峰，统近水遥山，供张画谱。聚葱岭雪，散白河烟，烘丹景霞，染青衣雾。时而诗人吊古，时而猛士筹边。最可怜花蕊飘零，早埋了春闺宝镜。楷杷寂寞，空留着绿野香坟。对此茫茫，百感交集。笑憨蝴蝶，总贪迷醉梦乡中。试从绝顶高呼：问问问，这半江月，谁家之物？

＊ 千年事屡换西川局，尽鸿篇巨制，装演英雄。跃冈上龙，殒坡前凤，卧关下虎，鸣井底蛙。忽然铁马金戈，忽然银笙玉笛。倒不若长歌短赋，抛撒些闲恨闲愁。曲槛回廊，消受得好风好雨。嗟予蹩蹩，四海无归。跳死猢狲，终落在乾坤套里。且向危梯颓首：看看看，那一块云，是我的天。

注释

钟云舫题成都望江楼公园崇丽阁。做此长联的老先生钟

云舫，生于清朝，是重庆人。他在老家江津县临江楼题此联，号称中国第一长联。这位老先生另外还有长联：《江津临江楼联》和《六十自寿联》（八百九十字）。

＊　常如作客，何问康宁？但使囊有馀钱、瓮有馀酿、釜有馀粮，取数叶赏心旧纸放浪吟哦。兴要阔，皮要顽，五官灵动胜千官，过到六旬犹少。

＊　定欲成仙空生烦恼只令耳无俗声眼无俗物胸无俗事，将几枝随意新花纵横穿插睡得迟起得早，一日清闲似两日，算来百岁已多。

注释

　　郑板桥的"六十自寿联"，是楹联发展史上的经典长联。

＊　谁说桃花轻薄？看灼灼其华，为多少佳人增色。滴清清玉露，羡万株艳蕾流霞。无何春去莫飞，终究弯枝坠果。于是乎仲设谋，东方窃窦，王母宴宾，刘郎题句。况核仁制药，能疗痼疾佐歧黄；条干充刀，可借印符驱厉鬼。准握天机珍丽质，也知季节让群芳，寄言秋菊冬梅，慎勿盲从徒毒友。

＊　我夸福地妖娆，眺青青之岭，添哪些琼阁浮云。有濯濯明湖，收十里嘉林入画。似新尘消宇净，因恩驾鹤凌空。难怪闻山揽胜，高举怡情，秦村访友，碑院挥毫。若清节复生，定唤渔夫回绝境；灵均再世，必歌今日过前朝。莫悲红雨落幽溪，又续风骚垂奕叶，方信凡夫俗子，不须羽

化亦登仙。

注 释

见于湖南省桃花源风景区桃川宫，作者是现代人昌世军，现代经典长联之一。

* 一联何奇? 杜少陵五言绝唱, 范希文两字关情, 腾子京百废俱兴, 吕纯阳三过必醉, 诗耶? 儒耶? 吏耶? 仙耶? 前不见古人, 使我怆然涕下!

* 诸君请看, 洞庭湖南极潇湘, 扬子江北通巫峡, 巴陵山西来爽气, 岳阳城东道崖疆。渚者! 流者! 峙者! 镇者! 此中有真意, 问谁领会得来?

注 释

此联为何绍基所撰, 楼指的是岳阳楼, 作者用问答手法指点江山, 写出了洞庭湖的山川形势、地理环境; 借助名人典故、名人诗文名句、传说逸事, 描情绘景, 抚今追昔, 抒发作者情怀, 内涵十分丰富; 运用极富表现力的排比法, 从各个角度有层次地反映岳阳楼的传说佳话和四周形势景象, 揭示了岳阳楼著名和雄伟奇特的缘由。

绝对应征联

应征联，也叫"征联"、"半联"，从广义上来讲，一方悬出上句，一方作出对句而合成的楹联即为征联。征联极具社会性，其社会反响较大，至于个人之间的私下邀联，应属应答联范围，不属征联的范畴。古时一般为名家出对，悬而未决，更有悬至今日尚无人能对者；现在多指官方、团体、厂矿、个人，或为庆祝节日或为弘扬精神，或为宣传产品，悬以上联，或通过新闻媒介出出句，向社会征集对句。我们将至今无人能对之联略例于此，一来同享，二来同想。

* （无上联）
* 皮背心

注释

皮背心，内衣名。三个字又分别是人体的三个部位。

* （无上联）
* 香香两两

注释

此联为宋朝朱熹所出。意为：芳香的香料二两。

* 秋千已荡千秋久
* （无下联）

注释

秋千，一种民间体育运动，相传是春秋时齐国由北方山戎传入。迄今已有两千多年历史，故云"秋千已荡千秋久"，同时"秋千"与"千秋"互相倒置；秋、久同韵。

* （无上联）
* 龟鹤延年

　　嵌名联，省嵌手法。分别嵌入李龟年（唐朝乐师）、李鹤年（唐朝乐师）、李延年（汉朝乐师）三个人的名字，三人同姓，均为乐师，全联又为祝寿用语。

* **易容容易**
* **（无下联）**

回文联，正读反读一样。易容：改变容貌。

* **古文故人做**
* **（无下联）**

　　双重合字联。"古文"合成"故"字。"故人"又合成"做"字。意思也通顺自然。

* **（无上联）**
* **一秦半春秋**

据说秦始皇统一文字时，曾问秦字改为何字。有人建议

春秋各半字，其意暗指秦足以抵得上半世春秋。此联之难在于"秦"为朝代，"春秋"亦为朝代，而"秦"字又恰为"春秋"两字的一半。

* **吴刚挥斧，可得多少月薪**
* **（无下联）**

注释

"月薪"双关，既指吴刚砍下的柴火，又指他能得多少月收入。

* **（无上联）**
* **黄庭坚书黄庭经**

注释

黄庭坚为宋朝诗人及书法家，《黄庭经》是道家典籍之一。

* **大名小磨香油油香磨小名大**
* **（无下联）**

注释

大名，河北省邯郸市大名县，该县出产的小磨香油，是传统特产，古今驰名。该联亦为回文联。

* 妆罢低声问夫婿，念奴娇否
* （无下联）

注释

"奴"，女人自称，"念奴娇"又是词牌名。

* 本庄满清平，打出二张一万
* （无下联）

注释

近代半联，揭露日本帝国主义侵略阴谋，同时全联又是麻将术语。

* 贫僧过江不用船，自有法度
* （无下联）

注释

符合禅理，且嵌进"法度"一词。

* 日本有罪，因此后羿射，
* 夸父追，蜀犬吠
* （无下联）

日，太阳；本，本来。此联讲了三个典故：后羿射日、夸父追日，蜀犬吠日。

* **切切不能一刀切**
* **（无下联）**

注释

"切切"，务必之意。"刀"字系"切"的偏旁。此出句还有一个版本："切切不能一切一刀切"，应对难度更大。

* **（无上联）**
* **农行行，行行行**

注释

此联系中国农业银行浙江省分行1999年悬联，向海内外公开征联，并对最佳应对者许以"一字千金"的奖励承诺，但至今数千封应

信无一能完全应对。"农行行，行行行"，第一个"行"，指银行。第二个、第五个"行"，意思是好、不错。第三、第四个，意思是行业。全联意思是：农业银行发展好了，各行各业都会有发展。其中关键字是"行"，一字双音，一字三义，应对难度极大。

* 子女好大人可倚
* （无下联）

注释

流传很广的民间楹联。"子女"合成"好"字；"大人可"合成"倚"字。意思：儿女孝顺，做父母的就有所依靠。

* 吾同子吃梧桐籽
* （无下联）

注释

此出句中，"吾同子"与"梧桐子"同音，同时又分别是"梧桐籽"的偏旁。"吾同子"，是"我和儿子"或"我和你"的意思。

* 明月照纱窗，个个孔明诸葛亮
* （无下联）

注释

　　前些年，我国澳门楹联学会两位会员曾联合悬赏，出句为此。此联相传为清代乾隆大学士纪晓岚所出，原联无"明"字，尔后有好事者为增其难度和情趣，又在句首增一"明"字，遂使其成为历时三百年来未获佳偶的绝对。征联甫出，海峡两岸楹友躁动，惜未发现佳对，只是评出了六条"较佳"的下联。有"直臣罹铁网，官官子直令狐绹"，"德门传礼记，篇篇敬德尉迟恭"等数条，因而澳门楹联学会不得不从以前的六千港元奖金提到三万港元，再次悬赏征联，后来有人对句："长空飘瑞雪，霏霏翔宇周恩来"。但不足之处在于诸葛亮复姓单名，周恩来单姓复名，并忽略了"孔明诸葛亮"这一字与姓名的巧妙组合，不但相互之间词意相关，丝丝相扣，而且与"纱窗"这一特定事物关照熨帖。金伯弢先生后来在自己的一篇文章中撰出此联对句"清风沐凤阁，处处常清上官正。"但"常"对"孔"，在词性上略显小疵。

　　*　寂寞寒窗空守寡

　　*　（无下联）

出句是一副古联，据说是一大家闺秀，及笄之年向求婚者悬一副联。声言谁若对上此联，便许出嫁。当时无人应对，其女也"寂寞"而死。近人曾对"惆怅忧怀怕忆情"、"俊俏佳人伴伶仃"，但平仄及用词仍欠妥。

* **凤凰台上凤求凰**
* **（无下联）**

凤凰台，李白《登金陵凤凰台》诗中有"凤凰台上凤凰游，凤去台空江自流"之句。凤求凰，凤凰中雄为"凤"，雌为"凰"，同时，《凤求凰》又是乐府《琴曲》歌句，司马相如曾以此曲表达对卓文君的爱慕。

* **钟鼓楼中，终夜钟声撞不断**
* **（无下联）**

鼓既为动词，又联"鼓楼"成为名词。

* **霜降降霜，儿女无双双足冷**
* **（无下联）**

清朝某落魄文人，于霜落之日以"谐音"撰此联。

* **炭去盐归, 黑白分明山水货**
* **（无下联）**

炭黑，出于山中；盐白，出于水中。

* **大凉山山山山小, 小凉山山山山大,**
* **不论大山小山, 都是锦绣河山**
* **（无下联）**

四川彝族居住地在大凉山、小凉山，大凉山占地面积远不如小凉山，此联堪称一绝。

* **今夕何夕, 两夕已多**
* **（无下联）**

民国初年，有人作此拆字联，至今无人能对。

无情对

　　无情对又名羊角对，只求上下联的平仄与对仗相合，要求字面对仗愈工整愈好，两边对的内容隔得越远越好，用《清稗类钞·流水联》的话来说，就是"楹联仅对字面，而命意绝不相同者"。

　　此处所说的"流水联"即无情对，读者要和前文所讲的串对区分开。无情对必须是逐字相对，上下联必须丝毫不相干，具备极强的歧义效果，能让人会心一笑或拍案叫绝。一般在给楹联分类时，常把无情对归谐趣联。但笔者认为无情对虽如谐趣联一样非常有趣，但又有别于一般意义上的谐趣联，因此本书在此单独列出。

＊ 皓月一盘耳
＊ 红星二锅头

注释

这是最近流行于互联网上的无情对，"皓月一盘耳"，是一个感叹句，意思为：皎洁的月亮，像一个圆盘一样。下联却是北京产的一种白酒名。

＊ 五月黄梅天
＊ 三星白兰地

注释

解放前，上海一家报纸悬高奖出上联征对：五月黄梅天；联坛妙手各逞文思，纷纷应征。结果出人意料，金榜获选的下联却是：三星白兰地。原来这是酒厂老板在报纸上别出心裁地做广告。"五月"对"三星"，"黄梅天"对"白兰地"，字字工整，可意思却风马牛不相及。征联活动使"三星白兰地"酒名声大振，也使"无情对"广为人所知。

＊ 五品天青褂
＊ 六味地黄丸

注释

苏州某人陈见三，先曾为药商，后出钱捐得个同知。每

逢年节喜庆之日，他便穿上五品官服，甚为得意。一日在筵席上，陈与某人高论，乃指自身官服以上联求对。那人知其曾为药商，乃戏以下联讽之，讥其虽着官服，实为药商，不懂文雅。

* **珍妃苹果脸**
* **瑞士葡萄牙**

注释

光绪帝和珍妃所对。珍妃人长得比较丰腴，所以光绪帝讲她苹果脸；珍妃则以两国名相对。珍、瑞同是祥称，妃、士是人称，苹果、葡萄皆水果，脸、牙是人体部位。珍妃如未早夭，可谓无情人中柳如是。

* **妹妹我思之**
* **哥哥你错了**

注释

这是一副风格奇特的即席对。说的是清朝某年科考，试题中有句："昧昧我思之"，一考生粗心将"昧"字写成"妹"字，评卷先生见此，不禁失笑，于是顺手批曰："哥哥你错了"。此联奇中见奇，考生误将"昧"写成"妹"，音同而意迥，可谓差之毫厘，谬之千里。奇在阅卷先生将错就错顺水推舟，竟以妹妹身份出现，称此考生为"哥哥"以戏之，宛若含

羞怯之意曰"你错了"。无情之格中含有情之态，真乃楹坛之佳品。

* **两台电脑无磁盘**
* **一片冰心在玉壶**

注释

此联上联为电脑店广告；下联为王昌龄句。

* **公门桃李争荣日**
* **法国荷兰比利时**

注释

此联为清末何淡如所作。上联为唐诗，对句是三个国名，对得工巧，令人叹服。

* **高心夔**
* **矮脚虎**

注释

咸丰年间吴县知县高心夔举行童试，有人学赞礼高喊："高心夔。"一个童生应声："何不对《水浒》中的矮脚虎。"矮脚虎，即梁山好汉王英的绰号。高心夔听了不但不生气，还连声赞好。

* **庭前花始放**
* **阁下李先生**

注释

　　上联是院中花开的景象，下联则是人文称呼，句意相去甚远。但仔细分析就会发现，上下联的每一个字都对得异常工稳。"庭"与"阁"为宫室小类工对，"前"与"下"同为方位词，"花"与"李"同属植物类，"始"与"先"同为副词作状语，"放"与"生"则是动词相对。字字工对却意远千里，这正是无情对的妙处。

* **色难**
* **容易**

注释

　　明成祖朱棣曾对文臣解缙说："我有一上联：'色难'，而甚难其对。"解缙应声答："容易。"朱说："既云易矣，何久不对？"解说："臣适已对了。"朱始恍然。"色难"，即面有难色之意。"色"对"容"，"难"对"易"，实乃精巧之无情对。

玻璃对

　　玻璃对，又称"对称对"，其特点就字型而言，上、下或左、右字型结构基本对称一致，造成字本身的一种形态美。这样的字用篆书写在玻璃上，无论正看、反看字体均相同，如"大"、"文"、"因"、"天"等字。

　　＊　**山中日出**
　　＊　**水里风来**

注释

　　清代梁章钜《楹联续语》中说：吴山尊学士，始出意制玻璃联子。一片光明，雅可赏玩。玻璃联因用篆字书于玻璃上，选字必须要求对称统一，以达正反如一。这副楹联，简练精短，用词严谨，而且符合玻璃对的基本要求，是一副极妙的绝对。

　　＊　**山水林田，至营口宜赏美景**
　　＊　**桑蚕米果，出盖县富甲关东**

注释

　　此联为1990年辽宁营口市环保局等单位联合征联：出句写

营口市的环境特点，对句写盖县（营口辖）的农土特产。对句在句式、词性等方面与出句基本相对，用玻璃对式相对，实属不易。东，繁体为"東"。

* **北冈云山开画本**
* **东山丝竹共文章**

注释

清末文学家陈蝶仙曾筑"蝶庄"于杭州西湖，其喜爱镜子，廊间挂有不少长镜，许多镜中用正反相同的汉字撰联相映，蔚为奇观，真是名副其实的"相映成趣"！此联为其女小翠所撰，这种映联入镜的艺术表现手法与直接书联于镜有异曲同工之妙。

* **金简玉册自上古**
* **青山白云同素心**

注释

此为吴山尊学士巧构的一副脍炙人口的玻璃对联，它简练精短，用词严谨，是一副高妙的巧对！

回文对

简言之，回文对是两头都可以念的对子，也是中国楹联文化中特有的一个小奇葩，各地有许多民间隐居的文人雅士常题回文对为乐，传至今日，亦有不少经典。

* **艇为屋来屋为艇**
* **船是家来家是船**

注释

香港地方很小，古时是一个渔港，寸金之地，有些人只能以床为家，以船当屋，有人写下此联。

* **画上荷花和尚画**
* **书临汉帖翰林书**

注释

在对称回文中，有一种谐音回文，其文字虽不能倒排，但字音倒读却与顺读一样。这副由明朝才子唐寅所作的谐音回文联堪称经典。

* **客上天然居，居然天上客**
* **僧过大佛寺，寺佛大过僧**

注释

这是清朝长沙名店"天然居"大门两侧的一副楹联，如此回文妙对，堪称一绝。

* **风送花香红满地**
* **雨滋春树碧连天**

注释

这副写景楹联把春风吹拂，红花送来阵阵花香，细雨滋润春树，大地一派澄清的盛景描绘得很细腻生动。如果将该联倒读，则为："天连碧树春滋雨；地满红香花送风。" 联意则变成了蓝天连碧树，春景润春雨；大地红香满，花儿随风舞。我们仿佛能够感觉到春雨春风中送来的阵阵清香。此种联称为反复回文。这种楹联顺读倒读往往会产生联意上的不同。

其他经典回文联

* 雪岭吹风吹岭雪
* 龙潭活水活潭龙
* 雾锁山头山锁雾
* 天连水尾水连天
* 油灯少灯油
* 火柴当柴火

药名对

　　谁也离不开医药，所以中国人人都懂得些中草药，个个都叫得出一些药名，于是连戏剧、小说、说书、故事、笑话，都少不了药名诗、药名词、药名曲、药名赋、药名谜、药名联。药名联和药名诗词曾是我国古代文学中辉煌的一页。跟药名诗词一样，历史上也留下了许多经典药名楹联。

　　＊　**灯笼笼灯，纸壳原来只防风**
　　＊　**鼓架架鼓，陈皮不能敲半下**

注释

　　中药名巧对。"纸"谐"枳"；"下"谐"夏"。

　　＊　**稚子牵牛耕熟地**
　　＊　**将军打马过常山**

注释

　　上联讲"稚子耕地"，下联说"将军打马"，对仗工整。"常山"，今河北正定，三国名将赵云的故乡。全联包含了六种中草药，即稚子（枸杞子）、牵牛、熟地、将军（大黄）、打马（藩打马）、常山。

其他经典药名联

* 九死一生救阿斗
* 昭君出塞到番邦
* 冬虫夏草九重皮
* 玉叶金花一条根
* 金银花小，香飘七八九里
* 梧桐子大，日服五六十丸
* 烦暑最宜淡竹叶
* 伤寒锋妙小柴胡
* 水莲花，半枝莲，金花照水莲
* 珍珠母，一粒珠，玉碗捧珍珠
* 使君子花，朝白、午红、暮紫
* 虞美人草，春青、夏绿、秋黄

谜语对

谜语对将谜面化入楹联之中，在字面上造成一种意境，它追求韵律美，有节奏，求押韵，易上口，好记忆。虽实用性不及其他类联，但其娱乐性、趣味性却更强，所以一些好的谜联也备受世人喜爱，世代相传，耐人寻味。

* **明月一钩云脚下**
* **残花两瓣马蹄前**

注释

谜底：熊。

* **日落香残，免去凡心一点**
* **炉熄火尽，务把意马牢栓**

注释

上联谜底：秃；下联谜底：驴。相传一和尚附庸风雅，某

日一才子来寺进香，和尚请才子题联，才子便题此联戏谑，和尚不知其意，洋洋得意悬挂此联许久，才被另一香客识破。

* **曲率半径处处相等**
* **摩擦系数点点为零**
* **横批：越圆越滑**

注释

此联亦是经典谜联，谜底四个字正好作横批。曲率半径是一条曲线的各点的一个参数，曲线上的点的曲率半径越接近，这条曲线就越接近于圆弧，如果处处相等，就完全是一个圆了。摩擦系数是一个物理概念，越小表示一个平面越光滑，摩擦系数都是零，就完全没有摩擦力了。因此谜底是：越圆越滑。

* **白蛇过江头顶一轮红日**
* **青龙挂壁身披万点金星**

注释

上联谜底：油灯；下联谜底：秤。

* **鲁肃遣子问路**
* **阳明笑启东窗**

上联谜底：敬请指导（鲁肃，字子敬）；下联谜底：欢迎光临（阳明，王阳明，明朝大思想家，哲学家）。

* **你共人女边着子**
* **怎知我门里添心**

注释

上联谜底：好；下联谜底：闷。

* **老马奋蹄驰千里**
* **大鹏展翅腾九霄**

注释

人名谜，上联为元"马致远"，下联为现代作家"张天翼"。

* **秉公不偏三尺律**
* **凿壁可偷一线光**

注释

三国人名谜，上联为"法正"，下联为"孔明"。

集句对

集句对是一种特殊的创作手法。"集"在这里做"聚集"、"集合"解。它是从古今文人的诗词、赋文、碑帖、经典中分别选取两个有关联的句子，按照楹联中的声律、对仗、平仄等要求组成联句。既保留原文的词句，又要语言浑成，另出新意，给人一种"青出于蓝而胜于蓝"的艺术感染力。同时，集联还可使人自然地联想到所集的原作，无形中给人提供了一个广阔的艺术空间，这对陶冶情操、交流心灵大有裨益。

* **夕阳无限好**
* **高处不胜寒**

注 释

清代瑞方集李商隐、苏东坡诗词题镇江焦山夕阳楼联。

* **水木荣春晖柳外东风花外雨**
* **江山留胜迹秦时明月汉时关**

注 释

1984年第三届迎春征联，北京的俞松青女士获得一等奖。其联集顾白、虞集、孟浩然、王昌龄诗句于一体。

* **水如碧玉山如黛**
* **人想衣裳花想容**

注 释

南京莫愁湖联，是集韩愈、李白诗句而成联。

* **六宫粉黛无颜色**
* **万国衣冠拜冕旒**

有人集白居易、王维诗句题于武则天庙。

* **不到长城非好汉**
* **难酬蹈海亦英雄**

用毛泽东词和周恩来诗句集成的联。不管是从音律上，还是从对仗上，都对得十分贴切、自然。而且感情贯通，浑成一体，只是"长"对"蹈"略显不工，然不失为奇绝之作。

* **风定花犹落**
* **鸟鸣山更幽**

王安石集谢贞、王籍诗句联。此联不仅对仗工整，白璧无瑕，而且语言风格相近，用词婉丽、清新，读之有身临其境之感。

* **清风明月本无价**
* **近水遥山皆有情**

这是梁章钜因编辑《沧浪亭志》而创作的集句联，上联系

欧阳修句，下联系苏舜钦句，皆沧浪亭本事。此联用了反义词"有"对"无"，"皆有情"对"本无价"，形成反对。楹联含义是：清风明月虽然到处都有，但对俗人来说，有钱也买不到其中的情趣；近水遥山本为无情之物，但在诗人眼里，也一样都成了有情之物，"有情""无价"对比强烈，从而突出了作者的高尚情操。顺便说明，"近水遥山"对"清风明月"属于工对，是因为句中自对工整，即"遥山"对"近水"，"明月"对"清风"十分工整，而且"近水"与"遥山"是反对，更有情趣。

* **众志成城，众擎易举**
* **百花齐放，百家争鸣**

注释

郭沫若先生曾集一成语联题于北京琉璃厂文化街，此联不但为当句对，上下对仗亦工，联首字在小句中重复，给楹联造成一种工巧的效果，值得玩味。

* 冬夜灯下，夏侯氏读《春秋传》
* 东门楼上，南京人唱《北西厢》

注释

在这副楹联中，"春秋"交叉重叠共用，它一作"春夏秋冬"中的"春秋"，一作书名《春秋传》中的"春秋"；"北西"同理，一作方位中的"北西"，一作杂剧剧名《北西厢》中的"北西"，《北西厢》即《西厢记》，因后来李日华作《南西厢记》，便有人称王实甫所作为《北西厢》。

* 天意怜幽草
* 人间爱晚晴

注释

弘一大师李叔同学问精深，对佛门经典颇有研究，他曾著《华严集联三百》，可见其造诣之深。此联可谓弘一的得意之作，联中字句，所对无偏，巧夺天工，又意境深美，佛性自见。

* 望崦嵫而勿迫
* 恐鹈鴂之先鸣

注释

鲁迅先生集屈原《离骚》句联，"崦嵫"，指崦嵫山，神话中日落的地方，"鹈"是一种鸟，一说是松鹤，一说为伯劳。其鸟叫时，天气将转冷。上联意思是说，太阳不要离峣嵲山太近；下联意思是说，恐怕"鹈"过早地啼叫。两句都道出对时间的珍惜，意在激励人们珍惜时间，莫荒废了大好的青春时光。

* **好语时见广**
* **此身良自如**

注释

上联为苏轼诗句，下联为李白诗句。

* **未曾一日闷**
* **犹有五湖期**

注释

上联为白居易诗句，下联为李商隐诗句。

* **长歌白石涧**
* **高卧香山云**

注释

上联为苏轼诗句，下联为元好问诗句。

* **除却读书无所好**
* **恍如造物与同游**

注释

上联为陆游诗句，下联为戴复古诗句。

* **甘棠城上客先醉**
* **杜若洲边人未归**

注释

上联为许浑诗句，下联为赵嘏诗句。

* **梅花欢喜漫天雪**
* **玉宇澄清万里埃**

注释

集毛泽东诗句。

* **江山如此多娇, 飞雪迎春到**
* **风景这边独好, 心潮逐浪高**

注释

集毛泽东词句。

亭台楼阁

亭台楼阁是中国古典建筑中常见景物，南方、北方皆多见，而其上面的对联、匾额更是形成中国文化的一道风景，供人玩味。这些对联或写景、或抒情、或言志、或纪念某人，给木石结构的建筑物赋予了鲜活的生命。

* **龙潭倒映十三峰，潜龙在天，**
* **飞龙在地**
* **玉水纵横半里许，墨玉为体，**
* **苍玉为神**

注释

1963年，郭沫若为云南丽江新落成的黑龙潭"得月楼"撰写此楹联。丽江黑龙潭，水极清冽，潭中可见玉龙雪山十三峰之倒影。玉龙雪山之巅终年积雪，玉龙山形静，黑龙水流动，故有"潜龙"、"飞龙"之喻。联语刻画出玉龙山和黑龙潭的形态和特色，堪称佳作。

* **江户矢丹忱，感君首赞同盟会**
* **轩亭洒碧血，愧我今招侠女魂**

注释

此联系浙江绍兴风雨亭联。孙中山先生在辛亥革命时为民主革命时期爱国女杰秋瑾而作。联语感情真挚，同志之情溢于言表。可谓此类联中之佼佼者。

* **大江东去**
* **爽气西来**

此联为江西滕王阁联，为清同治进士金桂馨所撰。作者抓住滕王阁的自然特点，以最洗练的语言进行高度的概括，达到一种超然洒脱、大气磅礴的境界。一"东"一"西"，囊括了事物的独特情韵。犹如一副写意画，给人一种横空出世之感。

* 身居宝塔，眼望孔明，
* 怨江围实难旅步
* 鸟处笼中，心思槽巢，
* 恨关羽不得张飞

注 释

此联系四川内江三元塔楹联。"江围"谐"姜维"；"旅步"谐"吕布"；"槽巢"谐"曹操"，以上人名均为三国时主要人物。

* 晚景自堪嗟落日，
* 馀晖凭添枫叶三分色
* 春光无限好生花，
* 妙笔难写江天一色秋

注 释

此联系湖南长沙岳麓爱晚亭联，写得朴实别致，此亭原称

"红叶亭"，又称"爱枫亭"，这副联概括了爱晚亭周围枫叶艳红的美景。上句以实处入题，下句以虚处落笔，一实一虚，江南胜景一览无余。

* **壶天日月开灵境**
* **盘路风云入翠微**

注释

此联为泰山壶天阁联，不失为采用烘托法的难得妙笔，仅用十四个字，便把道家清净胜地的超凡脱俗之气烘托了出来。

* **声驱千骑急**
* **气卷万山来**

注释

这是钱塘江观潮亭联。联语以"千骑急"、"万山来"极力夸张潮势之汹涌，"潮"与"骑"、"山"虽无共同之处，但利用"千骑急"和"万山来"之气势来形容，则气势突现，令人震撼。

* **才子重文章，凭他二赋八诗，**
* **都争传苏东坡西游赤壁**
* **英雄造时势，待我三年两载，**
* **必艳说湖南客小住黄州**

　　此系黄兴为苏东坡纪念馆二赋堂所撰写的楹联，联中顺次镶嵌着"苏东坡游赤壁"、"湖南客住黄州"，古今对比，气势不凡。

* 何时黄鹤重来，且自把金樽，
* 看洲渚千年芳草
* 今日白云尚在，问谁吹玉笛，
* 落江城五月梅花

注释

　　此联系黄鹤楼联。全联借用鲁班筑黄鹤楼、吕祖吹箫跨鹤的民间传说，兼叙事、抒情、议论、写景于一炉，形象地描绘了黄鹤楼美丽、壮观的人文景观和自然景观。

山水园林

　　走遍祖国大地，哪里有山水、胜景、园林，哪里就有对联，这已成为我国名胜古迹的一大特色。这些对联不仅为我们提供了历史、地理、文学、书法等方面的丰富知识，而且发掘出旅游经典的内涵和精神，使我们耳目一新，经久难忘。

* 世事如棋,一局争来千秋业
* 柔情似水,几时流尽六朝春

注释

相传朱元璋和大臣徐达在南京莫愁湖下棋,徐达胜了,朱将莫愁湖赐给了他,并建了一栋"胜棋楼",此为其中一联,亦以棋局喻世事,在人生旅途上,须一步一谨慎,时而奋起搏杀,才不枉此一生。类似楹联中,比较著名的还有:"钟山东峙,长江西来,地势壮金陵,登斯楼也,喜政局楸枰,一着棋高凭国手;雨花南屏,清凉北倚,天安悬紫塞,忆彼美兮,注波光云影,千秋旨胜重华封。"

* 风风雨雨,暖暖寒寒,
* 处处寻寻觅觅
* 莺莺燕燕,花花叶叶,
* 卿卿暮暮朝朝

注释

这是苏州网师园的一副叠字楹联,上联化用李清照词《声声慢》,使联语独具特色。全联从纵和横的角度描写了该园山重水复、鸟语花香的美景和游客流连忘返、恋人们卿卿我我的境况。该联读来声韵铿锵,语句含义丰富深长,为游人增添了无限情趣。网师园,地处苏州古城东南隅阔家头巷,被誉为苏州园林之"小园极则",堪称中国园林以少胜多的典范。

* 三竺六桥九溪十八涧
* 一茶四碟二粉五千文

注释

郁达夫某年游杭州西湖，到茶亭进餐。面对近水遥山，雅兴大发，餐罢轻吟上联，适逢主人报账曰：一茶四碟二粉五千文。郁达夫惊觉对得很妙，以为主人善对，经交谈，方知是巧合。三竺，指上、中、下。六桥，指苏堤上有六座桥，即映波桥、锁澜桥、望山桥、压堤桥、东浦桥和跨虹桥。九溪，在烟霞岭西南。十八涧，在龙井之西。因巧合与误会而成联是这副楹联的情趣所在。上联全为杭州山水，下联全为食单账目，两联数字对得尤其工整，实属难得。

* 泉自几时冷起
* 峰从何处飞来

注释

此联为董其昌题杭州西湖飞来峰联。以西湖景物落笔，全盘提出疑问。这种方式常给人以朦胧神秘的色彩，把答案留给读者，使人们产生无尽的悬念。

* 山光扑面经宵雨
* 江水回头欲晚潮

注释

郑板桥早年家贫，到镇江焦山躲债。这天，下了一夜的雨

刚停，焦山上下一片葱绿。板桥漫步于焦山石阶时，见有人边走边吟："山光扑面经宵雨，山光扑面经宵雨……"不停地重复。板桥知他在寻觅下句，便脱口而出："江水回头欲晚潮，如何？"那人大喜，忙与板桥通报姓名，原来此人叫罗聘，二人相见恨晚。

* **泉自禹时冷起**
* **峰从项处飞来**

注释

俞曲园携女儿游西湖灵隐寺，见冷泉亭有一联，俞轻声念道：泉自几时冷起，峰从何处飞来？其女笑曰：泉自禹时冷起；峰从项处飞来。俞惊：大禹治水成泉，项字何谓？其女道：项羽若不将此山拔起，峰安得飞来？

* **玉澜堂，玉兰蕾茂方逾栏，**
* **欲拦徐览**
* **清宴舫，清艳荷香引轻燕，**
* **情湮晴烟**

注释

《中国古今巧对妙联大观》载有此联。此联以妙用音同或音近的字取胜，将此联反复快读，即成绕口令。玉澜堂，在颐和园昆明湖畔，为当年光绪帝寝宫。清宴舫，一名石舫，在颐和园万寿山西麓岸边，为园中著名水上建筑。

墓祠庙宇

　　墓祠庙宇联，大多属哀挽类的范畴，用以缅怀古人，启迪后人，弘扬正义，鞭挞邪恶。往往以咏史之笔触，鲜明地表达了人们的爱憎，使游人得到启发，激发出对民族英雄的敬仰之情。也有的是以讽刺的笔法鞭挞奸人，写得入木三分，读后畅快淋漓。

* 一色水天秋，却难洗三字污秽
* 双清风月夜，正好分两世精忠

注释

此亦为杭州西湖岳飞墓联。"三字污秽"即是"莫须有"，"两世精忠"即指岳飞、岳云父子。

* 海水朝朝朝朝朝朝朝落
* 浮云长长长长长长长消

注释

此联系山海关孟姜女庙联。这副联语上联连用七个"朝"字，下联连用七个"长"字，如果不懂读法，很难理解联意。对该联的读法有许多种，但公认的是以下两种："海水潮，朝朝潮，朝潮朝落；浮云涨，长长涨，长涨长消。""海水潮，朝潮朝潮，朝朝落；浮云涨，长涨长涨，长长消。"如此一读，其景自现，它将天与云的变化规律高度概括，使水与云的景观跃然纸上：碧冥沧海，日日潮起潮落；皓穹长空，常常云涌云消。再将孟姜女望夫哭长城的故事加以联想，岂不令人感慨万千。与此联用字、格式相同的楹联在我国很多，像福州罗星塔联、江西赣南梅江畔古庙联、浙江温州江心寺联、四川长宁朝云庙联等，足见此联影响之大之广。

* 咳！仆本丧心，有贤妻何至如是
* 啐！妇虽长舌，非老贼不至今朝

注释

杭州岳飞墓前联，系清道光年间阮元所题，形象地表现了秦桧和其妻王氏这对奸贼互相埋怨，刻画入微，惟妙惟肖。

* 人从宋后无名桧
* 我到坟前愧姓秦

注释

此联亦为杭州岳飞墓前联。《素月楼联语》云，乾隆状元秦涧泉学士，江宁（今南京）人，秦桧，亦江宁人，人以为涧泉为桧后人。一日涧泉至西湖，人故请其瞻拜岳坟并题联，涧泉无奈，题此联。忠奸之判，俨如冰炭。秦桧之害岳飞，遗臭一至如此！"无名桧"有说为"羞名桧"，还有作"少名桧"者。

* 常德德山山有德
* 长沙沙水水无沙

注释

此联题于长沙白沙井附近的龙王庙。词与词连珠比较特殊，是在一句话内进行的，《文镜秘府·论对》谓之"连

绵"。上联只能读作"常德——德山——山有德"。下联只能
读作"长沙——沙水——水无沙"。

* **红拂有灵应惜我**
* **青山何幸此埋香**

注释

此系湖南醴陵红拂墓联。红拂，原为隋朝宰相杨素侍姬，
钟情于反隋名将李靖，随李靖于军中，后病逝于醴陵。下联的
"香"在古时多喻妇女所用饰品，故古诗文中常借称为妇女，
此处代称红拂。

* **顾曲有闲情，不碍破曹真事业**
* **饮醇原雅量，偏嫌生亮并英雄**

注释

此联系湖南省岳阳市周瑜墓联。上联是说周瑜不但有熟通
音律的才华，更有卓绝的军事才能和政治手腕，以佐孙权破曹。
当时吴国流传"曲有误，周郎顾"的民谣。下联是说周瑜过于好
胜，心地狭窄，最后被诸葛亮三气而死。这里以饮醇酒而喻处
世，说明有雅量方能成大事的道理。

* **心在朝廷，原无分先主后主**
* **名高天下，何必辨襄阳南阳**

注释

　　此联系清代在河南南阳做知府的湖北襄阳人顾嘉蘅为武侯祠题写的。因诸葛亮名高天下，两省便争诸葛亮故居之处所，顾嘉蘅不敢开罪当地豪绅，又怕承当出卖桑梓之名，便撰此妙联，既赞诸葛亮，又抹平两省争执，可谓公允。1959年秋，胡耀邦到南阳检查工作，在参观武侯祠等古迹时，看到了这副楹联，易数字而成一副新联："心在人民，原无论大事小事；功归天下，何必争多得少得。"1990年发行《三国》邮票第二组"隆中对"小型张时，因湖北、河南两省争夺"隆中对"的首发式地点，并组成代表团进京申诉，以至设计受阻。中国社会科学院历史所和北京师范大学魏晋南北朝研究所曾专门组织"诸葛亮躬耕地"学术讨论会，诸葛亮躬耕地在湖北襄阳的说法得到大多数人的赞同，同时史学家们也认为，就像文武赤壁一样，襄阳南阳的诸葛胜迹也是完全可以并存的。顾嘉蘅的题联，真不愧为名联绝作。

　　* **功在睢阳，昔尚咬牙思啖贼**
　　* **荫垂蠡水，今犹挽手欲回澜**

注释

　　此联系江西吉安文天祥祠联。文天祥为宋末抗元名臣。楹联中，功在睢阳，谓功可同张睢阳相比。张睢阳即张巡，唐开元进士，安史之乱中，由河南雍丘移守睢阳，内无粮草外无援兵仍坚持数月不屈，后城破被俘，咬碎牙齿骂贼而死。

内涵丰富的节庆联

春联

漫话春节

狭义的春节一般指除夕和正月初一。但在民间，传统意义上的春节是从腊月初八的腊祭或腊月二十三的祭灶开始，一直延续到正月十五，其中以除夕和正月初一为高潮。春节期间，人们会举行各种活动以示庆祝。这些活动以祭神、祭祖、祈求丰年为主要内容，为的是除旧布新、迎福纳禧。

建国前后的春节

春节在不同时代有不同名称。先秦时称"上日"、"元日"、"改岁"、"献岁"等；到了两汉时期，又被称为"三朝"、"岁旦"、"正旦"、"正日"；至魏晋南北朝时又称"元辰"、"元日"、"元首"、"岁朝"等；唐宋元明时，则称为"元旦"、"岁日"、"新正"、"新元"等；清代，春节则一直被称为"元旦"或"元日"。

1912年，孙中山先生在南京就任中华民国临时大总统，宣布改用世界通用公历，也叫阳历、新历，并决定公元1912年1月1日为民国元年一月一日。每年的1月1日叫新年，农历的正月初一称春节。

1949年9月27日，中国人民政治协商会议第一届全体会议决定建立中华人民共和国，纪年上采用世界通用的公元纪年。为了

区分阳历和阴历两个"年"，故把阳历1月1日称为"元旦"，俗称阳历年，又因一年二十四节气的"立春"恰在农历年的前后，因而把农历正月初一定为"春节"，俗称阴历年。

青年"万年"与国君祖乙

春节的由来，相传跟古时候一个叫"万年"的青年人有关。一天，他像往常一样上山砍柴，砍得累了，就坐在树阴下休息。休息时，他偶然发现树影是随着太阳位置的改变而改变的，于是就设计了一个日晷仪，来测定一天的长度。不久，山崖上的滴泉也给了他灵感，他又动手做了一个五层漏壶来记录时间的流逝。后来，细心的他还发现每隔三百六十多天，四季就轮回一次，天时的长短就重复一遍。

当时的国君叫祖乙，他常为如何记录漫长的时间而苦恼。万年知道后，就带着日晷仪和漏壶去见祖乙，告诉他日月运行的规律。祖乙听后觉得有道理，就让万年负责创建历法，为天下的黎民百姓造福。祖乙还命人修建日月阁，筑起日晷台和漏壶亭，以方便万年计算出准确的晨夕时间。

过了一段时间，祖乙前去了解万年创制历法的进展情况。他登上日月阁，发现石壁上刻着一首诗：

日出日落三百六，周而复始从头来。

草木枯荣分四时，一岁月有十二圆。

祖乙看到诗中那几个准确的数字，便知道万年创建的历法已成。万年指着天象，对祖乙说："现在正是十二个月满，旧岁已完，新春复始，祈请国君定个节名吧。"祖乙说："春为岁首，就叫春节吧。"

应节对联

普通春联

* 龙吟虎啸　腊尽春回
* 山川竞秀　物我皆春
* 龙腾瑞气　凤舞春风
* 龙兴华夏　兔跃阳春
* 八方锦绣　万里春晖
* 三阳启泰　六合荣春
* 九州生瑞　四海腾欢
* 红梅映月　绿柳催春
* 雄鸡报晓　大地回春
* 河山溢彩　华夏增辉
* 春临大地　爱洒人间
* 神州日永　大地春长
* 福胜四海　利越三江
* 春风荡漾　梅蕊芬芳
* 春风梳柳　岁月流金
* 春风送暖　瑞雪招财
* 春施德泽　户纳祥和
* 商副农工经营有道　琴棋书画乐趣无穷
* 百业方兴中华崛起　万民致富古国腾飞
* 人寿年丰满门喜气　桃红柳绿遍地春光
* 人杰地灵山河添秀色

* 风和日丽大地浴春晖
* 东南西北客人人满意
* 春夏秋冬货样样俱全
* 祖国又逢春生机勃勃
* 全民齐致富喜气洋洋
* 宝岛人思归，年成大有
* 神州风送暖，春色无边
* 古国数千年，伟乎鼎盛
* 长城一万里，壮哉翻新
* 新风吹大地，丛丛绿树
* 春日耀神州，处处红花
* 红日照神州，歌声阵阵
* 春风吹大地，喜气洋洋
* 节到新春群花齐艳丽
* 人逢盛世高寿亦精神
* 笑语声声金龙随冬去
* 欢歌阵阵玉蛇伴春来
* 浑身干劲年老心不老
* 满院春风花红人更红
* 芳气催人人老雄心大
* 春光入户户新幸福多
* 五彩纷呈艺苑春光好
* 百花齐放文坛景色新
* 虎岁三十，爆竹声声辞旧岁
* 兔年初一，红联对对迎新年

* 大地春回，仍须预防寒气
* 人间福至，当然更盼新风
* 春满神州，树上摇钱如蝶舞
* 花开艺苑，盆中聚宝似莺飞
* 先贤任能，座座校园添锦色
* 尊师重教，株株桃李竞芳菲
* 欢庆佳节，双喜临门鞭炮响
* 喜迎新人，百年好合幸福来
* 雪月风花，万里春光来大地
* 人文史地，千山秀色满神州
* 岁末辞岁，开怀畅饮辞岁酒
* 春首迎春，纵情朗吟迎春诗
* 万物争荣，祖国风光无限好
* 百花竞秀，神州锦色一时新
* 阵阵春风扶嫩柳　潺潺碧水润新荷
* 人杰地灵兴大业　物华天宝著文章
* 春回大地百花艳　喜到人间万事新
* 爆竹声声辞马岁　梅花点点迎羊年
* 盛世同歌歌盛世　新春共乐乐新春
* 九州日丽春光好　四海风清气象新
* 水绿山青山水美　诗丰联盛诗联兴
* 雪傲梅园梅傲雪　春传竹苑竹传春
* 水流新韵山流翠　竹报平安梅报春
* 新喜新婚恋新岁　爱情爱侣恩爱家
* 红杏枝头春意闹　绿杨荫里诗情添

* 喜爱芳春花千树　欣逢大治福万家
* 十二属循环岁月　千万载不老春秋
* 增辉日月照华夏　如意春风拂新居
* 新春疏影惊日月　旧岁寒妆绣乾坤
* 岭岭红花红岭岭　山山绿树绿山山
* 林海喜翻风流浪　牧区欢唱吉庆歌
* 春风有意育桃李　细雨无声润花枝
* 泼墨挥毫迎大圣　轻歌曼舞乐小康
* 春节立春春满面　喜鹊报喜喜盈门
* 青春有限多奉献　事业无穷少蹉跎
* 风随春意扫黄去　雪傍诗情引绿来
* 古韵新韵皆声韵　上联下联成楹联
* 梅咏华章大地乐　雪吟雅韵人间欢
* 对尽人间欢乐韵　联上神州富祥篇
* 贺新春新人谱新曲　庆佳节佳话联佳姻
* 瑞雪红梅千般姿态　青杨翠柳万种风流
* 文明经商热情常在　笑脸相迎生意兴隆
* 举世齐歌人勤春早　万众共庆国富民强
* 花迎剑佩，柳拂旌旗，三春更觉河山壮
* 目仰南云，心随明月，万里同欣岁序新
* 绿抹柳梢红燃花萼燕舞莺歌相比美
* 春临世界喜降人间龙腾虎跃竞争先
* 日月潭印日月祖国日新月异盼一统
* 山海关望山海神州山欢海笑庆三通
* 春联年年写写不尽祖国山河风光美

* 欢歌岁岁唱唱不完神州大地气象新
* 爆竹两三声，唤出莺啼燕语笙簧世界
* 梅花四五点，迎来万紫千红锦绣江山
* 报晓鸡声，拂晓钟声，声声悦耳
* 掌心国事，舒心家事，事事关情
* 焰火耀长空，色彩斑斓，欢度除夕夜
* 金龙腾大地，人声鼎沸，喜迎吉祥年
* 桃李迎春，无边景色来天地
* 江山入画，万缕诗情上笔端
* 桃李迎春，满园锦绣迎蜂蝶
* 江山竞秀，万里风光入画图
* 天外春回，处处河山添异彩
* 人间岁换，家家丝管祝鸿禧
* 无限江山，同庆神州春永驻
* 有情岁月，相期彼岸燕归来
* 万枝彩笔绘宏图，宏图璀璨
* 一元复始迎新岁，新岁峥嵘
* 雪化冰消，高山绿涨小溪满
* 风和日丽，故国花繁旧燕来
* 文笔总多情，春联满写新春意
* 英年须努力，壮志早酬少壮时
* 春水泛桃花，水面文章呈新彩
* 东风梳柳絮，风光旖旎蕴深情
* 喜接春潮苏大地，山清水秀
* 欣挥翰墨谱神州，国泰民安

* 大地春回，万里河山呈画卷
* 长天日丽，九州儿女绘蓝图
* 风月焕新，海角天涯皆溢彩
* 山河铺锦，疆南地北总宜春
* 江山似画，千秋翰墨千秋景
* 岁月如诗，一代风骚一代歌
* 光景无边，遍地笙簧歌化日
* 前程似景，满园桃李笑春风
* 六合回春，郊外梅花堤外树
* 九州聚宝，山中果木水中鱼
* 普天同庆，一片红霞迎旭日
* 大地腾欢，万条绿柳舞东风
* 门对青山，羊兔群群嬉碧毯
* 窗含绿水，鸭鹅队队戏银波
* 人长久，月长圆，春长在
* 国永昌，家永睦，福永生
* 林海安家，窗含无边春色
* 青山着意，胸有大块文章
* 瑞色布人间，锦乡河山添锦绣
* 春阳照大地，光辉节日更光辉
* 数不尽春光门前绿树阶前玉树
* 看将来气象千里青云万里晴云
* 虎吼动春雷，千崖万壑奔虎兔
* 龙腾翻巨浪，五湖四海展鲲鹏
* 风光桃花初到极目江山如画

* 岁寒松竹长发迎春草木俱新
* 意气风发，九州尧舜，闻鸡起舞
* 斗志昂扬，一代风流，跃马争春
* 隔海寄相思，数点浮云游子意
* 仰天长太息，一轮明月故人情
* 时雨润山乡，山乡巨变皆春色
* 艳阳辉祖国，祖国长兴遍乐园
* 喜事良宵，宵沐春风，风和大喜
* 新婚佳节，节逢盛世，世泰常新
* 重知识重人才人才兴旺业兴旺
* 学文化学科技科技繁荣国繁荣
* 光阴似箭年复年，年年花香鸟语

部队·军烈属春联

* 喜报英雄门第　春到光荣人家
* 军属门上光荣匾　战士胸前英雄花

* 东风吹暖英雄门第　喜报映红光荣人家
* 人民军队所向无敌　钢铁长城坚不可摧
* 民族正气山川增色　功臣喜报门第生辉
* 保家卫国全民有责　当兵服役满院增光
* 民拥军意比泰山重　军爱民情似东海深
* 常备不懈苦练过硬本领
* 紧握钢枪守卫大好河山

交通运输用联

* 缩千里为咫尺
* 联两地为一家
* 削平山岭铺大道
* 跨越江河架宏桥
* 水陆舟车四通八达
* 城乡客货纷至沓来

邮电联

* 千里春风劳驿使
* 三秋芳讯寄邮人
* 消息借流通报道梅花无恙
* 平安劳传报莫教竹素想思

机关联

* 福泽百姓方为好

* 绿遍九州始是春
* 开发财源为民致富
* 惟才是举替国进贤

银行用联

* 开源能引千泓水
* 节流可聚万盆金
* 储蓄为盆能聚宝
* 勤劳如树可摇钱

学校春联

* 校园沸腾春来早 师生团结佳话多
* 尊师爱生风尚美 勤学苦练气象新
* 兢兢业业育桃李 勤勤恳恳做园丁
* 人梯巧搭登攀路 心血勤浇栋梁材
* 术业宜从勤学始 韶华不为少年留

商业春联

* 生意兴隆通四海 财源茂盛达三江
* 三春草木如人意 万里河流似利源
* 百货风行财政裕 顾客云集市声欢
* 百问不烦百拿不变 笑容常在笑口常开
* 灵活经营财源茂盛 薄利多销生意兴隆

元宵节联

漫话元宵节

每年农历的正月十五是元宵节，此节一过，喜气洋洋、热热闹闹的春节也就结束了。元宵节，因其节庆民俗活动在每年第一个月的十五日夜举行而得名。

正月是农历的元月，古人把夜叫做"宵"，所以称正月十五为元宵节。正月十五是一年中的第一个月圆之夜，因此又称"上元节"。按中国民间的传统，在这个皓月高悬、大地回春的夜晚，人们要以观灯、猜灯谜、吃元宵等方式来庆贺节日。

元宵节的节期与节俗活动，不同朝代并不完全相同。就节期长短而言，汉代才一天，到唐代已为三天，宋代则长达五天，明代更是自初八点灯，一直到正月十七夜才落灯，整整十天。到了

清代，元宵节又增加了舞龙、舞狮、跑旱船、踩高跷、扭秧歌等"百戏"内容，只是节期缩短为四到五天。

如今，这个传承已有两千多年的传统节日，不仅盛行于华夏热土，在海外华人的聚居区也欢庆不衰。

佛教、道教与元宵节

早在2 000多年前的西汉，中国人就开始过元宵节了。许多学者认为元宵节的起源与发展同佛教与道教有关。

一说是汉文帝时，将正月十五定为元宵节。汉武帝时，"太一神"的祭祀活动定在正月十五。（太一：主宰宇宙一切之神）。太史令司马迁制订"太初历"时，将元宵节确定为重大节日。东汉时期，汉明帝敬佛，他下令每年元宵节在宫中和寺院"燃灯"，以示敬重。后来，又下令百姓也要"燃灯敬佛"。这样，元宵节燃灯、放灯的习俗便流传下来。

另一说，元宵节庆习俗起源于道教的"三元节"。道教以正月十五日为上元节，七月十五日为中元节，十月十五日为下元节。主管上、中、下三元的分别为天、地、人三官。天官喜欢热闹光亮，因此上元节要燃灯庆祝。后来，道家的这一节日便发展成为民间固定的节庆。

应节对联

* **灯月照天地 笙歌闹元宵**

* **灯月千家晓 笙歌万户春**

* **灯楼灿明月 火树暖春风**

* **礼花飞天去 明月逐人来**

* 琴瑟春常润　人天月共圆
* 千家春不夜　万里月常明
* 火树银花合　星桥铁锁开
* 火树银花地　春风照月天
* 花灯悬闹市　皓月挂太空
* 巧人调玉烛　天下乐元宵
* 明月千门雪　银灯万树花
* 天上一轮满　人间万里明
* 千家春不夜　万里月连潮
* 万家元夕宴　一路太平歌
* 九陌连灯影　千门庆月华
* 及时大放光明地　与物同游浩荡春
* 笙歌声沸长春地　星月光回不夜天
* 三五星桥连月阙　万千灯火彻天衢
* 一曲笙歌春似海　千门灯火夜如年
* 万户春灯报元夜　一天晴雪兆丰年
* 灯火良宵鱼龙百戏　玻璃乾坤锦绣天街
* 晴空一镜悬明月　夜市千灯照碧云
* 万户春灯辉月夜　一天晴雪兆丰年
* 舞凤飞龙成夜市　踏歌击鼓皆春潮
* 万里河山铺锦绣　千家灯火照苍穹

清明节联

漫话清明节

清明是我国的二十四节气之一。按古籍《岁时百问》的说法："万物生长此时，皆清洁而明净。故谓之清明节。"清明节一到，气温升高，雨量增多，正是春耕春种的大好时节。故有"清明前后，点瓜种豆"的农谚。可见这个节气与农业生产有着密切的关系。

但是，清明节作为节日，与纯粹的节气又有所不同。节气是我国物候变化、时令顺序的标志，而节日则包含着一定的风俗活

动和某种纪念意义。

我国传统的清明节大约始于春秋战国时期，已有两千多年的历史。

清明节又叫寒食节，为我国民间最重要的祭祀节日之一。在这一天，人们吃寒食、祭祖扫墓。扫墓俗称上坟，是祭祀死者的一种活动。汉族和一些少数民族大多都有清明节扫墓的习俗。

扫墓时，人们带上酒食果品、纸钱等到墓地。将食物供祭在先人墓前，然后将纸钱焚化，为坟墓培上新土，折几枝新柳插在坟上，再叩头行礼祭拜，最后吃掉酒食。唐代杜牧有诗《清明》："清明时节雨纷纷，路上行人欲断魂。借问酒家何处有？牧童遥指杏花村。"此诗正表现出了清明节扫墓的气氛。直到今天，清明节祭祖扫墓，悼念已逝亲人的习俗仍然盛行。

清明节，又名踏青节。按公历来看，它是在每年的4月4日至6日之间，正是春光明媚、草木吐绿的时节，也正是人们春游（古代叫踏青）的好时候，所以古人有清明节踏青并开展放风筝、荡秋千、蹴鞠、打马球等一系列体育活动的习俗。相传这是因为清明节要寒食禁火，为了防止冷餐伤身，所以人们就举行一些体育活动，以锻炼身体。因此，这个节日既有祭祖扫墓生别死离的悲酸泪，又有踏青游玩的欢笑声，是一个别具特色的节日。

应节对联

* **烟景催槐叶　风期数楝花**
* **三月光阴槐火换　二分消息杏花知**
* **山清水秀风光好　月明星稀祭扫多**
* **流水夕阳千古恨　春风落日万人思**

* 姓在名在人未在 思亲想亲不见亲
* 清风明月本无价 近水遥山皆有情
* 冷节传榆火 前村闹杏花
* 鸟啼寒食雨 花落暮春风
* 两三点雨逢寒食 廿四番风到杏花

端午节联

漫话端午节

端午节是我国最大的传统节日之一。中国人过端午节已有两千多年的传统，每年五月初五，南北各地都要隆重庆祝这个节日。

我国地域广大、民族众多，与端午节有关的典故传说也有很多，由此端午节也有了多种称谓。

端午节亦称端五节。

端五的"五"字又与"午"相通，按地支顺序推算，五月五日正是"午"月"午"日，因此端午节又称午日节。又因午时为"阳辰"，所以端午也叫"端阳节"。

五月五日，月、日都是五，故称重五节，也称重午节。

因在五月，故又有五月节之称。

农历五月五日，古人有以兰草汤沐浴的习俗，所以该节又叫浴兰节。

端午节是为了纪念诗人屈原，所以又称诗人节。

还有人认为端午节源于庆贺夏至日来临，故此节又称夏节。

过端午节时，出嫁的女儿会回到娘家小住，所以还称女儿节。

不仅端午节的称谓多种多样，节俗也多种多样。"千里不同风，百里不同俗"，在交通不发达的时代，不同地域自然会有不同的风俗。随着社会的发展与文化交流的频繁，各地风俗在相互吸收融合的基础上，形成一些特定的、具有普遍性的节日风俗。

端午节俗主要包括：吃粽子，女儿回娘家，赛龙舟，荡秋千，比武，击球，挂钟馗像，躲午，悬艾叶、菖蒲，挂荷包和拴五色丝线，饮雄黄酒，吃五毒饼、咸蛋和时令鲜果等。

应节对联

* 月逢重午 节序天中

* 酒酌金卮满 盘盛角黍香

* 保艾思君子 依蒲祝圣人

* 海国天中节 江城五月春

* 端午池莲花解语 夏晨岸柳鸟能言

* 榴花彩绚朱明节 蒲叶香浮绿醑樽

* 堂前萱草眉舒绿 石上榴花眼耀红

* 榴裙萱黛增颜色 艾酒蒲浆记岁华

* 艾人驱瘴千门福 碧水竞舟十里欢

七夕节联

漫话七夕节

农历七月初七，天气温暖，花木飘香，这一天是中国的传统节日——七夕节。

正值夏秋之交，七月初七的晚上，晴朗的夜空繁星闪耀，银河横贯南北。在银河的东西两岸，各有一颗闪亮的星星遥遥相对，似在默默相望。它们就是牵牛星和织女星。传说它们是一对情人牛郎和织女而化，每年的七月初七这一天通过鹊桥相会。因此，七夕成了中国的"情人节"，是传统节日中最具浪漫色彩的一个。世间无数有情男女都会在这个晚上，对着星空祈求自己姻缘美满。

七夕节还称"女儿节"，是过去女子们最为重视的节日之一。据说，织女是一个美丽聪慧、心灵手巧的仙女，其针织技法娴熟，天上人间莫有能与之相较者。女孩们在这个颇富浪漫气息的晚上，对着天空的朗朗明月，摆上时令瓜果，朝天祭拜，乞求天上的女神能赋予她们聪慧的心灵和灵巧的双手，让自己的女红技法娴熟；更乞求爱情、婚姻的姻缘巧配。因此，七夕节还被叫做"乞巧节"。

七夕节源于汉代，东晋葛洪的《西京杂记》有"汉彩女常以七月七日穿七孔针于开襟楼，人俱习之"，这是我国最早的关

于七夕节以及七夕乞巧的记载。后来的唐宋诗词中，"七夕"、"乞巧"也屡被提及，唐朝王建有诗说"阑珊星斗缀珠光，七夕宫娥乞巧忙"。五代王仁裕《开元天宝遗事》中也有唐太宗与妃子每逢七夕在宫中夜宴，宫女们各自乞巧的记载。

宋元之际，人们过七夕节的局面更是隆重，京城中还设有专卖乞巧物品的市场，世人称为乞巧市。宋罗烨、金盈之辑《醉翁谈录》说："七夕，潘楼前买卖乞巧物。自七月一日，车马嗔咽，至七夕前三日，车马不通行，相次壅遏，不复得出，至夜方散。"由此，可推知当时七夕乞巧节的热闹景象。观其风情，似乎不亚于我们最盛大的节日——春节。

至近现代，七夕节仍是中国人最为喜欢的节日之一。每逢七夕，尽管民间乞巧习俗不似以前那么盛行，但节日气氛并不因此而减。小伙儿、姑娘们大胆向心仪的人敞开心扉，情人间互赠礼物，老夫老妻们也会做上一桌佳肴表示庆祝……七夕节真的成了中国人都忙着过的"情人节"！

应节对联

* 翠梭停织　银汉横秋
* 五夜明天汉　双星会女牛
* 桥飞五夜来乌鹊　河渡双星会女牛

中秋节联

漫话中秋节

根据我国的历法，农历八月在秋季中间，为秋季的第二个月，称为"仲秋"，而八月十五又在"仲秋"中间，所以称"中秋"。中秋节有许多别称：因节期在八月十五，所以称"八月节"、"八月半"；因中秋节的主要活动都是围绕"月"进行的，所以又俗称"月节"、"月夕"；中秋节月亮圆满，象征团圆，因而又叫"团圆节"；在唐朝，中秋节还被称为"端正月"。

中国人过中秋节有悠久的历史。和其他传统节日一样，中秋节也是逐渐发展形成的。中秋节大概始于祭月之礼。古代帝

王有春天祭日，秋天祭月的礼制。《礼记·祭义》说："祭日于坛，祭月于坎。"唐孔颖达为其正义说"祭日于坛，谓春分也；祭月于坎，调秋分也。"如此看来，先秦时代祭月的时日当是秋分。《国语·周语》说："古者先王即有天下，又崇立于上帝明神而敬事之，于是乎有朝日、夕月，以教民尊君。"古时天子以天为父，以地为母，以日为兄，以月为姊，天子祭天地示孝，祭日月示悌。帝王祭月是给百姓作个孝悌的示范，以此教民要敬长辈，举家和睦。民间也便随之兴起秋日祭月之风。

从时令上说，秋天是"秋收节"，春播夏种的谷物到了秋天就该收获了。自古以来，人们便在这个季节饮酒舞蹈，喜气洋洋地庆祝丰收。从天文学的角度说，中秋节是太阳经过秋分点时与之最接近的一个满月日，其时秋高气爽，天清云淡，圆月皎洁，由此，民间后来又将秋分日祭月改至八月十五祭月。

到了唐代，祭月的风俗更为人们重视，中秋节成为固定的节日，《唐书·太宗记》就记载有"八月十五中秋节"。每到中秋之夜，家家设大香案，摆上瓜果祭品，将月亮神像放在月亮的那个方向，红烛高燃，全家人依次拜祭月亮，然后谈笑赏月、吃瓜果、月下游玩。不过，此时的祭月具有了更多的赏月意味，严肃的祭祀变成了轻松的欢娱。

至宋代，八月十五赏月、拜月习俗就更具规模了。在北宋京师，八月十五夜，满城人家，不论贫富老小，都要穿上成人的衣服，焚香拜月说出心愿，祈求月亮神的保佑。南宋，民间以月饼相赠，取团圆之义。有些地方还有舞草龙、砌宝塔等活动。

明代以后，人们更是将中秋节过成团圆节。明代刘侗、于奕正的《帝京景物略》中有："八月十五祭月，其饼必圆，分瓜必牙错，瓣刻如莲花。……其有妇归宁者，是日必返夫家，曰团圆节。"

今天，尽管一些旧俗已不再盛行，但中秋节在中国人的心中已成为最为重要的传统节日之一。节前，远在他乡的游子都要赶回家乡，为的是八月十五晚上和家人团聚，共度佳节，感受美好的生活。即使不能回家，也会把酒问月，祝远方的亲人健康快乐，和家人"千里共婵娟"。

应节对联

* 月露披宇　圆轮映天
* 二仪含皎洁　四海尽澄清
* 一宵当皎洁　四海尽澄清
* 举头望明月　把酒问青天
* 天上一轮满　人间万里晴
* 冰壶含雪魄　银汉漾金波
* 平分秋色一轮满　长伴云衢万里明
* 梦到团圆惟望月　思来离散欲登舟
* 神州清风本无价　海岸明月皆有情
* 占得清秋一半好　算来明月十分圆
* 日射晚霞金世界　月临天雨玉乾坤
* 几处笙歌留朗月　万家箫管乐丰年
* 轮影渐移花树下　镜光如挂玉楼头
* 喜得天开清旷域　宛然人在广寒宫
* 霓裳舞起终宵朗　玉女歌扬彻夜辉
* 一曲霓裳传玉笛　四周云锦拥金徽
* 几处笙歌留朗月　万家箫管乐中秋

* 玉轮光满大千界　银汉秋澄三五宵
* 月满一轮辉宇宙　花香千里到门庭
* 月静池塘桐叶影　风摇庭院桂花香
* 日射晚霞金世界　月临天宇玉乾坤
* 三五良宵秋澄银汉　大千世界光满玉轮
* 银汉流光水天一色　金商应律风月双清

重阳节联

漫话重阳节

农历九月九日，为传统的重阳节。重阳节之名的由来大概与《易经》有关。《易经》把"六"定为阴数，把"九"定为阳数。九月九日，日月并阳，两九相重，故而叫重阳，也叫重九。古人认为重九日是个吉利日子，很早便有逢此日摆宴庆贺的习俗。另外，九在十个数字中又是最大数，"九九"与"久久"同音，因此，九九重阳又有生命长久、健康长寿的喻意。

过重阳节，传说最初始于汉朝宫廷。据说，汉初皇宫中，每年九月九日，都要在高台上摆盛宴，以求长寿。汉高祖刘邦的爱妃戚夫人被吕后害死后，戚夫人的侍女贾某也被逐出宫，贾某将这一习俗传入民间。不过是否如此，史料中并无明确记载。三国时魏文帝曹丕《九日与钟繇书》中，则已明确写出了重阳登高饮宴之事："岁往月来，忽复九月九日。九为阳数，而日月并应，俗嘉其名，以为宜于长久，故以享宴高会。"

大概在魏晋时期，登高、饮酒、赏菊成了上层社会于重阳日的固定活动。晋代陶渊明在《九日闲居》诗序文中说："余闲居，爱重九之名。秋菊盈园，而持醪靡由，空服九华，寄怀于言。"持醪，即为饮酒，这里就提到重阳节的菊花和酒。

到了唐代，重阳节被正式定为民间的节日，除了登高、饮

酒、赏菊外，又添了插茱萸的活动。至宋代民间过重阳之风俗更盛。唐诗宋词中有许多贺重阳、咏菊花的诗词佳作，其中不少反映了民间庆重阳的情况。明清时期，九月重阳节皇宫上下要一起吃花糕、喝菊花酒以庆贺，连皇帝都亲自到万岁山登高以畅秋志，各地方的庆祝活动更多、更为隆重。

今天，重阳节又被赋予了新的含义。1989年，我国把每年农历的九月九日定为老人节。传统与现代巧妙结合，重阳节成为尊老、敬老、爱老、助老的日子。每年的这一天，老人们结伴或由晚辈陪伴走出家门，他们秋游赏景，或游园观菊，或登山健体，让身心都沐浴在大自然里。

应节对联

* 三三令节　九九芳辰
* 临风乌帽落　送酒白衣香
* 糕含登高意　菊呈晚节情
* 东篱开寿菊　南阳献嘉禾
* 远山含笑金风爽　秋水碧澄艳菊香
* 廉颇老矣尚能饭　体甚健哉不必扶
* 三径归时松菊在　满城近日雨风多
* 何处题糕酬锦句　有人送酒对黄花
* 孟参军龙山落帽　陶居士三径衔杯
* 劝君一醉重阳酒　邀月同观敬老花
* 年高喜赏登高节　秋老还添不老春

腊八节联

漫话腊八节

腊八节大概起源于中国古代的"腊祭"。东汉蔡邕《独断》一书中明确地说："腊者，岁终大祭。"东汉应劭《风俗通》一书中也说："腊者，猎也，言田猎取禽，以祭祀其祖也。"就是说，腊与捕猎有关，我们的祖先用打猎得来的野兽、野禽等猎味祭祀神灵。东汉学者许慎在《说文解字》中这样解释："腊，冬至后三戌，腊祭百神。"因此，"腊"是古代祭祀名，是古人在岁末时祭祖、祭神的活动。据载，"腊祭"这一习俗始于周代。

由于腊祭按例在岁终举行，所以从汉代起便称岁终之月为"腊月"，举办腊祭的这一天称为"腊日"。腊日在腊月的哪一天，开始也没固定，汉代以冬至后第三个戌天日为腊，魏以辰日为腊，晋以丑日为腊；到南北朝时期，初八日才被定为腊日，且固定下来。

对于腊祭为什么在初八这日，有人认为腊月初八时的月亮正呈"上弦"之象，有如弓弦拉紧，蓄势待发，恰合"腊者，猎也"的本义。

应节对联

* 戊社酬神喧腊鼓 丁农分肉试鸾刀

* 侵凌雪色还萱草 漏泄春光有柳条
* 洛下僧分腊八粥 吴中市有上元灯
* 三代之英，有志未逮 一年得顺，既腊而归
* 腊八天寒，粥热人心暖
* 数九地冻，家馨亲情浓

祭灶节联

漫话祭灶节

农历腊月二十三日为祭灶节，民间又称"交年"、"小年"。这天晚上家家户户均要"祭灶神"。

在民间诸神中，灶神的资格算是很老的。据古籍《礼记·礼器》孔颖达疏："颛顼氏有子曰黎，为祝融，祀为灶神。"祝融是黄帝后世子孙，相传帝喾高辛氏时，他在有熊氏之墟（今河南新郑）担任火正之官，能生燃五谷材木，昭显天地之光明，为民造福。后世尊他为灶神。早在夏代，灶神已经是人们所尊奉的一位大神了。到商周时代，祭灶神被列为国家的五祀之一，以后代代传承此礼。

其实，古人对"灶神"的特殊感情应该来源于对火的崇拜。火改变了人类茹毛饮血的生活状况，使人类在饮食上有了质的提高；火给人类带来温暖和光明，进一步将人类同其他动物区分开来。从使用火之日起，人类开始步入崭新的文明之路。而灶是伴随火而生的，生火之灶，对于一个家庭来说，代表着温暖、团圆、生生不息。将灶神话，正反映出人类求安居乐业、人丁兴旺的美好愿望。

祭灶神初为夏祭，后改为腊祭。腊月祭灶的时间各地起初也不一。据晋代周处《风土记》，吴人祭在以腊月廿四日夜。南朝梁宗

懔《荆楚岁时记》记荆楚一带的祭灶则是在腊日（十二月八日）。后来民间又流传有"官三、民四、家五"的说法，也就是官府在腊月二十三，平原老百姓在二十四，水上人家在二十五举行祭祀。大概从明代开始固定为腊月二十三祭灶。

祭灶是一项在我国民间影响很大、流传极广的习俗。旧时每到腊月二十三这一天，家家户户都要设灶神像，像前摆供品，行祭礼。祭灶供品多用甜和黏的食品。民间对此的解释是要粘住灶王的嘴，不让他上天说坏话，或者是让灶王的嘴甜，光说好话。祭灶完毕，每家都要会餐，这就是要"过小年"。祭灶这一天，家家还要清扫厨房，为给灶神留下好印象，也为春节即将来临，除旧迎新，祛除不祥。

今天，许多习俗虽已不再盛行，但每到农历腊月二十三这天，人们还会以新的方式表示欢庆。

应节对联

* **上天言好事　下界保平安**
* **天恩深似海　地德重如山**

十二生肖联

久传不衰的生肖风俗

生肖的文化意义多见于民俗中。十二生肖便于数年纪岁，又寄托着吉祥的祝福，所以得以代代相传，相沿成习，至今仍盛行不衰，是我国影响最大的群众性传统民俗。尽管生肖民俗中也包含有迷信的成分，但迷信只是其中一个很小的、消极的方面，事实上，生肖文化具有更丰富的内涵。

生肖与取名学问

中国人自古以来就非常重视名字，认为名字关乎一个人一生的命运。十二生肖普遍使用后，古人更是将生肖与取名联系起来，于是寥寥数字的名字中，便有了多种玄机。

古人取名的地支冲合忌讳

生肖有十二个：鼠、牛、虎、兔、龙、蛇、马、羊、猴、鸡、狗、猪。地支也是十二个：子、丑、寅、卯、辰、巳、午、未、申、酉、戌、亥。它们依次对应，配搭成双。

十二地支又有相冲、相害、相合的关系：

地支六冲：子午相冲、丑未相冲、寅申相冲、卯酉相冲、辰戌相冲、巳亥相冲。

地支六害：子未相害、丑午相害、寅巳相害、卯辰相害、申亥相害、酉戌相害。

地支六合：子丑合土、寅亥合木、卯戌合火、辰酉合金、巳申合水、午未合土。

地支四合：申子辰合水、亥卯未合木、寅午戌合火、巳酉丑合金。

古人十分重视地支的冲合。因此，在取名这件"大事"上便生出许多忌讳，即与生肖（及其相配的地支）相冲、相害为凶，相合则为吉。取名用字也有许多讲究。例如，凡鼠年生人，地支为子，取名时不宜用含有"午"、"马"的字，否则犯了相冲；也不要用含有"未"、"羊"的字，否则犯了相害；用含有"丑"、"牛"的字则吉。有人怕犯了地支忌讳，干脆就给孩子用出生年份的地支来命名。如明代画家唐寅就是虎年出生，因此取虎所配地支"寅"来做名，又因为是长子，所以字伯虎。

民俗还以为，生肖与姓氏之间也存在着某种联系，认为对于那些姓氏中具有生肖特征即含有生肖字或相应的地支字的人来说，取名时要避开地支的六冲六害，否则不吉。例如李、孔等姓在地支上属子，取名时不宜用含有"午"、"马"的字，如"许"、"驿"等字，因为子午相冲；也不宜用含有"未"、"羊"的字，如"妹"、"洋"等字，因为子未相害；适宜用含有"丑"、"牛"的字，如"钮""莥"等字，因为子、丑相合。

时至今日，这种宜忌讲究还影响着人们。我们还能听到这样的话："属羊的占未，又是正午生人，就叫'正午'，午未正相合。""姓李占子，属牛占丑，小名叫'牛牛'，子丑正相合，名字又可爱又吉利。"当然，这些说法并无科学依据。其实，仔细斟酌孩子的姓名，不过是喜悦心情的自然流露，以及希望孩子平安成长、早日成才的愿望的体现。

由生肖动物衍生出的取名宜忌

各生肖因其先天习性或后天环境的不同而属性不同，有的动

物喜欢海阔天空任遨游，有的喜欢住食无缺被豢养；有的是肉食性，有的是草食性，有的杂食性；有的喜欢拱脚享福，有的喜欢驰骋沙场，有的喜欢田中耕作；有的昼行夜伏，有的昼伏夜行。

民俗认为，取名要考虑个人的生肖属相，与属性相合则吉，相悖则凶。比如鼠年生人，取含有"米"、"豆"、"禾"、"鱼"、"月"等的字，意味着食禄不愁，有福有寿，多子多孙；取含有"彳"、"火"、"车"、"石"等的字，不吉，多灾。牛年生人，宜取含有"艹"、"未"、"豆"、"禾"等的字。兔年生人，宜取含"艹"、"木"、"禾"、"田"、"山"、"豆"的字；取有"犭"旁的字，则多灾厄。龙年生人，宜取含有"彳"、"水"、"雨"的字；取有"山"、"土"、"田"、"石"的字，多灾厄。蛇年生人，宜取含有"艹"、"竹"、"木"、"禾"、"山"、"土"、"田""虫"的字；取有"亻"、"石"、"扌"、"虎"、"鸟"的字，好斗多灾。马年生人忌取有"宀"、"冖"、"木"的字，因其喻义困于栏厩、壮志难酬。羊年生人取含有"习"、"虎"的字，多灾厄。猴年生人取有"火"、"纟"、"刀"、"血"、"犭"的字，刑

伤多灾。鸡年生人取有"犭"、"石"、"纟"、"刀"的字，多灾。狗年生人，取有"月"旁、"肉"、"鱼"、"米"、"豆"的字，有食禄。猪年生人取有"犭"、"刀"、"纟"、"血"的字，多厄，有刑灾。

　　如此繁多的讲究让人不敢妄自起名。于是，古人干脆就用孩子出生的生肖为孩子命名，这样就不怕再有什么吉凶的忌讳了。如西汉时期，才子司马相如生于公元前179年，该年岁属壬戌年，为狗年，司马相如因此乳名叫"犬子"，类似于今日的"小狗子"、"狗儿"等名。至今，这种观点仍在民间盛行。作家老舍生于戊戌年（1899年）腊月末，姑母就为他取名，亲昵地唤他"小狗尾巴"，其中寄托着姑母的一片爱心。与地支冲合宜忌一样，这种取名宜忌并无科学道理，它体现的其实是长辈对晚辈寄予的厚望和疼爱之情。

生肖与婚配讲究

　　婚姻是人生头等大事，是两个人决定组建家庭，共度一生。它关乎一个人一生的幸福。从古至今，人们都希望能与心爱的人共同步入婚姻的殿堂。人们也都祝愿"有情人终成眷属"。然而，不知从何时起，男女婚姻之事和婚姻双方的属相关联起来，而本属浪漫单纯的感情之事，也因玄妙的属相冲合之说变得不再单纯。

古代婚配"六合"、"六冲"

　　古人认为，婚配上有"六合"与"六不合"。"六合"是指可以通婚的六对属相，即马和羊、蛇和猴、龙和鸡、兔和狗、虎和猪、牛和鼠。属相是"六合"之一的男女结合，才被认为是

"最相和"、"能白头偕老"的"好婚"。"六不合"又称"六冲"，是指不可通婚的六对属相，即鸡和狗、猴和猪、羊和鼠、马和牛、蛇和虎、龙和兔。属相是"六冲"之一的男女结合，则被认为是"如刀切"、"不到头"的"断头婚"。民间甚至还流传着诸如"猪猴不到头，白马怕青牛；金鸡怕玉犬，龙兔泪交流；蛇虎一刀错，羊鼠一旦休"，以及"古来白马犯青牛，羊鼠相交一旦休，猛虎见蛇如刀错，兔儿遇龙泪交流；金鸡玉犬莫相见，亥猪从来怕猿猴"之类的婚配禁忌歌。

婚姻与属相冲合的联系

过去，人们在为子女物色结婚对象时，属相地支是否相合是一个重要的参考条目。因属相不合而隔断姻缘的事并不少见。1928年，北京《房山县志》就载有："合婚人，俗曰算命先生。谓人生之年按十二地支皆有属象，如子年属鼠、丑年属牛之类。两象不合，名曰'犯象'，为大忌，不可定婚。往往两姓人品、门第皆宜，有因犯象而不能结合者。"因此，一些相恋但又属相相冲的男女便想出一些"变通"方法，以免被生生拆散。如明代小说《金瓶梅》第九十一回中说得非常详细："咱拿了这婚帖儿，交个过路的先生，算看年命妨碍不妨碍。若是不对，咱瞒他几岁儿，也不算说谎。"再有一个办法，就是"收买"算命先生，求他口下留情成全。

其实，地支与哪个生肖动物相属配不过是人为规定的，地支中哪个与哪个相合、相冲也是人的主观看法，并无科学依据。以属相论婚姻生活是否幸福美满显然不足取。

生肖与命运说法

本命年与本命神

"本命年"的说法来源于道教。作为中国土生土长的宗教，道教与天干、地支、十二生肖有着天然的联系。道教吸收民间流行的"本命年"说法，提出"本命星"、"本命神"的理论。对于本命神，有的地方叫"本命守命星君"，有的叫"本命元辰"，统称为六十甲子神。以甲子年为首，不同年份出生的人都能找到属于自己的本命神。如宋代著名将领岳飞生于公元1103年，这年是夏历癸未年，本命星君为"癸未太岁魏仁二大将军"。按照道教说法，修真炼性须致力于本命元辰，本命年或平常年份应拜祭"本命神"，以消灾祈福、延年益寿。这种习俗一直流传至今。

本命年"穿红"

"本命年"在民间有着广泛的影响。我国南北方的民俗中，都有本命年"穿红"避邪躲灾的传统，这应该是源于汉民族对于红色的崇拜。

古人认为，红色是太阳的颜色，是血的颜色，是火的颜色，是吉祥的颜色，有驱邪护身的作用。汉民族还把红色视为喜庆、成功、忠勇和正义的象征。因此在本命年，人们便穿上红色内衣，系上红色腰带，以趋吉避凶、消灾免祸。

如今，这种"尚红"之风依然盛行，如新年贴红对联，婚礼中的红嫁衣、红盖头、红蜡烛等等，都是用红色来增添喜庆吉祥的气氛。

"老人坎"

一般，老人到了七十三岁以后，就很忌讳家人给自己过生日，因为民间有这样的说法："七十三、八十四，阎王不请自己去。"

不少人认为，"七十三、八十四"是人进入老年之后的两道"坎"。这两个年龄的人，危险性大，死亡率高，出现"三长两短"的机会多。有的老年人对于这两道"坎"，就像西方忌讳"十三"这个数字一样，避之唯恐不及，因此，在年龄的"说法"上，或者"蹲它一年"，或者"跳它一年"，对"七十三、八十四"采取一种"不承认主义"。过这两道"坎"时，有的老年人显得格外谨慎，甚至按照"传统"做法，扎上条红腰带，以求消灾避难、"平稳渡过"。

其实，这完全是一种迷信，毫无科学根据。考证起来，"七十三、八十四"这两个数字，只不过是我国历史上两位"圣人"归天时的虚龄而已。

一位是春秋时的孔老夫子，活到七十三虚龄时去世。另一位是战国时的"亚圣"孟老夫子，八十四虚龄而终。孔子、孟子是历代尊奉的两位"圣人"，所以他们归天的年龄，也就被后人看成难以逾越的界限了。这就是"七十三、八十四，阎王不请自己去"这句俗话的来历。解开了对两个数字的误解，"七十三、八十四"就显得既不神秘，也不可怕了。

生肖与收成民谚

牛（羊）马年，好种田

我国民间有这样的谚语："牛（羊）马年，好种田。"那么，牛（羊）马年，是否一定为丰年呢？

1985年4月17日，《吉林日报》头版刊登报道了吉林省农业科学院低温冻害研究室的学者们总结出的自1909年以来长春地区12个"牛马年"的气象资料。1973年是牛年，1978年是马年，这两年确实丰收了。但总的来看，各生肖年份中，以羊年、虎年和兔年雨量为好，有利于作物生长；龙年和猴年雨水少，旱情严重；牛年和马年雨水多，洪涝灾害频发；狗年和蛇年雨量中等；鸡年、猪年和鼠年气候条件则较差。所以，羊年的确丰收了，可牛马年的收成却并不好。"牛（羊）马年，好种田"的谚语或许在某种程度上反映了古人偶然性经验的积累。至于为什么如此看好牛、马、羊年，也许与牛、马、羊都是农耕经济的重要支柱有关吧。

鸡猴年，饿狗年

民间还流传着这样的俗语："鸡猴年，饿狗年。"意思是说，鸡猴年不会太好，最不好的是狗年。可是，从历史资料来看，1981年是鸡年，1980年是猴年，1982年是狗年，这三年却是亘古未有的大丰收。因此，这一俗语只是古人偶然性经验的总结，借以预知年景的丰歉是没有实际依据和科学道理的。

如今，随着科学的进步以及气象预报的准确性不断提高，农民们完全可以提前采取有效措施防范即将到来的灾害，这样，灾害对农业生产的影响被降到最小，年年都能是丰收年。

妙趣横生的生肖对联

鼠年对联

* 鼠颖题春贴　鹊舌报福音
* 碧野青蛙叫　黄山松鼠鸣
* 丙辉腾瑞气　子鼠乐丰年
* 苍松随岁古　子鼠与年新
* 人欢为体健　鼠硕因年丰
* 鼠来豕去远　春到景更新
* 春风拂绿柳　灵鼠跳松青

牛年对联

* 布谷迎春叫　牵牛接福来
* 春来紫燕舞　节到黄牛忙
* 春新牛得草　世盛国增辉
* 春暖青牛跃　山高碧水流
* 春催布谷鸟　人效拓荒牛
* 草暖青牛卧　松高白鹤眠

虎年对联

* 寅时入虎年　十亿人民振

* 皆称飞虎一身胆　不负英雄千古名
* 龙腾虎跃人间景　鸟语花香天地春
* 啸一声惊天动地　睁双眼照耀乾坤
* 云喷笔花腾虎豹　雨翻墨浪走蛟龙
* 山明水秀风光丽　虎跃龙腾日月新
* 四海龙腾抒壮志　千山虎啸振雄风
* 四海三江春气息　千家万户虎精神
* 四海笙歌迎虎岁　九州英杰跃鹏程

兔年对联

* 红梅迎雪放　玉兔踏春来
* 虎去威犹在　兔来运更昌
* 虎去雄风在　兔来喜气浓
* 虎声传捷报　兔影抖春晖

* 虎威惊盛世　兔翰绘新春
* 虎啸青山秀　兔奔碧野宽
* 虎跃前程去　兔携好运来
* 金鸡迎曙色　玉兔揽春光
* 寅年春锦绣　卯序业辉煌

龙年对联

* 江山故国堪留鹤　华夏昊天可跃龙
* 百尺高梧栖彩凤　万川汇海起蛟龙
* 北海云生龙对舞　丹山日上凤双飞
* 笔架山高才气现　砚池水满墨龙飞
* 笔走神龙大手笔　春归盛世好青春
* 笔走神龙凭大手　诗流雅韵有高人
* 碧海惊涛龙献瑞　苍梧茂叶凤呈祥
* 才闻兔岁凯旋曲　又唱龙年祝福歌
* 彩凤来仪迎大治　金龙起舞庆新春

蛇年对联

* 金山水漫双蛇舞　绿野春归百鸟鸣
* 金蛇狂舞丰收曲　玉燕喜迎幸福春
* 金蛇狂舞迎春曲　丹凤朝阳纳吉图
* 金蛇狂舞迎新岁　瑞雪纷飞兆好年
* 金蛇妙舞随金马　玉律清音溢玉堂
* 金蛇披彩新春到　喜鹊登梅幸福来

* 金蛇起舞春雷动　玉盏飞觞腊酒香
* 灵蛇有意降春雨　绿叶无私缀牡丹
* 山舞银蛇春烂漫　路驰骏马景妖娆

马年对联

* 伟业千秋人奋志　征途万里马嘶风
* 迎春策马声威壮　破浪扬帆气势雄
* 壮志凌云振鹏翼　扬鞭催马奔征程
* 伯乐明眸识好马　良才妙手展宏图
* 花柳新春莺燕舞　风云盛世骏骐驰
* 扬鞭策马开新岁　立志兴邦展壮猷
* 奔腾骏马驰大道　浩荡春风遍神州
* 金戈铁马奔大道　碧血丹心献中华
* 青春壮丽辉天地　骐骥奔腾向未来

羊年对联

* 春草连天绿　羊群动地欢
* 春风追丽日　羊角步青云
* 春来羊起舞　雪化马归山
* 春新羊得草　世盛马加鞭
* 骏马奔千里　吉羊进万家
* 腊鼓催神骏　春风送吉羊
* 马驰金世界　羊唤玉乾坤
* 马带祥云去　羊铺锦绣来
* 马年腾大步　羊岁展宏图

猴年对联

* 百业农为本　万灵猴占先
* 金猴方启岁　绿柳又催春
* 鸟语喧花果　猴声啼水帘
* 申年梅献瑞　猴岁雪兆丰
* 羊舞丰收岁　猴吟锦绣春
* 猴喜满园桃李艳　岁迁遍地春光明
* 金猴献瑞财源广　紫燕迎春生意隆
* 紧握羊毫留青史　奋挥猴棒辟征程
* 满园春色关不住　两岸猿声报喜来

鸡年对联

* 猴引康庄道　鸡迎锦绣春

* 鸡鸣天放晓　政改地回春
* 鸡声窗前月　人笑福里春
* 鸡声天下曙　春意海南潮
* 金鸡日独立　紫燕春双飞
* 把酒当歌歌盛世　闻鸡起舞舞新春
* 红日升空辉大道　金鸡报晓促长征
* 猴奋已教千户乐　鸡鸣又报万家春
* 鸡报小康随日出　年迎大有伴春来

狗年对联

* 红鸡啼夜晓　黄犬吠年丰
* 金鸡交好卷　黄犬送佳音
* 犬守平安日　梅开如意春
* 金鸡一唱传佳讯　玉犬三呼报福音
* 雄鸡一唱天下白　锦犬再雕宇宙春
* 鸡可司晨送旧年　犬能守夜迎新岁

猪年对联

* 亥时看人户猪岁喜盈门
* 大圣除妖天佛路　天蓬值岁兆丰年
* 狗守家门旧主喜　猪增财富新春欢
* 国泰民安戌岁乐　粮丰财茂亥春兴
* 两年半夜分新旧　万众齐欢接亥春
* 犬过千秋留胜迹　猪肥万户示丰年

* 天好地好春更好　猪多粮多福愈多
* 戌岁乘龙立宏志　亥年跃马奔小康
* 衣丰食足戌年乐　国泰民安亥岁欢

最实用的楹联

人际交往联

喜联

　　婚嫁联又称"喜联"，是嫁娶的专用语联，或见于大门、洞房门，或见于妆台旁、花轿上……其主要内容是表示对新婚夫妇的赞美、夸奖、祝愿以及描述婚嫁的喜庆场面等。

传统通用婚联

* 百年歌好合　五世卜其昌
* 锦瑟调鸿案　香词谱凤台
* 当门花并蒂　迎户树交柯
* 华堂乐奏风琴谱　妆阁辉生月镜圆
* 俱飞蛱蝶愿相逐　愿作鸳鸯不羡仙
* 月貌雪肤花作障　云裳雾縠玉笼纱
* 吉人吉时传吉语　新人新岁结新婚
* 且看淑女成佳妇　从此奇男已丈夫
* 欢庆此日成佳偶　且喜今朝结良缘
* 春风堂上初来燕　细雨庭前乍开花
* 红妆带绾同心结　碧树花开并蒂莲
* 琴瑟调和多乐事　亲友团聚溢欢心
* 一对璧人留双影　两厢情爱缔良缘

* 紫燕双飞迎春舞　红花并蒂朝阳开
* 比飞正似鸳鸯鸟　并蒂常开连理枝
* 百年恩爱双心结　千里姻缘一线牵
* 梧桐枝上栖双凤　菡萏花间立并鸳
* 眉黛春生杨柳绿　玉楼人映杏花红
* 碧岸雨收莺语暖　蓝田日暖玉生香
* 婚姻自主恩爱重　家庭和睦幸福多
* 成家当思创业苦　举步更惜蜜月甜
* 海枯石烂同心永结　地阔天高比翼齐飞
* 六辔如琴音谐鸾凤　两心相印谱证鸳鸯
* 鸾凤和鸣吉祥止止　雎麟叶吉乐意融融
* 自愿自由情投意合　相亲相爱花好月圆
* 春暖花朝彩鸾对舞　风和丽月红杏添妆
* 风暖丹椒青鸟对舞　日融翠柏宝镜初开
* 花烛光中连开并蒂　笙簧声里带结同心
* 银汉双星蓝田合璧　人间巧节天上佳期
* 白首齐眉鸳鸯比翼　青阳启瑞桃李同心
* 秋水银堂鸳鸯比翼　天风玉宇鸾凤和声
* 红梅吐芳喜成连理　绿柳含笑永结同心
* 槐荫连枝百年启瑞　荷开并蒂五世征祥
* 嫁女婚男处处从简　移风易俗事事当先
* 愿天下有情人终成眷属
* 让人间相思者早结良缘
* 缕结同心日丽屏间孔雀
* 莲开并蒂影摇池上鸳鸯

* 大地香飘蜂忙蝶戏相为伴

* 人间春到莺歌燕舞总成双

* 连理花开看今日鸾俦凤侣

* 宜男草长卜他年麟趾螽斯

* 嘉礼演文明训词与颂词并进

* 良辰占吉庆琴韵同歌韵和鸣

春日新婚

* 柳画眉梢黛　梅添额上妆

* 晓起妆台鸾对舞　春归画栋燕双栖

夏日新婚

* 栀缩同心结　莲开并蒂花

* 好花宜种留春苑　蜜月同游消夏湾

* 雪藕冰桃调玉手　瑶琴锦瑟按金徽

秋日新婚

* 画屏银烛灿　宝镜玉台新

* 借得花容添月色　权将秋夜代春宵

* 秋宵如此浑无价　良夜何其乐未央

冬日新婚

* 雁鸣冰未泮　燕乐岁之馀

* 评花赋就梅妆额　咏絮诗成雪满阶

＊　雪案联吟诗有味　冬窗伴读笔生香

正月新婚

＊　巧借新春迎淑女　喜将元旦作婚期

＊　吉日吉时传吉语　新人新岁结新婚

＊　族律新声厘延岁首　华堂喜气结缡同心

二月新婚

＊　柳暗花明春正半　珠联璧合影成双

＊　宴启合欢觞飞月夕　枝成连理颂献花朝

三月新婚

＊　名花艳映同心侣　美酒春留鹗尾杯

＊　桃花人面红相映　杨柳春风绿更多

＊　景丽三春旋闺日暖　祥开百世金谷花娇

＊　万紫千红十分春色　双声叠韵一曲新歌

＊　名花艳映同心侣　美酒春留鹗尾杯

＊　桃花人面红相映　杨柳春风绿更多

＊　景丽三春旋闺日暖　祥开百世金谷花娇

＊　万紫千红十分春色　双声叠韵一曲新歌

四月新婚

＊　豆蔻正开香尚蕊　蔷薇才放露初匀

＊　吉祥草映珠帘箔　富贵花开金带围

品读经典

一九四

* 新妇羹汤樱厨初试　美人香草兰佩相贻

五月新婚

* 花开并蒂蝴蝶舞　连理同根杨柳青
* 合欢花灿双辉烛　竞艳榴开百子图
* 鬯酒香浮蒲酒绿　榴花艳映烛花红

六月新婚

* 双飞黄鹂鸣翠柳　并蒂红莲映碧波
* 柳叶眉添京兆笔　藕丝纱罩美人裳
* 恩爱自征双美合　风光大好一年中
* 并蒂花开莲房多子　同心缕结竹簟生凉

七月新婚

* 云汉桥成牛女渡　春台箫引凤凰飞
* 鹊桥初驾双星渡　熊梦新征百子祥
* 银河驾鹊欢今夕　绣帏迎鸾叶吉期

八月新婚

* 喜溢华堂地天交泰　香飘桂苑人月双圆
* 才子佳人词填月谱　人间天上曲奏霓裳
* 兰室夜深人旖旎　桂轮香满月团圆
* 秋色平分佳节夜　月华照见玉人妆

九月新婚

* 诗题红叶同心句　酒饮黄花合卺杯
* 合卺欣逢人送酒　开筵喜见客题糕
* 凤髻黄花添秀色　蛾眉斑管画新妆
* 凤凰簪挂茱萸蕊　鹦鹉杯浮杞菊香

十月新婚

* 国有贤才扶世运　光摇烛影看新人
* 锦帐梅花初入梦　妆台蓉镜早生辉
* 梅花芳讯先春试　柳絮吟杯小雪初
* 翡翠帘垂初夜月　芙蓉镜卜小阳春

十一月新婚

* 画眉笔带凌云气　种玉人怀咏雪才
* 宫线新添同命缕　房帏初放合欢花

十二月新婚

* 合欢共辞黄封酒　度岁新添翠袖人
* 腊粥试调新妇手　春醅初熟合家欢

闰月新婚

* 月应瑞其增一叶　丝添长缕结同心
* 雅奏鸣莺谐佩玉　佳期彩凤喜添翎

* 萁荚阶前莺对舞　梧桐枝上凤添翎
* 节欣益藕联佳偶　荄喜添萁缔凤盟

各界人物新婚

* 阆阅门楣充喜气　家庭宴乐迓新人
* 风流京兆画眉笔　潇洒河阳插鬓花
* 众仙竞奏霓裳曲　淑女争看象服宜
* 黍谷春回谐凤律　兰台凤静奏鸾箫
* 官府神仙联眷属　门楣阆阅斗繁华
* 兰署生春诗歌淑女　薇垣耀彩情爱郎君
* 槐署迎凉听雅乐　兰闺消夏谱新词
* 槐荫交柯蝉琴谱曲　莲花并蒂鸳鸯同帏
* 箫引凤凰吹月夜　门开驷马挹秋光
* 喜看天上团圆月　争羡人间富贵花
* 银烛画屏秋光大好　玉堂粉署喜气同添
* 官梅吐艳开东阁　谢絮联吟掩北窗
* 礼堂辉映南天竹　官舍联吟东阁梅
* 幄房曲奏军中乐　甲帐盟成石上缘
* 佩虎纪勋乘龙获选　闻鸡起舞射雀中屏
* 占凤协祥有情眷属　闻鸡起舞尚武精神
* 日暖柳营春试射　风和兰阁夜开樽
* 虎帐归来春试马　雀屏射中喜乘龙
* 之子于归夭桃吐艳　将军大喜细柳生烟
* 莲花帐下成嘉礼　杨柳营中咏好逑
* 铙歌声中房中乐　琴曲薰调帐外风

* 莲幕栖莺铃辕日永　蓉屏射雀锦帐云深
* 夜归锦帐调琴瑟　喜值天河洗甲兵
* 柳营秋色黄金缕　桂苑秋色碧玉箫
* 试与秋郊天高气爽　栖莺锦帐花好月圆
* 朗朗将星银河驾鹊　洋洋军乐彩辇迎鸾
* 营柳风清巢栖乌鹊　井梧月朗枝集凤凰
* 咏絮挥毫怜谢女　评花顾曲有周郎
* 才女新词夸咏雪　将军豪气欲凌云
* 威武将军风云附会　窈窕淑女冰雪聪明
* 妙笔填成金缕曲　新词谱出紫云回
* 诗咏频繁敬修体节　花开桃李笑抱春风
* 晨起临窗挥彩管　夜深归院撒金莲
* 莲沼鸳鸯歌福禄　蓉屏孔雀绚文章
* 雪藕调冰书生艳福　评花品月才子深情
* 联吟诗句凭书案　剪得秋光入画屏
* 旧日诗书藏万卷　今宵人月喜双圆
* 鸾帐双栖与子同梦　萤窗并坐助我读书
* 雪案并肩联咏絮　霞杯在手戏飞花
* 雪里梅花与子同梦　风前柳絮助君清吟
* 吴门小隐神仙尉　孟案相庄伉俪贤
* 起家勤俭添中馈　宜室贤能配合欢
* 喜气萦回双美合　爱情交易百年长
* 梅花应作神仙侣　端木新成货殖书
* 井廛今喜添春色　家室相宜耀德辉
* 夏屋宏深欢联二美　井廛灿烂光耀三星

* 月色仅堪代双烛 秋宵也许值千金
* 秋宵月朗原无价 天市星明倍有光
* 白璧一双联成仙眷 金钱十万聘得天孙
* 人市不沾尘俗气 宜家恰值岁寒时
* 久勤耕作事农圃 新有室家长子孙
* 尽孝事亲天宜降象 饷耕有妇喜听鸣鸠
* 千里姻缘丝系足 百年风月客为家
* 家乡阻隔云千里 客邸团圆月一轮
* 燕侣双栖奚妨作客 蟾圆全美可免思乡
* 金屋人间传二关 银河天上度双星
* 锦堂叠见双星聚 绣阁宏开百子图
* 同居曾是少年侣 成室今为内助人
* 春色久藏眉黛绿 温香新近口脂红
* 菡萏到头皆并蒂 鸳鸯生小便双飞
* 待年久识春风面 合卺初描新月眉
* 震卦占爻长男有室 风诗叶吉冡妇宜家

各类新婚联

* 鸳鸯比翼 夫妻同心
* 珠联璧合 凤翥鸾翔
* 荷开并蒂 芍结双花
* 凤凰鸣矣 琴瑟友之
* 月明金屋 香喷玉屏
* 花间金屋美 灯下玉人亲

* 清风盈蜜月　喜气满新房
* 鱼水千年合　芝兰百世昌
* 欢歌随凤舞　笑语伴龙飞
* 但愿情长久　何须语蜜甜
* 栀绾同心结　莲开并蒂花
* 琴瑟春常润　人天月共圆
* 喜望红梅开　乐迎新人来
* 当门花并蒂　迎户树交柯
* 彩笔题鹦鹉　焦桐引凤凰
* 何处莺歌燕舞　祝家鸟语花香
* 结伴侣心心相印　定终身事事和鸣
* 大梁喜驻双飞燕　艺苑乐开并蒂花
* 情笃似鸳鸯互补　志诚同鸾凤和鸣
* 相爱喜逢同读伴　结婚惜是共耕人
* 情于浓处须求淡　爱到白头方见痴
* 欣逢白首同春梦　喜脸有金度晚年
* 雨滋杏蕊凰求凤　露沁梅枝蝶恋花
* 道合志同双俊美　月圆花好两风流
* 光耀锦堂双璧合　辉腾玉树万枝荣
* 海阔天高双飞燕　萍青水碧并蒂莲
* 夫妻恩爱春常在　情感谐和福永临
* 鸳鸯合舞情缘厚　鸾凤和鸣韵味长
* 桃李初暄并蒂蕊　金兰始绽合双花
* 喜歌对唱情思笃　福韵双吟意蕴深
* 不羡黄金万两富　但求白首一心同

* 花开二度花尤艳　月缺重圆月更明
* 常如蝴蝶花间舞　多似鸳鸯水上游
* 兰房新戏鸳鸯谱　碧野常怀翡翠图
* 宝山尽结芬芳桂　文室全妆灿烂花
* 一片真诚招彩凤　满堂欢乐跃金龙
* 倩女得福得女倩　才郎慕媛慕郎才
* 千载良缘今朝配　百年佳偶吉日成
* 淑女有情羞解纽　才郎得意笑吹灯
* 毕世相亲殊有幸　终生结义岂无缘
* 老树着花春气暖　夕阳系彩晚晴长
* 今宵乐得意中侣　他日永偕心上人
* 梅花着雪添冷艳　枫叶经霜衬新红
* 玉月团圆映花烛　华光灿烂照洞房
* 花好花香花永好　月圆月洁月常圆
* 不要求门当户对　但须是意合情投
* 再缔良缘朝露结　重温恩爱夕阳红
* 孤鸿得伴无边乐　老树开花分外鲜
* 红梅乍绽知春意　翠帐高悬报喜音
* 志同趣共文坛侣　意独情钟人海朋
* 撷玉书林成大器　寻珠墨海结良缘
* 凤舞花红逢盛世　鹊鸣庭烂贺新婚
* 大治年中龙配凤　小康路上锦添花
* 沧海有容收覆水　断弦无弃续鸾胶
* 日月辉明婚结好　人言守信事成功
* 断弦再续成双美　比翼齐飞贺百年

* 吉日吉时传吉语　新人新岁结新亲
* 鸿案情眉铭国色　金床爱露酿家猷
* 牵丝手挽牵丝手　题叶人偕题叶人
* 恩爱花开书画里　和谐乐在琴棋中
* 喜喜喜梅开二度　祥祥祥月缺重圆
* 情深岂怕姻缘晚　爱永终成伴侣亲
* 爱昵夫妻双体贴　情深伴侣两关心
* 昔日课堂曾共读　今宵花烛喜联姻
* 同心伴侣同心结　并蒂莲花并蒂情
* 绿红调协怡情画　伉俪谐和惬意诗
* 晚恋无妨双向爱　真情不碍两相知
* 良缘只要夫妻爱　鹊桥再架度晚年
* 东海潮来花蝶恋　西江月满桂枝香
* 百年恩爱双心结　千里姻缘一线牵
* 君子有缘迎淑女　梅花含笑沐春晖
* 今夜彩云偎明月　明年桂子降秋香
* 情钟桃李春花艳　勤在耕耘日子甜
* 和睦一门生百福　爱恩二字值千金
* 妙不可言成连理　华而务实得珍珠
* 鸳鸯戏水波波喜　龙凤呈祥日日欢
* 万里长天双比翼　百年阔路两同心
* 云汉桥由仙鹊架　梅花香伴玉人来
* 喜气盈门亲共乐　梅花满院客同欢

婚联横批

* 燕尔新婚　百年嘉偶
* 珠联璧合　鸾凤和鸣
* 笙磬同谐　心心相印
* 龙腾凤翔　玉树琼枝
* 福缘鸳鸯　喜成连理
* 百年好合　五世其昌
* 情真意切　幸福美满
* 莺歌燕舞　花好月圆
* 永结同心　喜气生辉
* 爱河永浴　良辰美景
* 赏心乐事　云天比翼
* 天上星飞昴　人间岳降神
* 奇表称犀角　清声试凤雏
* 麟书征国瑞　熊梦兆家祥
* 竹院添丁早　莲房得子多
* 石麟果是真麟趾　雏凤清于老凤声

其他传统贺联

* 英物啼声惊四座　德门喜气洽三多
* 谢庭喜擢芝兰秀　周雅欣赓瓜瓞篇
* 锦绣生辉征喜兆　文明有种育宁馨
* 天送石麟祥云绚彩　怀投玉燕吉梦应昌
* 以似以续克昌厥后　维熊维罴长岁其祥

* 庆溢桑弧四方有志　祥征兰梦一索得男
* 荀氏八龙薛家三凤　燕山五桂蜀国双珠
* 风暖兰阶花吐秀　雷惊竹院笋抽芽
* 奕叶重光桂室熊罴欣叶梦
* 孙枝启秀兰房鸾鸷喜生辉
* 公本克家勉荷父薪勤训子
* 我怀盛德欣逢祖竹庆生孙
* 迟种玉早获珠同为宝物
* 先开花后结子本是常情
* 瑞雪盈庭石麟降世　祥云护舍玉燕投怀
* 秋月晚成丹桂实　春风新长紫兰芽
* 老树着花晚成大器　枯杨生稊乐享暮年
* 绕庭尽是临风玉　照室争看入掌珠
* 兆叶鸡飞门前设祥　征虺梦掌上擎珠

* 如此掌珠得未曾有　谁谓弄瓦聊胜于无
* 琼枝花并蒂　玉树叶交柯
* 月窟早培丹桂子　云阶新毓玉兰芽
* 瓜瓞欣看绵世泽　梧桐喜报长孙枝
* 家贫聊喜添丁早　孙早差偿得子迟
* 一门五福陈箕范　四代同堂庆瓞绵
* 喜见桐枝开四叶　福陈箕范祝三多
* 美济凤毛家多令子　谋诒燕翼孙又添丁
* 堂构家贤一门锡类　云仍继起四代同堂
* 大启尔宇　长发其祥
* 容光四照　气象一新
* 祥麟臻圃　鸣凤栖梧
* 爰居爰处　美奂美轮
* 新基欣奠定　宏运启文明
* 高门容驷马　瑞圃毓祥麟
* 书堂辉画锦　华构蔼春晖
* 壬林新献颂　甲第喜征祥
* 承家事业辉堂构　经世文章裕栋梁
* 堂构初成千载业　垣墉已筑万年基
* 潭第鼎新容驷马　华堂钟秀毓人龙
* 瑞献云霞瞻栋宇　辉联奎璧耀门庭
* 堂构鼎新垂世泽　箕裘晋步振家声
* 南望飞云雕梁画栋　西来爽气玉宇琼楼
* 清旷四园绿迷芳草　崇高数仞红映夕阳
* 吉日开黄道　祥星耀紫微

* 坚贞瞻柱石　巩固庆苞桑

* 金梁光耀日　玉柱力擎天

* 经营新建筑　改换旧门闾

* 三阳日照平安地　五福星临吉庆家

* 松菊陶潜宅　诗书孟子邻

* 凤移金谷舞　燕贺玳梁新

* 洞天福地斯为美　仁里德邻无所争

* 堂构森严绳祖武　天葩移发焕文章

* 黄菊移来三径好　绿杨分作两家春

* 美奂美轮卜云其吉　肯堂肯构居之也安

* 大哉居乎移气移体　慎其独也润屋润身

* 让水廉泉允称乐土　礼门义路自是安居

* 百堵既兴一枝有托　三迁择里千万买邻

* 燕筑新巢春正暖　莺迁乔木日初长

* 乔木春深叨福荫　华堂昼永喜新居

* 里有仁风春日永　家馀德泽福星明

* 宛转莺歌金谷晓　呢喃燕语玉堂春

* 庭树花开莺声送喜　阶兰秀茁燕翼贻谋

* 燕贺新巢双栖画栋　莺迁乔木百啭上林

* 日永华堂祥光四射　云连夏屋气象一新

* 正喜莲房多结子　又开桃宴祝添庚

* 歌偕老诗进延龄酒　种宜男草簪益寿花

* 福备箕畴欢承莱彩　香浓桂子喜茁兰芽

* 金凤花前鸠作杖　玉麟队后雀为屏

* 海屋云深筹方添鹤　华堂日永喜得乘龙

* 鹤发童颜祥征算亥 鸳帏燕梦福兆林壬
* 对门莫问姓名花草一庭欣有主
* 入室自分雅俗图书四壁可留人
* 居然海国雄风居楼暮挹西山爽
* 疑是腾王高阁画栋朝飞南浦云
* 望益何多卜筑应开蒋氏径
* 安仁故爱择居将拟孟家邻
* 近市嚣尘十邻傥得晏平仲
* 结庐人境赁春应如皋伯通
* 骏业开张气象一新觇盛概
* 莺迁喜贺利市三倍展雄图
* 喜春来一点生机大开商战
* 望日后诸君努力共挽利权
* 业精于勤政事一科展骥足
* 学优登仕顺风千里送鸿毛
* 发轫于兹一登龙门倍声价
* 及锋而试群夸骥足展才猷
* 蓬矢桑弧男子心于兹发轫
* 乘风破浪将军志此实见端
* 为学譬登山拾级中途会见摄衣凌绝顶
* 设科如观海载瞻前路预期破浪展雄心
* 此泽庆作求如桐枝更茁兰芽一门全福
* 家声知丕振喜龙孙曼生骥子四代同堂
* 卫有端木齐有鸱夷千古前型是式
* 商如澄忠工如斯盛一时伟业同昭

* 鹊报听朝阳企砚卿月九霄台阶晋秩

* 莺迁歌乔木喜颂福星一路吉曜移躔

* 才气本无双何嫌迹近宗韩起身行伍

* 记功居第一行见勋作卫霍拥节疆圻

* 鼎座宣猷学富鱼钤标重望

* 升阶叶吉诗赓莺谷喜高迁

* 保卫治安禁暴诘奸留骏誉

* 荣升显要迁乔出谷听莺鸣

* 学有根基此日尽通欧美术

* 器非斗筲他年堪作栋梁材

* 学识兼优许尔牛刀小试

* 法权独立展君骥足长才

* 融贯中西学成待用

* 博通古今业进无疆

寿联

为庆贺父母、长辈或亲朋好友的生日而撰写的楹联叫寿诞联。寿诞联应在"寿"字上做文章，尽力去表达欢愉之情，应选热烈、积极、具有活力的字句入联，主要以歌功颂德、评价业绩、祈祝康健等方面入笔，有的寿联还切入时令、年岁或身份等。

传统寿联·男寿用联

* 德为世重 寿以人尊
* 菊水不皆寿 桃源境是仙
* 鹤算千年寿 松龄万古春
* 南山欣作颂 北海喜开樽
* 筹添沧海日 嵩祝老人星
* 椿树千寻碧 蟠桃几度红
* 榴花红击破 柏叶翠凝香
* 华封三祝 天保九如
* 樽开北海 颂献南山
* 九如天作保 五福寿为先
* 松龄长岁月 鹤算纪春秋
* 添筹凭算亥 揽揆喜逢辰
* 寿考征宏福 和平享大年
* 声名高北斗 甲子配南山
* 露滋三秀草 云护九如松
* 梨眉安且吉 艾发寿而康

* 享共和幸福 作自在神仙

* 仁者有寿者相 福人得古人风

* 汉柏秦松骨气 商彝夏鼎精神

* 蕊宫牒注长生字 蓬岛春开富贵花

* 身似西方无量佛 寿如南极老人星

* 琼岛尚存千岁果 商山旧有五云芝

* 南州冠冕兹当选 上古春秋可与俦

* 阆苑餐花能返少 玉壶贮月自常明

* 天上星辰应作伴 人间岁月不知年

* 仙居十二楼之上 大寿八千岁为春

* 四百岂惟知甲子 八千应复数春秋

* 福寿无疆征大德 文明有道享高年

* 不须返老还童术 自有延年益寿方

* 松柏延气仙云滋露 雪霜满鬓丹气成霞

* 有子有孙鹏程万里 多福多寿鹤纪千秋

* 三祝筵开歌寿考 九如诗颂乐嘉宾

* 餐菊茹芝长生不老 握珠怀玉君子有光

* 上苑梅花早 仙阶柏叶荣

* 蟠桃子结三千岁 萱草花开八百春

* 宝婺辉联南极晓 斑衣彩舞北堂春

* 峰高直欲瞻天姥 人寿俨然作地仙

* 坐看溪云忘岁月 笑扶鸠杖话桑麻

* 山青水绿花正红 莺歌燕语人增寿

* 杏花雨润韶华丽 椿树云深淑景长

* 既效关卿不伏老 更同孟德有雄心

* 红梅绿竹称佳友　翠柏苍松耐岁寒
* 德如膏雨都润泽　寿比松柏是长春
* 琥珀盏斟千岁酒　琉璃瓶插四时花
* 天上星辰应作伴　人间松柏不知年
* 室有芝兰春自韵　人如松柏岁常新
* 海屋仙筹添鹤算　华堂春酒宴蟠桃
* 朱颜醉映丹枫色　华发疏同老鹤形
* 左吟太行右挟东海　光浮南极星起老人
* 花好月圆庚星耀彩　兰馨桂馥甲第增辉
* 北海开樽本园载酒　南山献寿东阁延宾
* 体健身强宏开寿域　孙贤子肖欢度晚年
* 曲谱南薰四月清和逢首夏
* 樽开北海一家欢乐庆长春

男十岁寿

* 戴洋不作天边吏　逸少偷窥枕内书
* 绮岁授书夸慧质　芳年就传庆生辰

男二十寿

* 射策才应如贾传　请缨志不让终军
* 束发读书年征弱冠　从军立志愿请长缨

男三十寿

* 词赋登坊方半甲　功名强仕早旬年

* 院家宣子驰名日　藏氏含文奋翮年

男四十寿

　* 蟠桃捧日三千岁　古柏参天四十围
　* 算协商瞿犹北面　誉隆安石起东山
　* 渭水春秋今得半　商山日月正悠长
　* 涵养已征心不动　年华初度仕方强

男五十寿

　* 大衍宏开光禹范　知非伊始学蘧年
　* 年齐大衍经纶富　学到知非德器纯
　* 不福星，真福星，即此一言，可为君寿
　* 已五十，又五十，请至百岁，再征余文

男六十寿

　* 温公正人耆英会　马氏咸称矍铄翁
　* 延龄人种神仙草　纪算新开甲子花
　* 看到儿孙还满眼　数将甲子更从头
　* 八月秋高仰仙桂　六旬人健比乔松

男七十寿

　* 人歌上寿　天与稀龄
　* 入国正宜鸠作杖　历年方见鹤添筹
　* 三千岁月春常在　六一丰神古所稀

* 从古称稀尊上寿　自今以始乐馀年
* 国中从此推鸠仗　池上于今有凤毛
* 庆祝称觞诸凡如意　周旋中礼所欲从心

男八十寿

* 渭水一竿闲试钓　武陵千树笑行舟
* 卓尔经纶传渭水　飘然风致人香山
* 耆年可入香山社　硕德堪宏渭水漠
* 十里粉榆推老宿　一竿风雨待安车
* 梦叶渭滨兕觥上寿　筹添海屋鸠杖逾期
* 玉宇早春六鳌东驾　蟠桃上寿一鹤南飞

男九十寿

* 瑶池果熟三千岁　海屋筹添九十春
* 四海行春新岁月　九旬益健老青年
* 椿龄预祝八千岁　花甲又添三十年
* 人生五福当推寿　天保九如合献诗

男百岁寿

* 人生不满公今满　世上难逢我竟逢
* 称觞共庆千秋节　祝嘏高悬百寿图
* 期颐百岁称人瑞　福寿双全蔚国华

正月男寿

* 名山梅鹤饶清福　春酒羔羊祝大年
* 喜逢华诞歌春酒　好向新年戏彩衣
* 人如天上珠星聚　春到筵前柏酒香
* 银花火树开佳节　玉液琼酥作寿杯

二月男寿

* 三祝华封瞻泰斗　二分春色到花朝
* 瑶岛香浓芝草圃　玉楼人醉杏花天
* 绮席筵宾开杏苑　华堂祝嘏仰椿庭
* 瑶岛犹存千岁果　霓裳同咏百花仙
* 红杏在林时维二月　紫芝记算算合九畴

三月男寿

* 花繁曼倩三千树　草就蒙庄十万言
* 花逢修禊林如画　酒泛瑶池客尽仙
* 蟠桃已结瑶池露　玉树交联阆苑春
* 椿树庭前开寿域　桃花源里住仙家
* 寿纪椿龄筹添东海　祥呈桃实觞进西王

四月男寿

* 日暖椿庭风和槐砌　香生药圃算记芝田
* 荼蘼开到清和月　芍药应称富贵花
* 旨酒嘉肴香浮芍药　庞眉皓首色映蔷薇

五月男寿

* 正喜榴花多结子 冀斟蒲酒祝添庚
* 大夫如松德音是茂 君子保艾寿考维祺
* 令节近天中花开如意 神仙来海外果献长生
* 正交端午作生日 惟有昌阳可引年

六月男寿

* 北海樽开倾寿酒 南薰曲奏理瑶琴
* 莲沼鸳鸯歌福禄 椿庭鹤鹿祝年龄
* 且喜莲房生贵子 还欣椿所丽佳辰
* 饮无非碧筒杯介寿欣逢天贶节
* 游何必赤松子闲身即是地行仙

七月男寿

* 花开指甲飞金凤 星耀长庚贵斗牛
* 瑶池王母乘鸾至 银汉天孙驾鹊来
* 巧逢天上星辰聚 乞得人间福寿多
* 华屋舞斑衣支机巧织天孙锦
* 瑶池开胜会益寿来呈王母图

八月男寿

* 露冷青松多寿色 月明丹桂托灵根
* 千秋金鉴昭明德 八月银涛壮寿文
* 修德早膺天爵贵 参禅久悟木犀香

* 节届中秋月圆人寿　筹增上算桂馥兰馨

九月男寿

* 北海开樽倾菊酿　南山献颂祝椿龄
* 东海筹添同庆祝　南山颂献赋登临
* 菊酒称觞节逢重九　椿筹益算寿纪八十

十月男寿

* 百算筹添沧海日　三呼嵩祝小春天
* 几行红树来佳气　一抹青山是寿眉
* 海屋筹添图开福寿　华堂宴启序届阳春
* 良月筵开介眉酒熟　小春气暖绕膝欢腾

十一月男寿

* 三祝正逢人应瑞　一阳初启日添筹
* 抚弦曲奏水仙操　益寿欣呈王母图
* 一阳喜见天心复　五福还推人寿先

十二月男寿

* 红梅绿竹称佳友　翠柏苍松耐岁寒
* 华堂辉映南天烛　绮席宏开北海樽
* 冰贮玉壶心一片　香添金鼎即千秋

男用寿联横批

* 鹤算筹添　庚星耀彩

* 大椿不老　南极星辉

* 鸠杖熙春　老当益壮

传统寿联·女寿用联

* 岁寒松晚翠　春暖蕙先芳

* 慈竹荫东阁　灵萱茂北堂

* 天朗气清延嘏影　辰良日吉祝慈龄

* 岭上梅花报春早　庭前椿树护芳龄

* 梅子绽时酬夏雨　萱花称满霭慈云

* 恭俭温良宜家受福　仁爱笃厚获寿保年

女十岁寿

* 戴洋不作天边吏　逸少偷窥枕内书

* 绮岁授书夸慧质　芳年就传庆生辰

女二十寿

* 射策才应如贾传　请缨志不让终军

* 束发读书年征弱冠　从军立志愿请长缨

女三十寿

* 词赋登坊方半甲　功名强仕早旬年

* 院家宣子驰名日　藏氏含文奋翮年

女四十寿

* 无限春光将及半　有情月影欲重圆

* 蕊阙锡华年恰合蟾圆一度
* 蓬壶添暖景预期鹤算千春

女五十寿

* 庭帏长驻三春景　海屋平分百岁筹
* 设帨庆芳辰百岁期颐刚一半
* 称觞有莱子九畴福寿已双全

女六十寿

* 过去春光才两月　算来花甲已初周
* 六秩华筵新岁月　三迁慈训大文章
* 日丽蓬壶算周花甲　春长萱所庆洽林壬
* 青松翠竹标芳度　紫燕黄鹂鸣好春
* 玉树阶前莱衣竞舞　金萱堂上花甲初周

女七十寿

* 花甲重新今晋十　莱衣竞舞古来稀
* 春永蓬壶七旬晋寿　厘延萱所百岁延龄
* 寿衍七旬辉宝婺　堂开四代乐黛凤

女八十寿

* 萱寿八千人旬伊始　范福九五九畴乃全
* 白发朱颜登八旬大寿　丰衣足食享幸福晚年
* 逾古稀又十年可喜慈颜久驻

品
读
经
典

* 去期颐尚廿载预征后福无疆

* 八秩寿筵开北堂萱草眉舒绿

* 千秋佳节到西母蟠桃面映红

女九十寿

* 蟠桃果熟三千岁　紫竹筹添九十春

* 蓬岛春长九旬洽庆　萱堂日永百岁延年

* 明月有恒纪年合献九如颂

* 长春不老添润当称百岁人

* 天上三秋婺星几转　人间百岁萱草长荣

女百岁寿

* 天姥高峰期颐祝庆　婺星朗耀日月舒长

* 桃熟三千瑶池启宴　筹添一百海屋称觞

* 西王岁计三千鹤算延龄桃结实

* 大母年逾九六乌私终养李陈情

* 妇德妇工敬姜懿范　多男多寿太姒徽音

* 风范仰坤仪欢呼合进三多祝

* 期颐称国瑞建筑应与百岁坊

正月女寿

* 梅帐寒消花益寿　萱闱春护草生香

* 黍谷回春椒盘献瑞　萱堂称庆柏酒延禧

* 懿范常亲情联霞末　良辰共祝寿永萱花

二月女寿

* 今日正逢萱草寿　前身合是杏花仙
* 萱所春长良辰设杏林日丽绮席称觞
* 设帨寿辰正逢谷旦　入帏春色已近花朝

三月女寿

* 春生萱所无非福　身入桃源便是仙
* 露湛芝田萱荣堂北　日长蓬岛桃熟池西
* 酒泛金樽以介眉寿　蟠桃启宴鸠杖延厘

四月女寿

* 蔷薇香送清和月　芍药祥开富贵花
* 首夏清和长春富贵　慈云庇护爱日绵长

五月女寿

* 兰阁风薰绮琴解愠　萱庭日丽彩缕延龄
* 午月庆芳辰堂前萱草分眉绿
* 婺星耀瑞彩阶下榴花照眼红

六月女寿

* 华堂设帨瓜瓞绵　水榭开筵赏藕花
* 荷沼风清良辰揽揆　萱堂日永大庆称觞
* 桃实千年来从王母　莲花万顷座拥观音

七月女寿

* 穿针乞巧添长缕 舞彩承欢有老莱
* 鹊驾填桥天孙锡寿 兕觥进酒王母临筵
* 云拥彩鸾图呈王母 花开金凤酒进麻姑
* 令节届中元月夕飞觞逾七夕
* 年龄臻上寿婺昨耀彩伴双昨

八月女寿

* 丹桂飘香开月阙 金萱称庆咏霓裳
* 萱茂华堂辉生锦帽 桂开月殿曲奏霓裳

九月女寿

* 翠邑慈篁辉锦帏 香分篱菊点斑衣
* 鹤算添筹萱荣堂北 兕觥进酒菊绽篱东
* 婺焕重霄畴呈五福 时维九月序属三秋

* 萱室发荣光寿祝箕畴备五福
* 菊离绽秋色天教晚节傲群芳

十月女寿

* 顿教萱所添春色 记取蓉屏写寿文
* 日丽萱闱祝无量寿 香传梅岭届小春天

十一月女寿

* 萱闱日永添长缕 葭琯灰飞舞彩衣
* 葭琯阳回瑶池春水 萱庭庆集海屋筹添
* 葭琯飞灰璇闱溢喜 萱闱爱日宝婺腾辉

十二月女寿

* 喜看梅黄逢腊月 寿添萱绿护春云
* 五色芝荃慈闱祝寿 百年萱草新岁延龄

闰月女寿

* 萱草延龄觞称绿醑 梅花吐艳蜡染黄金
* 凤尾添翎萱闱日永 鹤筹益算蓬岛春长

女用寿联横批

* 蟠桃献寿 星辉宝婺
* 金萱焕彩 璇阁大喜
* 婺宿腾辉 萱庭日丽

* 榴花献瑞　金凤呈祥

传统寿联·双寿用联

* 椿萱并茂　庚婺同明
* 河山并寿　日月双辉
* 斑衣人绕膝　白首案齐眉
* 梅竹平安春意满　椿萱昌茂寿源长
* 园林娱老儿孙好　夫妇同耕日月长
* 椿萱并茂交柯树　日月同辉瑶岛春
* 年享高龄椿萱并茂　时逢盛世兰桂齐芳
* 南极星辉斑联玉树　北堂瑞霭花发金萱
* 德行齐辉一门合庆　福寿大衍百岁同符
* 红杏争春群芳献瑞　白华养志二老承欢
* 举案齐眉桃筵献实　奉觞上寿梅岭传春
* 柏翠松苍感歌五福　椿荣萱茂同祝百龄

双二十寿

* 嘉耦新偕琴瑟静好　兼旬大喜弧帨同悬
* 置闰定时喜添凤侣双飞翼
* 延年益寿欢祝鸾俦百岁春

双三十寿

* 伉俪同庚蟾圆两度　倡随甚乐凤翼双飞
* 璧合珠联算同花甲　琴耽瑟好庆洽林壬

双四十寿

* 鸿案相庄四十称庆　鹤筹合算八千为春
* 弧帨同悬四旬征寿　极嫔并耀百岁延龄

双五十寿

* 德行齐辉一门聚庆　福畴人衍百岁同符
* 鸿案眉齐礼称日艾　凫舄手祝诗咏如松
* 银汉泛仙槎天上双星并耀
* 箕畴逢大衍人间百岁同符
* 屈指三秋天上又逢七夕
* 齐眉百岁人间应有双星

双六十寿

* 花甲齐年顶臻上寿　芝房联句共赋长春
* 璧合珠联图开周甲　伯歌季舞燕启良辰
* 偕老歌诗祥征六秩　同年益寿颂献三多
* 绕膝含饴莱衣竞舞　齐眉举案花甲同周

双七十寿

* 鸿案齐眉稀龄上寿　鹿车合手仙眷长春
* 日月双辉惟仁者寿　阴阳合德真古来稀
* 重开合卺华筵天上碧桃骈枝熟实
* 来祝古稀上寿云间青鸟比翼飞来
* 无可颂扬,百姓膏脂,未曾染指

* 有何欢喜，七旬夫妇，难得齐眉

双八十寿

* 鸾笙合奏和声乐　鹤算同添大耋年
* 盘献双桃岁熟三千甲子
* 箕衍五福庚同八十春秋
* 弧帨同悬年齐八秩　极嫔并耀光照千秋

双九十寿

* 凝眸极婺腾双彩　屈指期颐晋一旬
* 耄耋齐眉春深爱日　孙曾绕膝瑞启颐年
* 人近百年犹赤子　天留二老看玄孙

双百岁寿

* 上寿同臻双星并辉　鹤算同添百年共乐
* 孙子生孙五世其昌称国瑞
* 老人偕老百年共乐合家欢
* 九世同居如木之长如流之远
* 百年偕老吾闻其语吾见其人
* 二难喜兼并多寿多男早备双全九五福
* 百年歌偕老同心同德已倾三万六千觞

正月双寿

* 喜溢椿庭椒盘献瑞　欢承萱室柏酒称觞

* 鸿案齐眉宜春启瑞　咒觥介寿永日腾欢
* 鸯谱凤联盟椒酒称觞犹是合欢初合卺
* 鹤算新益算莱衣舞彩还欣同日又同年

二月双寿

* 红杏争春群芳献瑞　百华养志二老承欢
* 鸿案庆齐眉寿域宏开正喜百花作生日
* 鹿车欣挽手衡门偕隐永教二老乐长春

三月双寿

* 桃李联芳宜家宜室　椿萱并寿多福多男
* 令节届三春风日大佳员峤方壶延曼影
* 箕畴添玉福星云式焕长庚宝婺发祥光

四月双寿

* 芍药栏边花开富贵 椿萱堂上寿祝期颐
* 海屋并添筹正逢首夏清和留得长春富贵
* 华堂同视椵不信人间去妇竟如天上神仙

五月双寿

* 地腊逢辰河山并寿 天中建午日月双辉
* 蒲艾同芳良辰揽揆 椿萱并茂美意延年

六月双寿

* 鸿案眉齐碧筒酒熟 鹿车手挽瑶岛春长
* 荷沼颂鸳鸯碧筒杯里倾佳酿
* 芝田游鹤鹿青玉案前祝大年

七月双寿

* 椿茂萱荣畴增五福 庚明婺焕耀映双星
* 屈指三秋天上又逢七夕
* 齐眉百岁人间自有双星

八月双寿

* 鸿案齐眉瑟琴静好 蟾宫耀采人月同圆
* 仙侣笃生比翼共乘丹凤下
* 中秋介寿重输齐涌月蟾来
* 月圆人共圆看双影今宵清光并照

     * 客满樽俱满羡齐眉此日秋色平分

九月双寿

     * 伉俪雍和同悬弧风光良好遍插茱萸
     * 天朗气清极媚焕彩 花香人寿杞菊延年

十月双寿

     * 梅岭生春诗歌偕老 蓉屏耀彩寿祝同庚
     * 伉俪相偕人添大寿 风光正好节届小春
     * 节届小春梅花纸帐甘同梦
     * 香添长寿蓉镜妆台证合欢

十一月双寿

     * 花放水仙夫妻偕老 图呈王母庚婺双辉
     * 葭琯征时儿觥同酌 兰阶爱日鸿案相庄

十二月双寿

     * 鹤算同添华堂笃祜 鹿车并挽寿字延春
     * 天竹腊梅相映成色 寿山福海共祝无疆
     * 添来腊月风光椿萱与桂兰并茂
     * 耐得岁寒时节松柏偕天地同春

闰月双寿

     * 桐叶征祥桃花纪算 鸾俦比翼凤侣添翎

* 凤尾添翎置闰成岁　鹿车揽辔益寿延年

双寿用联横批

* 椿萱并茂　天上双星
* 庚婺同明　柏翠松青
* 盘献双桃　松柏同春

传统寿联·其他寿联

* 寿龄如日永　勋位比山高
* 威名高北斗　勋位并南山
* 陈洪范九五福　祝生佛亿万家
* 自是君身有仙骨　无如极贵又长生
* 日升蓬岛添春色　星耀禾章发宝光
* 海宇尘清资上略　蓬山春暖护长龄
* 万物赖生成公是和风甘雨
* 千秋争晋祝群看极耀弧辉
* 杞菊引高年万里云霞开寿域
* 菁莪扬雅化满城桃李属春官
* 治狱有阴功东海于公真厚德
* 长生留妙诀南昌梅尉是仙班
* 勋名富贵特萃一身立言立功先在立德
* 经济文章不分两事寿国寿世尤宜寿民
* 解组托高怀不为五斗折腰松菊犹存田园真乐
* 悬弧逢令旦却好一觚介寿逢壶如在岁月弥长

* 文潞公声望威仪是天生异人使契丹拱手
* 郭尚父富贵寿考享世间全福看金紫横腰
* 揽揆喜良辰酒进觥觎荫茂椿庭逢大庆
* 诒谋帛世泽才雄虎帐欢承梓舍祝长春
* 令郎君都督数年非此母不生此子
* 太夫人起居八座有大德必享大年
* 翘首护慈云正当柳塞风清欢承禄养
* 倾心腾祝露且喜萱闱日永庆洽长生
* 德与年皆进　寿同福并高
* 文名高北斗　颂语献南山
* 杏坛沾化雨　椿所耀庚星
* 咏偕老诗享共和福　祝无量寿唱自由歌
* 丝竹后堂绛帷祝寿　金萱盈所彤管扬分
* 纱幔乐薰陶共钦巾帼　名师教育扩充光女界
* 弧帨仰齐悬瑟好琴眈鸿案风高添乐事
* 诗书宏乐育礼陶乐淑鳣堂日丽祝遐龄
* 令子为商界闻人酌盈剂虚寿策动关天下计
* 太君乃名门望族敦诗说礼清修宜作地行仙
* 相夫教子并播贤声货殖振鸿图
* 庭前多种忘忧草
* 酌斗称觥为祝纯嘏慈龄添鹤算
* 头上新簪益寿花
* 勖夫子以勤旦戒鸡鸣商业颇资贤内助
* 修己身惟俭筹添鹤算情天不老古长春
* 乐羊子学业有成原赖断机励志

* 孟德耀相夫以敬自应举案齐眉

* 春日启华筵为慈亲添寿算

* 婺星耀天市有令子振家声

* 劳工神圣食力有馀甘自强不息天行健

* 寿考康宁卫生无他术吃苦方居人上头

* 堂上椿荣高悬弧矢　庭前莱舞克绍箕裘

* 堂构相承椿庭介寿　箕裘克绍梓舍腾欢

* 经画名言佩服敬姜劳逸论

* 修明内则寿词姆教组训篇

* 十指费艰辛敢忘慈母手中线

* 一心图孝养喜舞莱儿身上衣

* 春酒介眉祝无量寿　秋田茂稼歌大有年

* 小正农祥寿星拱极　大田称茂春酒介眉

* 垂裕后昆肯播肯谷　永锡难老多福多男

* 堂北萱荣慈云护舍　陔南兰洁爱日负暄

* 汉廷董孝弟力田昭垂明诏

* 农舍看儿孙介寿喜勋慈颜

* 莱彩娱亲伯歌季舞　幽衣献寿公悦姁欢

* 公悦姁欢会孙寿考　伯歌季舞孝弟力田

* 率时农夫思媚其妇 以介眉寿相敬如宾
* 修中馈以饷耕勤操井臼
* 备佳肴作生日共醉壶觞
* 天上双星征百福 人间半子祝千秋
* 凤凰枝上花如锦 松菊堂中人比年
* 寿域宏开喜奸暴肃清兰膳承欢多暇日
* 华堂集庆祝康强逢吉椿庭得荫仰高风
* 匕鬯不惊欣瞻爱日 壶觞并进乐仰慈云
* 新政著勤劳退食委蛇举案齐眉增乐事
* 大年征寿考称觥酧兕登堂拜手祝长春
* 百道泉光飞锡杖 一轮月影入霞觞
* 开蟠桃花祝无量寿 证菩提果观自在心
* 星参北斗题仙篆 日捧南山人寿怀
* 庭畔古松多寿色 树间幽鸟少凡声
* 散天女花祝无量寿 证佛家果观自在心
* 桃实千年王母宴 梅花三弄玉京琴
* 琴奏玉京香添金鼎 图呈王母酒献麻姑
* 戏剧作千秋宝鉴 史传读五代伶官
* 宛转歌喉麻姑献寿 翩跹舞袖天女散花
* 壶里洞天藏日月 山中甲子自春秋
* 本是女儿身慧业生成逢场作戏
* 未醒尘世梦良辰揽揆祝花生长
* 治国治人同兹治法 寿民寿世亦以寿身
* 药圃生香别有壶中日月
* 芝田记算俨然世上神仙

* 著手成春脉理精时能益寿
* 存心济世活人多处自延年
* 三岛游踪得来不老长生满
* 一壶悬市素抱博施济众心
* 帖写换鹅书名传世 文成舞鹤寿算添筹
* 人道魏舒为宁氏外家宅相
* 天留郑鉴看献之祝嘏随班
* 舍己身出自外家应许燕谋歌祖德
* 惟仁者必得大寿喜随冀尾附孙行
* 姻好附孙枝当年幸列东床选
* 瞻依同祖竹今夜辉增南极星
* 咏渭阳诗献冈陵颂 承宅相誉陈洪范篇
* 足征盛德如公寿可必得
* 若说不才像舅我何敢当
* 为多士师半子及门公冶
* 惟仁者寿一言写照宣尼
* 天姥仰高峰泰岳相悬犹百尺
* 馆甥叨福荫孙行附列祝千秋
* 自惭乏舅风小子无知久仰慈云叨庇护
* 今喜祝母寿长生不老永留爱日乐欢娱
* 桃熟池西图呈王母 萱荣堂北阴庇馆甥
* 甥馆护慈云喜进桃觞开绮席
* 婿乡瞻爱日愿随莱彩舞斑衣
* 哺乳忆当年欲酬抚养 深思千金上寿犹兼少
* 称觞逢令旦且喜期颐 迭晋百岁长龄未足多

* 卓尔不群教育亦资内助
* 贤哉惟母康强可致长生
* 看娱老彩衣莱子并承诗礼训
* 待传经绛幔韦母未亏视听能
* 瓜葛旧时情揽揆良辰咒觥祝嘏
* 矢弧今旦彩引年盛事鹤算添筹
* 懿戚近而尊鹤算延龄晋祝大椿八十岁
* 华堂春不老咒觥进酒喜演洪范九五尊
* 海屋添筹不纪山中花甲子
* 花封多祝应知天上老人星
* 爱日喜长留多种萱花祝纯嘏
* 慈云欣永庇高擎桃实献华筵
* 萱室益增荣葭未联情同祝嘏
* 兰垓方洁养桂枝挺秀喜承欢
* 七发助文潮祝词愧乏枚乘笔
* 三还居仁里励学长留孟母机

新时期寿联

* 欣逢盛世　喜享遐龄
* 椿萱并茂　庚婺同明
* 河山并寿　日月双辉
* 人增高寿　天转阳和
* 秀添慈竹　荣耀萱花
* 如松如鹤　多寿多福
* 呈辉南极　霞耀春庭
* 萱花歌渭水　椿树笑蟠桃
* 朝霞辉翠柏　时雨润苍松
* 心畅延年久　德高益寿长
* 金樽邀月饮　鹤寿拱星来
* 耄耋忘年逝　期颐指日登
* 人间春酿熟　天上寿星明
* 寿自七旬称健骨　云开五色盼期颐
* 永葆青春高格调　常呈丰彩好文章
* 神奇文笔联常妙　宽阔胸怀寿自长
* 老有所为堪作寿　事无不可对人言
* 林泉永碧千年秀　贞才长青万代荣
* 夕阳若画江山美　老骥如龙日月长
* 翠柏常青经骤雨　苍松不老倚春风
* 树茂枝繁花果硕　桂香菊艳子孙贤
* 毕生致力千秋业　余热发挥万丈光
* 清比红梅皎比月　福如沧海寿如江

* 白雪欢颜长寿曲　淡云坚石傲松年
* 树老山巅神韵在　福来时代雅情多
* 李芳桃艳功殊显　志洁行端寿必高
* 寿比南山松永秀　福如东海如长清
* 清心寡欲增天寿　作画吟诗乐晚年
* 德高自当龟床寿　德重应享松鹤年
* 北苑春风挥输量　南山佳气接蓬莱
* 历经坎坷功德著　逾越峥嵘福寿长
* 遂心惟有淡泊好　涉古深知名利空
* 悴柏参天栖古鹤　落霞爱晚伴夕阳
* 老骥有情腾万里　苍松无愧傲千秋
* 太极中分星一座　华庭前绕桂三株
* 堂前乐献千年果　壁上高悬百寿图
* 尧天舜日丹霞耀　福海寿山彩凤鸣
* 花甲方周推矍铄　儿孙绕膝祝耆英
* 日月双辉同鹤算　阴阳合德共龟龄
* 文殡书香声更远　德高望重寿尤长
* 白发未忘忧乐感　丹心尤重正廉风
* 道丰德茂人益寿　华实文香世添春
* 星亮星亮星星亮　月明月明月月明
* 长虹远跨明时海　乔木高参盛世天
* 寿同松柏千年碧　德似芝兰一味清
* 般斤斧巧文恒丽　木铎音清寿自高
* 人逢盛世精神爽　节近端阳海屋添
* 天上人间齐焕彩　椿庭萱舍共称觞

* 惟求德风传四野　但愿好雨润三春
* 盛世春长人不老　高年福大寿尤增
* 人歆上界桃园果　寿羡仙家洞府春
* 云霞异色盈佳气　松柏奇姿郁秀容
* 鸾凤和鸣颐寿域　燕莺比翼壮蓬瀛
* 玉露常凝萱草碧　金风久送桂花香
* 长寿长乐儿孙赞　永康永宁邻里夸
* 彻耳蝉声知荔熟　倾心鸟语溢花香
* 老树逢春尤显眼　夕阳溢彩更娱人
* 天边今满一轮月　世上还钟百岁人
* 老骥终腾千里志　雏鹰始搏九重天
* 西湖翠蕙春秋永　北岳苍松福寿长
* 高风亮节如松柏　益寿延年若鹤龟
* 体健身强开寿域　孙贤子孝奉高堂
* 寿酒清香春得意　星光灿烂福盈门
* 松姿柏寿荣洪福　鹤发童颜乐晚年

＊ 清风崖畔松尤劲　野鹤巢边石更坚

＊ 胜友高朋歌盛世　武林文苑祝寿星

＊ 人谓年高添赘累　我因世盛放长歌

＊ 北海开樽开海北　南山献寿献山南

＊ 其功蕴有回春术　浩德含多济世情

＊ 桂子风高香愈远　芬葩雨霁气弥清

＊ 时逢鼎盛金萱茂　运际鸿均玉树荣

＊ 且看榴花红献瑞　犹欣柏叶翠凝香

＊ 年届古稀尤矍铄　时逢盛世更精神

＊ 盛世古稀君益寿　长春花甲屋添筹

＊ 二岳齐峰天下少　双寿同堂古来稀

＊ 喜届稀龄尤健壮　欣逢盛世更精神

＊ 古朴无华惟德茂　稀龄有志伴春荣

＊ 矍铄稀龄夸二老　欢娱化日庆双星

* 三代子孙庆长寿　九州桃李祝古稀
* 愿尔延龄三十载　伴吾偕老百年春
* 八旬高寿身心健　四世同堂家道昌
* 八秩寿筵邀雅客　千秋松韵赞高龄
* 诗咏九如人益寿　日呈九色岁增辉
* 三千桃熟群仙宴　九派流清五岭源
* 人近百年犹赤子　天留二老看玄孙
* 枯木逢春沾雨露　夕阳向晚乐桑榆
* 蟠桃天上偕枝俪　凤管人间合韵清
* 二老承欢年养志　群芳献寿杏争春
* 桃李争春喜双寿　椿萱并茂看齐眉
* 芍药栏边花富贵　椿萱堂上寿康宁
* 极婺当天皆福曜　艾蒲应侯即良辰
* 鸿案眉齐碧洞酒　鹿车手挽瑶岛春
* 椿萱并茂交柯树　瓜果同开合卺筵

挽联

　　致挽联，简称挽联，有的地方叫丧联，系由挽词演变而来，是人们用于对先人、死者表示缅怀、寄托哀思的楹联。这种楹联往往能把肃穆的场面渲染得更加庄严，白纸配黑字，透过联语，唤起人们对死者的追念和尊敬之情。楹联的内容主要在"挽"字上下功夫，以表示人们对死者的景仰之情。

* 恩泽四海　功高九天
* 音容宛在　德懿犹存
* 德传百世　名耿千秋
* 花落水流　兰摧玉折
* 名流后世　德及乡里
* 慈颜已逝　风木与悲
* 花凝泪痕　水放悲声
* 悲歌动地　哀乐惊天
* 教诲永记　风范长存
* 留芳百世　遗爱千秋
* 情怀旧雨　泪洒凄凉
* 高风传乡里　亮节昭后人
* 寿终德望在　身去音容存
* 天不遗一老　人已足千秋
* 彤心照日月　刚正炳千秋
* 哀歌动天地　浩气贯长虹
* 落花春已去　残月夜难圆
* 苍松长丛翠　古柏永垂青
* 功德标彤史　芳踪依白云
* 欲祭疑君在　无语泪沾衣
* 雨洒天流泪　风号地哭声
* 哭灵心欲碎　弹泪眼将枯
* 典型如在目　愁思向谁宣

* 门外奠云聚　堂中悔念多
* 百年三万日　一别几千秋
* 鹤梦旧何处　猿啼在此间
* 天不留耆旧　人皆惜老成
* 徒饮千行泪　只增万斛愁
* 苍松长耸翠　古柏永垂青
* 女星沉宝婺　仙驾返瑶池
* 画荻踪难觅　扶桐泪欲倾
* 学子失师表　老成有典型
* 知君以忧死　愧我犹醉生
* 安危谁与共　风雨忆同舟
* 盛德辉邻里　雄心壮九天
* 海内存知己　云间渺嗣音
* 美德堪称典范　遗训长昭子孙
* 一世勤劳俭朴　终身浑厚和平
* 先烈精神永在　英灵浩气长存
* 终身辛勤劳动　一世淳朴为人
* 化悲痛为力量　加拼命作精神
* 赤心光照日月　清明终古长留
* 友思今成永别　笑绪已为悲端
* 生前不卑不亢　死后可泣可吟
* 一生刚直无邪　终世心赤志坚
* 青山永志芳德　绿水长咏雅风
* 昔日贤推巾帼　今朝驾返蓬莱
* 户外红梅绿竹　室内白衣素袍

* 忍别亲人去矣　还期化鹤归来
* 寿终德望犹在　人去徽音长存
* 怅望白杨衰草　长怀矩范高风
* 直道至今犹在　清名终古长留
* 犹似昨日共笑语　恍惚今时汝尚存
* 公去大名留史册　我来何处别音容
* 画地曾传贤母荻　引刀谁断教儿机
* 悲音难挽流云住　哭声相随野鹤飞
* 慈竹当风空有影　晚萱经雨不留香
* 已剩丰功垂史册　犹存大节勖人民
* 无路庭前重见母　有时梦里一呼儿
* 美德常与天地在　英灵永同宇宙存
* 在世爱社勤劳动　临终嘱儿要节俭
* 医德高尚众口颂　药方神灵百疾除
* 春江桃叶莺啼湿　夜雨梅花蝶梦寒
* 云深竹径樽犹在　雪压芝田梦不回
* 深恩未报惭为子　饮泣难消羞作人
* 宝婺云迷妆阁冷　营花霜萎绣帏寒
* 哪知别意随波去　无复诗魂入卷来
* 正喜春园共把盏　奈何南浦竟销魂
* 平生壮志三更梦　万里西风一雁哀
* 竹林风月谁相赏　兰桂孤雁我更悲
* 春风有恨垂疏柳　晓露含愁看早梅
* 雁阵残斜孤月冷　箫声吹断白云忙
* 慈竹寒窗丹凤集　桐花香萎白云悬

* 玉树栽来欣擢秀　琼枝萎去动世怀
* 留有芳名遗后世　收来秋色寄哀思

挽烈士用联

* 为国捐躯　成仁取义
* 魂魄托日月　肝胆映河山
* 正气留千古　丹心照万年
* 舍己为人当仁不让　赴汤蹈火见义勇为
* 继承先烈革命传统　发扬前辈爱国精神
* 青山绿水长留生前浩气
* 花松翠柏堪慰逝后英灵

挽男用联

* 扶桑此日骑鲸去　华表何年化鹤来
* 天不遗一老　人已是千秋
* 三更月冷鹃犹泣　万里云空鹤自飞
* 椿形已随云气散　鹤声犹带月光寒
* 月阶夜静蛩声切　竹院秋音鹤梦凉
* 龙隐海天云万里　鹤归华表月三更
* 大雅云亡梁木坏　老成凋谢泰山颓
* 骑鲸去后行云黯　化鹤归来霁月寒
* 平生风义兼师友　来世因缘结弟兄
* 千里吊君惟有泪　十年知己不因文
* 明月清风怀入梦　残山余水读遗诗

* 人间未遂青去志 天上先成白玉楼
* 睦邻精神今犹在 勤俭作风世永传
* 看水兴悲愁大地 望云垂泪哭长天
* 月照寒枫，空谷深山徒泣泪
* 霜封宿草，素车白马更伤情
* 烟雨凄迷，万里名花凝血泪
* 音容寂寞，清溪流水放悲声
* 规律难违，自古谁能千年寿
* 高风永继，而今人仰一世功
* 金兰若有情，黄菊花开人去后
* 思君在何处，白杨秋净月明时
* 齿德产推尊，月旦有评，慈惠常留众口颂
* 斗山今安仰，风流长往，典型堪作后人师
* 松柏侣君一生错节风霜苦
* 芝兰契我毕竟深情肝胆知

挽女用联

* 女星 XXX（此处为姓名） 仙驾返瑶池
* 落花春已去 残月夜难圆
* 蝶化竟成辞世梦 鹤鸣犹作步虚声
* 绮阁当风空有影 晚萱经雨不留芳
* 画堂省识春风面 环佩空归月夜魂
* 慈竹霜寒丹凤集 桐花香萎白云悬
* 范垂型贤推巾帼 婺星匿彩驾返蓬莱
* 白去居空悠然而尽 黄叶满地凄其以悲

* 绮阁风寒伤心鹤唳　兰阶月冷泣血萱花
* 梦断北堂春雨梨花千古恨
* 机悬东壁秋风桐叶一天愁
* 玉树长埋悲老友　瑶花焕发盼佳儿
* 謦咳不闻老成永逝　音容宛在规范长存
* 大道为公徒存手泽　因材而教顿失心传
* 生前不惜勤劳一世　长逝仍留功绩千秋
* 骖鸾腾天，驾鹤上汉　飞霜迎节，高风送秋
* 海阔天空忽悲西去　乌啼月落犹望南归
* 回溯前尘情同骨肉　追怀往事痛断肝肠
* 悼唁至隆旧情犹炽　鞠躬尽瘁遗爱难忘
* 虽死犹生音容宛在　爱人以德笑貌长存
* 美德堪称吾辈典范　遗训长昭后世子孙
* 秋水兼葭难忘贤者　春风桃李痛哭斯文
* 持家以俭教子有方　生有馀徽死无遗憾
* 痛失慈亲举室悲戚　长留懿德全村缅怀
* 一夜秋风狂吹祖竹　三更凉露泪洒孙兰
* 勤俭持家远近赞誉　宽厚待人老少共钦
* 精工巧艺堪称妙手　赤胆忠心皆赞真诚
* 有长者风无市侩气　离浊尘世登极乐天
* 学富雕龙文修天上　才雄走马星陨人间
* 平凡工作千秋大业　奋斗精神百世芳名
* 君子终日朝乾夕惕　先生之风山高水长
* 往事昭昭长传宇内　精忠耿耿犹在人间
* 福寿全归音容宛在　齿德兼备名望常昭

* 功著神州，音容何在 名垂宇宙，德泽永存
* 云路仰天，音容宛在 风亭幽月，规范长存
* 噩耗惊传哀歌动乡里 遗言长在美德示人间
* 群山披素竹梅含笑意 诸水悲鸣杨柳动伤情
* 满腹经纶离世早堪哀 一腔热血沸腾迟可悲
* 遗容寓遗志子孙承志 哀乐寄哀思亲友永思
* 契合拟金兰情怀旧雨 飘零悲玉树泪洒西风
* 日月驶如流一朝永诀 风云诚不测千古同哀
* 世事已无常空留尘榻 音容何处觅怅望人琴

挽祖父联

* 一夜秋风狂摧祖竹 三更凉露泪洒孙兰
* 寂寞乾坤，邈笑一公何所在
* 凄迷风雨，哀哉两字弗堪闻

挽祖母联

* 慈竹风摧，鹤唳一时悲属纩
* 西山日落，鸠扶只影恨含饴
* 梅吐玉容含笑意 柳拖金色动哀情

挽祖父母联

* 乌养未终，区区怕读陈情表
* 鸾骖顿杳，茕茕尤作痛心人
* 同志最相亲忆白发青灯昨岁尚陪连夜话

* 名山期共往叹太行盘谷此生无复并肩游

挽父联

* 倚门人去三更月　泣杖儿悲五夜寒
* 一天雨雪凋椿树　满日云山惨棘人
* 含遗言垂为家训　悲去日适隔春风
* 大义是难明，无言复诲空流泪
* 深思非易报，有像徒存只恸心
* 愁思向谁家，空想胪欢承菽水
* 终天成永诀，枉教泣涕进羹汤
* 休夸八斗才如海哀哀父恨
* 独困一丘梦不醒惨惨儿心
* 讴歌英烈浩然正气昭日月

* 见贤思齐志逾鸿鹄垂千秋
* 慈父如兄如友，此生幸得教诲
* 孤子欲泣欲泪，来世再为汝子
* 鲤对方殷，竟将大事付儿，惨目灵椿生意老
* 乌私未遂，犹今小人有母，你心慈竹泪痕多
* 同气遽分途，原限秋风魂不返
* 异时谁共语，池塘春草梦难通
* 此意竟萧条，幸有高文垂宇宙
* 一生何落寞，未酬壮志在江湖

挽母联

* 严亲早逝恩未报　慈母别世恨终天
* 惊春花染杜鹃血　倚门深得子规啼
* 终天惟有思亲泪　寸草痛无益母灵
* 陟怙痛前年，方祝萱堂长白发
* 辞尘当此日，忽悲菽水隔黄泉
* 乌养昔有亏，树背冀能延晚节
* 黄泉今永诀，草心恨莫报春晖
* 洒进晨昏怎教儿一滴一泪
* 香焚朝夕惟祝母如生如存
* 苴杖欲同扶又惧以恩掩义
* 蓼莪深抱痛终难为礼夺情
* 寿越七旬睦邻美德遗留范
* 时逢九月秋风黄菊黯灵旗

* 菱镜孤影堪听秋风扫落叶
* 锦机声寂愁看夜月照空帏

挽岳父母用联

* 半子无依何所赖　东床有泪几时干
* 获选得乘龙，独忆东床初坦腹
* 游仙今驾鹤，哪堪北堂杳慈颜

挽岳母联

* 婺星西沉思天既　泰水东流泪与俱
* 爱女爱婿，迥异寻常，
* 回思义薄云天，未报涓埃无限恨
* 秋雨秋风，几多感慨，
* 匆报波寒泰水，更增半子一番愁

挽夫联

* 君去矣，万事独任艰难，
* 能无追念前徽，深为吾痛
* 儿勖哉，尔父既归泉壤，
* 尚其各自努力，克振家声
* 碧水青山谁作主　落花啼鸟总伤情
* 无禄才郎，长夜不醒蝴蝶梦
* 伤心少妇，中宵长听子规声
* 郎果多情，楼上冀迎萧史凤

* 妻真薄命，冢前愿作舍人鹜
* 亲老家贫，负担忍付称孤子
* 行修名立，诔词悲作未忘人
* 云气初合，诗题桐叶庭前绿
* 天台永别，泪染桃花洞口红

挽妻联

* 花落胭脂春去早　魂销锦帐梦来惊
* 生前记得三冬暖　亡后思量六月寒
* 本八字安排，以致累卿贫到老
* 作一番打算，自然先我死为佳

* 不作凡夫妻，明年欲嫁今年死

* 愿为比翼鸟，他生未卜此生休

* 亲老儿雏，乌哺心情期汝助

* 天寒夜永，牛衣劝勉有谁怜

* 不合时宜，惟有朝云能识我

* 独弹古调，每逢暮雨倍思亲

* 最怜儿女无知，犹自枕伴娇啼，

* 问阿母重归何日

* 但愿苍穹有眼，补此人间缺憾，

* 许良缘再结来生

* 婚姻数十年，朝也愁，暮也愁，

* 都把你苦死了

* 抛却万千事，男不管，女不管，

* 倒比我快乐些

* 谁知死别，即在生离，

* 炊臼我何尤，只赢得十年静好

* 为恋名场，竟成恨事，

* 下帷人已去，哪堪此万里归来

* 总是书债穷愁，多亏了佐读挑灯，

* 有苦无甘千百恨

* 堪羡耄年老伴，再不来唤男呼女，

* 长吁短叹两三声

挽伯叔联

* 鹤驾驭冬阑，我欲招魂，

* 百五日苦雨凄风，问归何处
* 乌江伤春永，情原犹子，
* 七十载嘉言懿训，痛想当年

挽婶母联

* 幼年失恃，仰荷慈云，
* 荻画著贤劳，分得恩情及犹子
* 远道相依，邈歌蓼露，
* 蓬山嗟缥缈，更谁孤苦念零丁

挽兄弟联

* 云路仰天高，谁使雁行分只影
* 风亭悲月冷，忍教荆树萎连枝
* 梦不醒来杜鹃空悲华表日
* 事皆撇去桃花不恋武陵春
* 樽酒昔言欢犹忆风姿磊落
* 慈颜今已杳袛余梅影横斜
* 怀旧踌躇不觉相知成白首
* 感时寂寞何期此别问黄泉

* 遗爱难忘黍雨棠阴皆德政

* 循声遍涌江云海水尽愁思

* 山川含泪同志难见老战友

* 风云变色祖国又少一栋梁

* 魂兮归来夜月楼台花蕚影

* 行不得也楚天风雨鹧鸪声

* 著述有奇书仁术仁心操业岐俞传三世

* 针砭及末俗医人医国留名和缓自千秋

* 一棹武陵归，拟再访桃花，哪知别意随波去

* 三春新梦续，叹吟残芳草，无复诗魂入卷来

* 可以为河岳，可以为日星，卫国保家，

* 一片丹心辉宇宙

* 不知有富贵，不知有功名，捐躯赴敌，

* 满腔碧血洒河山

* 桃李好开筵，不料汝六十零三，竟随花去

* 芝兰方待雨，救了我七旬有八，怎植阶前

* 造物总偏心，怒卷愁云，鸿才未竟身先死

* 同侪齐扼腕，追思旧雨，鹤驾不来楼早空

其他挽联

* 小别竟千秋，可怜满腹牢骚，

* 三月有书遥寄我

* 廿年如一日，回忆连床风雨，

* 此生何处再逢君

* 一生性分超群，叹玉树琼姿，

* 苍茫竟付婆娑界

* 三载吾庐就傅，对冰窗雪案，

* 恍惚犹闻诵读声

* 颍水树清规，忆当年函丈从游，

* 化雨宜人，春风坐我

* 华山成大睡，痛此后吾徒安仰，

* 杜鹃堕泪，芳草销魂

* 桃李是空花，百五日文字因缘，

* 长爪丰眉馀想象

* 蓬莱真幻境，二十载仙凡来去，

* 云车风马太仓忙

* 酒后兴偏赊，每当五夜评文，

* 挥毫落纸云犹在

* 烟销人不见，莫是一蓑孤艇，

* 独钓寒江雪未归

* 青灯黄卷十年心，回首旧游，

* 明月好寻蝴蝶梦

* 白发红颜三代泪，怆怀此别，

* 残魂应化杜鹃啼

* 桃李正盈门，藉公一手栽培，

* 化雨春风齐应候

* 芙蓉何促驾，奋我五朝名宿，

* 文章经济总归空

* 从游在二十年前，满腹才华，

* 诗社文坛推公最

* 捐馆值小阳春后，名山何处，
* 岳云资水尽凄哀
* 只望儿女成人生活日美你我同享快乐
* 不料人愿难遂好景不长夫妻从此永别
* 悼良师，万里名花凝血泪
* 伤益友，满溪流水助哀声
* 筑室未能如子贡　心丧聊以学檀弓
* 伤心怕读陈情表　念父难闻蓼莪诗
* 九泉有泪流知己　万户同声哭善人
* 当年长夜将旦烈士竟去成遗恨
* 如今顽敌早灭忠魂应来共笑声
* 绛帐同亲三载下帷真刻苦
* 玉楼赴召一朝分袂最凄凉
* 年高德劭，痛惜木坏山颓一朝永诀
* 生荣死哀，每忆春风化雨永世不忘

* 萱帏喜长春，视外孙如孙慈恩未报

* 莲台已仙去，随老母哭母痛泪难干

* 尚忍言哉，但看举室长号汝何可死

* 而今已矣，只为一肩重任我且偷生

* 荻画凤同遵，愧樗栎非才，未符宅相

* 嫦星悲顿陨，幸桂兰竞秀，丕振家声

* 樽酒昔言欢烛剪西窗犹忆风姿磊落

* 人琴今已杳梅残东阁只余月影横斜

* 岁月无情，鸳鸯折翼足令人肝肠痛断

* 事业有望，骏马争奔抬望眼心须放宽

* 自古志士当不为儿女温情贻国误事

* 而今我辈即使是恩爱齐眉亦应达观

* 欲去何之，忆当年传史传经，课读几枯心上血

* 伤神已甚，怅此日祝哽祝噎，抒诚空进掌中杯

* 师席火瞋违，一面缘悭，雨泣风凄衡岳冷

* 异乡常作客，半生潦倒，云开雾散夕阳妍

* 秉烛照千秋，秾李夭桃齐俯首

* 文星光万里，忠肝义胆见师心

* 一生献忠心，南山松柏常苍翠

* 九天含笑意，故苑李桃又芳菲

* 为人民利益而死比泰山还重

* 替祖国建设捐躯与日月齐辉

* 文章留人世，先生教子义方千古

* 劫后情热忱，造就桑梓今失中坚

* 公长辞世人而去，环宇留你音容笑貌

* 余铭记莫逆之谊，永远念君教诲之情
* 笔砚几相同，若论青蓝，我且视为畏友
* 门槛今顿寂，遍罗桃李，畴有似此良才

挽联横批

通用

* 福寿全归　风范永存
* 勤劳一生　俭朴家风
* 教子有方　忠厚待人
* 德及梓里　名留后世
* 永垂不朽　千古流芳
* 音容宛在　松柏长青
* 草木含悲　碧落黄泉

挽女

* 宝婺星沉　凤落长空
* 驾返瑶池　淑德可风
* 母仪千古　女史流芳
* 巾帼英雄

挽男

* 驾返蓬莱　骑鲸西归
* 哲人其萎　鹤归华表

* 鹤驾西天　祖德难忘
* 凤凋祖竹

其他挽联

* 仗剑从云作干城，忠心不易，
* 军声在淮海，遗爱在江南，
* 万庶尽衔哀，回望大好山河，永离赤县
* 挥戈抗日接尊俎，豪气犹存，
* 无愧于平生，有功于天下，
* 九泉应含笑，忙看重新世界，遍树红旗

张伯驹挽陈毅：

* 仗剑从云作干城，忠心不易，
* 军声在淮海，遗爱在江南，
* 万庶尽衔哀，回望大好山河，永离赤县
* 挥戈抗日接尊俎，豪气犹存，
* 无愧于平生，有功于天下，
* 九泉应含笑，忙看重新世界，遍树红旗

李大钊挽孙中山：

* 广东是现代史潮汇注之区自明季迄天　今兹汉种子遗，
外邦通市，乃至太平崛起，类皆孵育萌兴无斯；先生挺
生其间，砥立于革命中流，启后承先，涤新陶旧，揭民
族大义，矻然再造乾坤；四十余年，殚心瘁心，拆以青
天白日，红血红旌，唤起算帐独立之精神，诚为人间

留正气

* 中华为世界列强竞争所在，由泰西以至日本，政治掠取，经济侵凌，甚至共管阴谋，争思奴隶牛马而来；吾党适丁其会，丧换我建国山斗，云凄海咽，地黯天愁，问继起何人，毅然重整旗鼓；亿兆有众，惟工与农，须本三民五权，群策群力，遵依牺牲奋斗诸遗训，厥成大业慰英灵

聂荣臻挽叶挺：

* 五十载崎岖世路，献身革命，尽瘁斯民，海内瀛寰，同饮气节；两次长征凡七载；流亡异域，若经十度春秋，反动阴谋空画饼纵几处羁囚壮怀尤烈方期延东堤边，宏抒国事，天丧巨才无可赎，旷古艰难遗后死

* 二十年忧患旧交，同学苏京，并肩北伐，南昌广州，共举义旗；一朝分手隔重洋，抗日军兴，血战大江南北，茂林惨变痕陷身；喜今番出狱，久别再逢，孰意黑茶山上，飞陨长星；我哭故人成长诀，普天涕泪失英雄

毛泽东挽王尔琢：

* 一哭尔琢，二哭尔琢，尔琢今已矣！
* 留却重任谁承受？
* 生为阶级，死为阶级，阶级后如何？
* 得到胜利始方休！

毛泽东挽母亲：

* 疾革尚呼儿，无限关怀，万端遗恨皆须补
* 长生新学佛，不能往世，一掬笑容何处寻

宅第联

厅堂联

　　厅堂联常用于大门、内门、后门、中堂等处，它属装饰联的一种，以装饰环境、烘托气氛。联语多以祈祝祥瑞、借物抒情、规范品德、激励功业、闲情逸致等内容为多。因厅堂联用的时间较长，所以写作这类联时不宜趋时，要具有概括性和说理性，同时，应体现出主人的性格特点。

* 勤能补拙　俭可助廉
* 事理通达　心气和平
* 一轮明月　四壁清风
* 清风挺松柏　逸气上烟霞
* 为人尚正直　处事贵公平
* 海为龙世界　云是鹤家乡
* 云卷千峰集　风驰万壑开
* 千流归大海　高路入云端
* 雅量涵高远　清言见古今
* 高怀同霁月　雅量洽春风
* 云卷千峰色　泉和万籁声
* 江山开眼界　风雪炼精神

* 博览增见识 广交得观摩
* 勤乃摇钱树 俭是聚宝盆
* 劳动传家久 勤俭继世长

书斋联

文人墨客喜欢在自己的书房悬挂一副对联，或以自勉，或以抒情，或以明志，这种联称为书斋联。书斋联多以文采见长，很能展示主人的个性、志趣、追求，在内容上与厅堂联有所区别。

* 礼门义路 智水仁山
* 庭荣松柏 阶茂芝兰
* 老当益壮 乐以忘忧
* 和风朗日 让水廉泉
* 天高地厚 路转峰回
* 文以虎气 志在鹏飞
* 山林作伴 风月相知
* 竹无俗韵 梅有馀香
* 春观鱼变 秋听鹿鸣

* 芦中人出　河上公来
* 吟哦出新意　坦率见真情
* 著书惊日短　看剑引杯长
* 德成言乃立　义在利斯长
* 情可不言喻　文斯后世知
* 静坐当思过　闲谈莫论非
* 农事闲人说　山光见鸟情
* 性天期活泼　心地尚光明

品读经典

现代节日联

国际妇女节联

* 三八红旗手　妇女半边天
* 一心为祖国　双手绣乾坤
* 昔日女界多贡献　当今巾帼再登攀
* 自尊自爱自重自强方自主
* 多才多艺多胆多识自多姿
* 发奋图强为妇女扬眉吐气
* 同心合力与男儿并驾齐驱

植树节联

* 草生三径绿　山簇万峰青
* 青山四面合　绿柳万家春
* 处处造林林似海　家家植树树成荫
* 芳草春回依旧绿　梅花时到自然香
* 春夏秋冬四季绿　草花树果九州香
* 植树造林山山绿　种草养花处处春
* 植树造林滋沃土　青峰绿野看今朝

国际劳动节联

* 火炬光照红五月　春风吹遍好河山

* 看祖国红旗如画 喜神州绿野同春
* 锦绣河山留胜迹 风流人物看今朝
* 一代风流劳动者 九州艳丽向阳花
* 进取途中多志士 拼搏场上尽英雄
* 友心勇奋群英冠 壮志同描小康图
* 十亿风流劳动者 九州艳丽英雄花
* 劳动光荣劳工神圣 生产发展生活提高

五四青年节联

* 胸怀全民 志在四方
* 一代新风树 千年大计兴
* 青春有限志无限 岁月无情人有情
* 五四精神惊百年 万千美景待一笔
* 有志青年循正道 无数新秀写春秋
* 时代青年耀今烁古 新兴事业继往开来
* 文明雨润千枝翠 礼貌风吹万朵红
* 继往开来普及科学 承先启后建设文明
* 祖国青年争创人间奇迹
* 炎黄儿女敢超世界水平
* 树木树人培养建国骨干
* 全心全意攀登科学高峰
* 英雄辈出茂林新叶接陈叶
* 奇迹频生流水前波让后波
* 学海无涯千舟竞渡 书山有路万众争攀

国际儿童节联

* 株株幼苗好似灵芝破土
* 张张笑脸有如春花绽蕾
* 志壮心雄蒸蒸日上前途好
* 根深叶茂朵朵花开遍地红
* 歌舞欢腾六一儿童庆佳节
* 熏风和煦万千红紫正宜人
* 旭日正初升,到处皆呈锦绣
* 幼苗须爱护,将来都是栋梁
* 逢喜雨百花吐艳 迎春风万木争荣
* 园内桃李年年秀 校中红花朵朵香
* 祖国河山灿如云锦 青春花朵艳似朝霞
* 旭日正初升,到处皆呈新气象
* 幼苗须爱沪,将来都是栋梁材
* 培育新时期儿童是光荣职责
* 建设现代化祖国创幸福前途

七一建党节联

* 掀天揭地头触不周山,有党方伸强国愿
* 逐日斋井胸怀夸父志,何人不起壮夫心
* 节逢七一趁华年,就轻车熟路长催马
* 日照春秋隆盛典,当重任新程更着鞭
* 无数春秋尝胆卧薪,解放燕黎春不老
* 几多风雨战天斗地,振兴华夏日常新

* 共产党员雨雪风霜俯首为牛心不改
* 人民公仆秋冬春夏献身如烛志难移
* 使内气练内功优化内涵保持蓬勃
* 爱良民施良策振兴良局促进和平
* 党兴妙对广, 对镶万古龙飞地
* 国盛佳联香, 联缀千秋凤翔城
* 万里东风凯歌阵阵迎佳节
* 十年新雨喜气洋洋庆小康
* 延安窑洞北斗星明红胜火
* 烟雨楼台南湖水急碧连天
* 看千帆遏浪党是航海灯塔
* 喜九域同心民皆立邦栋梁

八一建军节联

* 人民卫士 祖国长城
* 英名盖世 壮志凌云
* 光荣归于共产党 幸福不忘解放军
* 神州十亿共明月 铁军一支振雄风
* 坚持一致精神军民一致官兵一致
* 珍惜光荣传统保持光荣发扬光荣
* 跃马横刀观国际风云变幻
* 枕戈披甲防边陲虎豹凶狂
* 祝捷扬歌一报平安双报喜
* 铭功寄语千行青史万行书
* 安邦报国荣耀一身雄气锐
* 演武习文人才两用志向高
* 八方边境坚守关山哨卡
* 百万雄师筑成钢铁长城
* 勇往直前赢得胜利 提高警惕保卫和平
* 保卫国家人人有责 参军入伍个个光荣
* 赤胆红心忠祖国 披星戴月保中华
* 八一军旗红海宇 万千劲旅壮河山
* 光荣传统光荣史 钢铁长城钢铁兵
* 人民战士千古秀 革命英雄百世芳

教师节联

* 一片丹心随世古 千声赞语颂师恩

* 愿为人梯育新秀　甘为孺子当黄牛
* 一身许国传知识　两袖清风作楷模
* 碧血催桃李　丹心树栋梁
* 教育振兴期学校　人才陶冶仰良师
* 辛苦育得芝兰茂　克奋换来桃李香
* 举国尊师兴伟业　全民重教育英才
* 白发喜见迎春柳　丹心笑种向阳花
* 育才兴邦百年大计　尊师重教一代新风

国庆节联

* 山欢水笑　物阜民丰
* 安定团结千家福　发达兴旺万年春
* 高秋好赋腾飞曲　盛世当歌奋进诗
* 鹰疾如箭凌云志　花红似火报国心
* 大业中兴歌盛世　神州此日正高秋
* 祖国与天地同寿　江山共日月争辉
* 艺展新容百花吐艳　交往异彩万木争荣
* 文明社会　锦绣山河
* 国富金瓯固　民安玉镜圆

声律启蒙篇

车万育（1632~1705），字双亭，号鹤田，湖南邵阳人，康熙三年（1665）中进士，接着授户部给事中，后升掌印。他擅长杂诗，其作品《声律启蒙》是旧时学校专门训练青少年掌握对偶技巧、声韵格律的启蒙读物，对于今天学习诗词者掌握旧韵平仄、对仗技巧和用韵，仍然很有帮助。

此书按韵分部，包括了天文地理、花木鸟兽、人名器物等的对应。从单字到双字对、三字对、五字对、七字对到十一字对，节奏轻快、韵律鲜明，非常适合诵念熟记。为方便读者快速入门，短时间内掌握尽可能多的楹联词汇，我们将《声律启蒙》摘录如下。

卷一

一　东

云对雨，雪对风。晚照对晴空。来鸿对去燕，宿鸟对鸣虫。三尺剑，六钧弓。岭北对江东。人间清暑殿，天上广寒宫。两岸晓烟杨柳绿，一园春雨杏花红。两鬓风霜，途次早行之客；一蓑烟雨，溪边晚钓之翁。

沿对革，异对同。白叟对黄童。江风对海雾，牧子对渔翁。颜巷陋，阮途穷。冀北对辽东。池中濯足水，门外打头风。梁帝讲经同泰寺，汉皇置酒未央宫。尘虑萦心，懒抚七弦绿绮；霜华满鬓，羞看百炼青铜。

贫对富，塞对通。野叟对溪童。鬓皤对眉绿，齿皓对唇红。天浩浩，日融融。佩剑对弯弓。半溪流水绿，千树落花红。野渡燕穿杨柳雨，芳池鱼戏芰荷风。女子眉纤，额下现一弯新月；男

儿气壮，胸中吐万丈长虹。

二　冬

　　春对夏，秋对冬。暮鼓对晨钟。观山对玩水，绿竹对苍松。冯妇虎，叶公龙。舞蝶对鸣蛩。衔泥双紫燕，课蜜几黄蜂。春日园中莺恰恰，秋天塞外雁雍雍。秦岭云横，迢递八千远路；巫山雨洗，嵯峨十二危峰。

　　明对暗，淡对浓。上智对中庸。镜奁对衣笥，野杵对村舂。花灼烁，草蒙茸。九夏对三冬。台高名戏马，斋小号蟠龙。手擘蟹螯从毕卓，身披鹤氅自王恭。五老峰高，秀插云霄如玉笔；三姑石大，响传风雨若金镛。

　　仁对义，让对恭。禹舜对羲农。雪花对云叶，芍药对芙蓉。陈后主，汉中宗。绣虎对雕龙。柳塘风淡淡，花圃月浓浓。春日正宜朝看蝶，秋风那更夜闻蛩。战士邀功，必借干戈成勇武；逸民适志，须凭诗酒养疏慵。

三　江

　　楼对阁，户对窗。巨海对长江。蓉裳对蕙帐，玉斝对银釭。青布幔，碧油幢。宝剑对金缸。忠心安社稷，利口覆家邦。世祖中兴延马武，桀王失道杀龙逄。秋雨潇潇，漫烂黄花都满径；春风袅袅，扶疏绿竹正盈窗。

　　旌对旆，盖对幢。故国对他邦。千山对万水，九泽对三江。山岌岌，水淙淙。鼓振对钟撞。清风生酒舍，皓月照书窗。阵上倒戈辛纣战，道旁系剑子婴降。夏日池塘，出没浴波鸥对对；春风帘幕，往来营垒燕双双。

　　铢对锊，只对双。华岳对湘江。朝车对禁鼓，宿火对塞缸。青琐闼，碧纱窗。汉社对周邦。笙箫鸣细细，钟鼓响。主簿栖鸾

名有览，治中展骥姓惟庞。苏武牧羊，雪屡餐于北海；庄周活鲋，水必决于西江。

四　支

茶对酒，赋对诗。燕子对莺儿。栽花对种竹，落絮对游丝。四目颉，一足夔。鸲鹆对鹭鸶。半池红菡萏，一架白荼。几阵秋风能应候，一犁春雨甚知时。智伯恩深，国士吞变形之炭；羊公德大，邑人竖堕泪之碑。

行对止，速对迟。舞剑对围棋。花笺对草字，竹简对毛锥。汾水鼎，岘山碑。虎豹对熊罴。花开红锦绣，水漾碧琉璃。去妇因探邻舍枣，出妻为种后园葵。笛韵和谐，仙管恰从云里降；橹声咿轧，渔舟正向雪中移。

戈对甲，鼓对旗。紫燕对黄鹂。梅酸对李苦，青眼对白眉。三弄笛，一围棋。雨打对风吹。海棠春睡早，杨柳昼眠迟。张骏曾为槐树赋，杜陵不作海棠诗。晋士特奇，可比一斑之豹；唐儒博识，堪为五总之龟。

五　微

来对往，密对稀。燕舞对莺飞。风清对月朗，露重对烟微。霜菊瘦，雨梅肥。客路对渔矶。晚霞舒锦绣，朝露缀珠玑。夏暑客思欹石枕，秋寒妇念寄边衣。春水才深，青草岸边渔父去；夕阳半落，绿莎原上牧童归。

宽对猛，是对非。服美对乘肥。珊瑚对玳瑁，锦绣对珠玑。桃灼灼，柳依依。绿暗对红稀。窗前莺并语，帘外燕双飞。汉致太平三尺剑，周臻大定一戎衣。吟成赏月之诗，只愁月堕；斟满送春之酒，惟憾春归。

声对色，饱对饥。虎节对龙旗。杨花对桂叶，白简对朱衣。尨也吠，燕于飞。荡荡对巍巍。春暄资日气，秋冷借霜威。出使振威冯奉世，治民异等尹翁归。燕我弟兄，载咏棠棣；命伊将帅，为歌杨柳依依。

六 鱼

无对有，实对虚。作赋对观书。绿窗对朱户，宝马对香车。伯乐马，浩然驴。弋雁对求鱼。分金齐鲍叔，奉璧蔺相如。掷地金声孙绰赋，回文锦字窦滔书。未遇殷宗，胥靡困傅岩之筑；既逢周后，太公舍渭水之渔。

终对始，疾对徐。短褐对华裾。六朝对三国，天禄对石渠。千字策，八行书。有若对相如。花残无戏蝶，藻密有潜鱼。落叶舞风高复下，小荷浮水卷还舒。爱见人长，共服宣尼休假盖；恐彰己吝，谁知阮裕竟焚车。

麟对凤，鳖对鱼。内史对中书。犁锄对耒耜，畎浍对郊墟。犀角带，象牙梳。驷马对安车。青衣能报赦，黄耳解传书。庭畔有人持短剑，门前无客曳长裾。波浪拍船，骇舟人之水宿；峰峦绕舍，乐隐者之山居。

七 虞

金对玉，宝对珠。玉兔对金乌。孤舟对短棹，一雁对双凫。横醉眼，捻吟须。李白对杨朱。秋霜多过雁，夜月有啼乌。日暖园林花易赏，雪寒村舍酒难沽。人处岭南，善探巨象口中齿；客居江右，偶夺骊龙颔下珠。

贤对圣，智对愚。傅粉对施朱。名缰对利锁，挈榼对提壶。鸠哺子，燕调雏。石帐对郇厨。烟轻笼岸柳，风急撼庭梧。眼一方端石砚，龙涎三炷博山炉。曲沼鱼多，可使渔人结网；平畴兔

少，漫劳耕者守株。

秦对赵，越对吴。钓客对耕夫。箕裘对杖履，杞梓对桑榆。天欲晓，日将晡。狡兔对妖狐。读书甘刺股，煮粥惜焚须。韩信武能平四海，左思文足赋三都。嘉遁幽人，适志竹篱茅舍；胜游公子，玩情柳陌花衢。

八　齐

岩对岫，涧对溪。远岸对危堤。鹤长对凫短，水雁对山鸡。星拱北，月流西。汉露对汤霓。桃林牛已放，虞坂马长嘶。叔侄去官闻广受，弟兄让国有夷齐。三月春浓，芍药丛中蝴蝶舞；五更天晓，海棠枝上子规啼。

云对雨，水对泥。白璧对玄圭。献瓜对投李，禁鼓对征鼙。徐稚榻，鲁班梯。凤翥对鸾栖。有官清似水，无客醉如泥。截发惟闻陶侃母，断机只有乐羊妻。秋望佳人，目送楼头千里雁；早行远客，梦惊枕上五更鸡。

熊对虎，象对犀。霹雳对虹霓。杜鹃对孔雀，桂岭对梅溪。萧史凤，宋宗鸡。远近对高低。水寒鱼不跃，林茂鸟频栖。杨柳和烟彭泽县，桃花流水武陵溪。公子追欢，闲骤玉骢游绮陌；佳人倦绣，闷欹珊枕掩香闺。

九　佳

河对海，汉对淮。赤岸对朱崖。鹭飞对鱼跃，宝钿对金钗。鱼圉圉，鸟喈喈。草履对芒鞋。古贤尝笃厚，时辈喜诙谐。孟训文公谈性善，颜师孔子问心斋。缓抚琴弦，像流莺而并语；斜排筝柱，类过雁之相挨。

丰对俭，等对差。布袄对荆钗。雁行对鱼阵，榆塞对兰崖。挑荠女，采莲娃。菊径对苔阶。诗成六义备，乐奏八音谐。造律

吏哀秦法酷，知音人说郑声哇。天欲飞霜，塞上有鸿行已过；云将作雨，庭前多蚁阵先排。

城对市，巷对街。破屋对空阶。桃枝对桂叶，砌蚓对墙蜗。梅可望，橘堪怀。季路对高柴。花藏沽酒市，竹映读书斋。马首不容孤竹扣，车轮终就洛阳埋。朝宰锦衣，贵束乌犀之带；宫人宝髻，宜簪白燕之钗。

十　灰

增对损，闭对开。碧草对苍苔。书签对笔架，两曜对三台。周召虎，宋桓魋。阆苑对蓬莱。薰风生殿阁，皓月照楼台。却马汉文思罢献，吞蝗唐太冀移灾。照耀八荒，赫赫丽天秋日；震惊百里，轰轰出地春雷。

沙对水，火对灰。雨雪对风雷。书淫对传癖，水浒对岩隈。歌旧曲，酿新醅。舞馆对歌台。春棠经雨放，秋菊傲霜开。作酒固难忘曲蘖，调羹必要用盐梅。月满庾楼，据胡床而可玩；花开唐苑，轰羯鼓以奚催。

休对咎，福对灾。象箸对犀杯。宫花对御柳，峻阁对高台。花蓓蕾，草根荄。剔薛对剜苔。雨前庭蚁闹，霜后阵鸿哀。元亮南窗今日傲，孙弘东阁几时开。平展青茵，野外茸茸软草；高张翠幄，庭前郁郁凉槐。

十一　真

邪对正，假对真。獬豸对麒麟。韩卢对苏雁，陆橘对庄椿。韩五鬼，李三人。北魏对西秦。蝉鸣哀暮夏，莺啭怨残春。野烧焰腾红烁烁，溪流波皱碧粼粼。行无踪，居无庐，颂成酒德；动有时，藏有节，论著钱神。

哀对乐，富对贫。好友对嘉宾。弹冠对结绶，白日对青春。

金翡翠，玉麒麟。虎爪对龙鳞。柳塘生细浪，花径起香尘。闲爱登山穿谢屐，醉思漉酒脱陶巾。雪冷霜严，倚槛松筠同傲岁；日迟风暖，满园花柳各争春。

香对火，炭对薪。日观对天津。禅心对道眼，野妇对宫嫔。仁无敌，德有邻。万石对千钧。滔滔三峡水，冉冉一溪冰。充国功名当画阁，子张言行贵书绅。笃志诗书，思入圣贤绝域；忘情官爵，羞沾名利纤尘。

十二　文

家对国，武对文。四辅对三军。九经对三史，菊馥对兰芬。歌北鄙，咏南薰。迩听对遥闻。召公周太保，李广汉将军。闻化蜀民皆草偃，争权晋土已瓜分。巫峡夜深，猿啸苦哀巴地月；衡峰秋早，雁飞高贴楚天云。

敧对正，见对闻。偃武对修文。羊车对鹤驾，朝旭对晚曛。花有艳，竹成文。马燧对羊欣。山中梁宰相，树下汉将军。施帐解围嘉道韫，当垆沽酒叹文君。好景有期，北岭几枝梅似雪；丰年先兆，西郊千顷稼如云。

尧对舜，夏对殷。蔡惠对刘。山明对水秀，五典对三坟。唐李杜，晋机云。事父对忠君。雨晴鸠唤妇，霜冷雁呼群。酒量洪深周仆射，诗才俊逸鲍参军。鸟翼长随，凤兮洵众禽长；狐威不假，虎也真百兽尊。

十三　元

幽对显，寂对喧。柳岸对桃源。莺朋对燕友，早暮对寒暄。鱼跃沼，鹤乘轩。醉胆对吟魂。轻尘生范甑，积雪拥袁门。缕缕轻烟芳草渡，丝丝微雨杏花村。诣阙王通，献太平十二策；出关老子，著道德五千言。

　　儿对女，子对孙。药圃对花村。高楼对邃阁，赤豹对玄猿。妃子骑，夫人轩。旷野对平原。匏巴能鼓瑟，伯氏善吹埙。馥馥早梅思驿使，萋萋芳草怨王孙。秋夕月明，苏子黄冈游绝壁；春朝花发，石家金谷启芳园。

　　歌对舞，德对恩。犬马对鸡豚。龙池对凤沼，雨骤对云屯。刘向阁，李膺门。唳鹤对啼猿。柳摇春白昼，梅弄月黄昏。岁冷松筠皆有节，春喧桃李本无言。噪晚齐蝉，岁岁秋来泣恨；啼宵蜀鸟，年年春去伤魂。

十四　寒

　　多对少，易对难。虎踞对龙蟠。龙舟对凤辇，白鹤对青鸾。风淅淅，露汍汍。绣毂对雕鞍。鱼游荷叶沼，鹭立蓼花滩。有酒阮貂奚用解，无鱼冯铗必须弹。丁固梦松，柯叶忽然生腹上；文郎画竹，枝梢倏尔长毫端。

　　寒对暑，湿对干。鲁隐对齐桓。寒毡对暖席，夜饮对晨餐。叔子带，仲由冠。郏鄏对邯郸。嘉禾忧夏旱，衰柳耐秋寒。杨柳绿遮元亮宅，杏花红映仲尼坛。江水流长，环绕似青罗带；海蟾轮满，澄明如白玉盘。

　　横对竖，窄对宽。黑志对弹丸。朱帘对画栋，彩槛对雕栏。春既老，夜将阑。百辟对千官。怀仁称足足，抱义美般般。好马君王曾市骨，食猪处士仅思肝。世仰双仙，元礼舟中携郭泰；人称连璧，夏侯车上并潘安。

十五　删

　　兴对废，附对攀。露草对霜菅。歌廉对借寇，习孔对希颜。山垒垒，水潺潺。奉璧对探镮。礼由公旦作，诗本仲尼删。驴困客方经灞水，鸡鸣人已出函关。几夜霜飞，已有苍鸿辞北塞；数

朝雾暗，岂无玄豹隐南山。

犹对尚，侈对悭。雾鬓对烟鬟。莺啼对鹊噪，独鹤对双鹇。黄牛峡，金马山。结草对衔环。昆山惟玉集，合浦有珠还。阮籍旧能为眼白，老莱新爱着衣斑。栖迟避世人，草衣木食；窈窕倾城女，云鬓花颜。

姚对宋，柳对颜。赏善对惩奸。愁中对梦里，巧慧对痴顽。孔北海，谢东山。使越对征蛮。淫声闻濮上，离曲听阳关。骁将袍披仁贵白，小儿衣着老莱斑。茅舍无人，难却尘埃生榻上；竹亭有客，尚留风月在窗间。

卷二

一 先

晴对雨，地对天。天地对山川。山川对草木，赤壁对青田。郑鄘鼎，武城弦。木笔对苔钱。金城三月柳，玉井九秋莲。何处春朝风景好，谁家秋夜月华圆。珠缀花梢，千点蔷薇香露；练横树杪，几丝杨柳残烟。

前对后，后对先。众丑对孤妍。莺簧对蝶板，虎穴对龙渊。击石磬，观韦编。鼠目对鸢肩。春园花柳地，秋沼芰荷天。白羽频挥闲客坐，乌纱半坠醉翁眠。野店几家，羊角风摇沽酒旆；长川一带，鸭头波泛卖鱼船。

离对坎，震对乾。一日对千年。尧天对舜日，蜀水对秦川。苏武节，郑虔毡。涧壑对林泉。挥戈能退日，持管莫窥天。寒食芳辰花烂漫，中秋佳节月婵娟。梦里荣华，飘忽枕中之客；壶中日月，安闲市上之仙。

恭对慢，吝对骄。水远对山遥。松轩对竹槛，雪赋对风谣。乘五马，贯双雕。烛灭对香消。明蟾常彻夜，骤雨不终朝。楼阁天凉风飒飒，关河地隔雨潇潇。几点鹭鸶，日暮常飞红蓼岸；一双，春朝频泛绿杨桥。

开对落，暗对昭。赵瑟对虞韶。辂车对驿骑，锦绣对琼瑶。羞攘臂，懒折腰。范甑对颜瓢。寒天鸳帐酒，夜月凤台箫。舞女腰肢杨柳软，佳人颜貌海棠娇。豪客寻春，南陌草青香阵阵；闲人避暑，东堂蕉绿影摇摇。

班对马，董对晁。夏昼对春宵。雷声对电影，麦穗对禾苗。八千路，廿四桥。总角对垂髫。露桃匀嫩脸，风柳舞纤腰。贾谊赋成伤鸟，周公诗就托鸱鸮。幽寺寻僧，逸兴岂知俄尔尽；长亭送客，离魂不觉黯然消。

风对雅，象对爻。巨蟒对长蛟。天文对地理，蟋蟀对螵蛸。龙夭矫，虎咆哮。北学对东胶。筑台须垒土，成屋必诛茅。潘岳不忘秋兴赋，边韶常被昼眠嘲。抚养群黎，已见国家隆治；滋生万物，方知天地泰交。

蛇对虺，虿对蛟。麟薮对鹊巢。风声对月色，麦穗对桑苞。何妥难，子云嘲。楚甸对商郊。五音惟耳听，万虑在心包。葛被汤征因仇饷，楚遭齐伐责包茅。高矣若天，洵是圣人大道；淡而如水，实为君子神交。

牛对马，犬对猫。旨酒对嘉肴。桃红对柳绿，竹叶对松梢。藜杖叟，布衣樵。北野对东郊。白驹形皎皎，黄鸟语交交。花圃春残无客到，柴门夜永有僧敲。墙畔佳人，飘扬竞把秋千舞；楼前公子，笑语争将蹴踘抛。

四 豪

琴对瑟，剑对刀。地迥对天高。峨冠对博带，紫绶对绯袍。煎异茗，酌香醪。虎兕对猿猱。武夫攻骑射，野妇务蚕缲。秋雨一川淇澳竹，春风两岸武陵桃。螺髻青浓，楼外晚山千仞；鸭头绿腻，溪中春水半篙。

刑对赏，贬对褒。破斧对征袍。梧桐对橘柚，枳棘对蓬蒿。雷焕剑，吕虔刀。橄榄对葡萄。一椽书舍小，百尺酒楼高。李白能诗时秉笔，刘伶爱酒每铺糟。礼别尊卑，拱北众星常灿灿；势分高下，朝东万水自滔滔。

瓜对果，李对桃。犬子对羊羔。春分对夏至，谷水对山涛。双凤翼，九牛毛。主逸对臣劳。水流无限阔，山耸有馀高。雨打村童新牧笠，尘生边将旧征袍。俊士居官，荣引鹓鸿之序；忠臣报国，誓殚犬马之劳。

五 歌

山对水，海对河。雪竹对烟萝。新欢对旧恨，痛饮对高歌。琴再抚，剑重磨。媚柳对枯荷。荷盘从雨洗，柳线任风搓。饮酒岂知歆醉帽，观棋不觉烂樵柯。山寺清幽，直踞千寻云岭；江楼宏敞，遥临万顷烟波。

繁对简，少对多。里咏对途歌。宦情对旅况，银鹿对铜驼。刺史鸭，将军鹅。玉律对金科。古堤垂弹柳，曲沼长新荷。命驾吕因思叔夜，引车蔺为避廉颇。千尺水帘，今古无人能手卷；一轮月镜，乾坤何匠用功磨。

霜对露，浪对波。径菊对池荷。酒阑对歌罢，日暖对风和。梁父咏，楚狂歌。放鹤对观鹅。史才推永叔，刀笔仰萧何。种橘犹嫌千树少，寄梅谁信一枝多。林下风生，黄发村童推牧笠；江头日出，皓眉溪叟晒渔蓑。

六　麻

　　松对柏，缕对麻。蚁阵对蜂衙。赪鳞对白鹭，冻雀对昏鸦。白堕酒，碧沉茶。品笛对吹笳。秋凉梧堕叶，春暖杏开花。雨长苔痕侵壁砌，月移梅影上窗纱。飒飒秋风，度城头之笮簴；迟迟晚照，动江上之琵琶。

　　优对劣，凸对凹。翠竹对黄花。松杉对杞梓，菽麦对桑麻。山不断，水无涯。煮酒对烹茶。鱼游池面水，鹭立岸头沙。百亩风翻陶令秫，一畦雨熟邵平瓜。闲捧竹根，饮李白一壶之酒；偶擎桐叶，啜卢仝七碗之茶。

　　吴对楚，蜀对巴。落日对流霞。酒钱对诗债，柏叶对松花。驰驿骑，泛仙槎。碧玉对丹砂。设桥偏送笋，开道竟还瓜。楚国大夫沉汨水，洛阳才子谪长沙。书箧琴囊，乃士流活计；药炉茶鼎，实闲客生涯。

七　阳

　　高对下，短对长。柳影对花香。词人对赋客，五帝对三王。深院落，小池塘。晚眺对晨妆。绛霄唐帝殿，绿野晋公堂。寒集谢庄衣上雪，秋添潘岳鬓边霜。人浴兰汤，事不忘于端午；客斟菊酒，兴常记于重阳。

　　尧对舜，禹对汤。晋宋对隋唐。奇花对异卉，夏日对秋霜。八叉手，九回肠。地久对天长。一堤杨柳绿，三径菊花黄。闻鼓塞兵方战斗，听钟宫女正梳妆。春饮方归，纱帽半淹邻舍酒；早朝初退，衮衣微惹御炉香。

　　荀对孟，老对庄。鞿柳对垂杨。仙宫对梵宇，小阁对长廊。风月窟，水云乡。蟋蟀对螳螂。暖烟香霭霭，寒烛影煌煌。伍子欲酬渔父剑，韩生尝窃贾公香。三月韶光，常忆花明柳媚；一年好景，难忘橘绿橙黄。

八 庚

深对浅，重对轻。有影对无声。蜂腰对蝶翅，宿醉对馀醒。天北缺，日东生。独卧对同行。寒冰三尺厚，秋月十分明。万卷书容闲客览，一樽酒待故人倾。心侈唐玄，厌看霓裳之曲；意骄陈主，饱闻玉树之赓。

虚对实，送对迎。后甲对先庚。鼓琴对弹瑟，搏虎对骑鲸。金匼匝，玉玎玲。玉宇对金茎。花间双粉蝶，柳内几黄莺。贫里每甘藜藿味，醉中厌听管弦声。肠断秋闱，凉气已侵重被冷；梦惊晓枕，残蟾犹照半窗明。

渔对猎，钓对耕。玉振对金声。雉城对雁塞，柳衮对葵倾。吹玉笛，弄银笙。阮杖对桓筝。墨呼松处士，纸号楮先生。露浥好花潘岳县，风搓细柳亚夫营。抚动琴弦，遽觉座中风雨至；哦成诗句，应知窗外鬼神惊。

九 青

红对紫，白对青。渔火对禅灯。唐诗对汉史，释典对仙经。龟曳尾，鹤梳翎。月榭对风亭。一轮秋夜月，几点晓天星。晋士只知山简醉，楚人谁识屈原醒。绣倦佳人，慵把鸳鸯文作枕；吮毫画者，思将孔雀写为屏。

行对坐，醉对醒。佩紫对纡青。棋枰对笔架，雨雪对雷霆。狂蛱蝶，小蜻蜓。水岸对沙汀。天台孙绰赋，剑阁孟阳铭。传信子卿千里雁，照书车胤一囊萤。冉冉白云，夜半高遮千里月；澄澄碧水，宵中寒映一天星。

书对史，传对经。鹦鹉对鹡鸰。黄茅对白荻，绿草对青萍。风绕铎，雨淋铃。水阁对山亭。渚莲千朵白，岸柳两行青。汉代宫中生秀柞，尧时阶畔长祥蓂。一枰决胜，棋子分黑白；半幅通灵，画色间丹青。

十　蒸

新对旧，降对升。白犬对苍鹰。葛巾对藜杖，涧水对池冰。张兔网，挂鱼罾。燕雀对鹏鹍。炉中煎药火，窗下读书灯。织锦逐梭成舞凤，画屏误笔作飞蝇。宴客刘公，座上满斟三雅爵；迎仙汉帝，宫中高插九光灯。

儒对士，佛对僧。面友对心朋。春残对夏老，夜寝对晨兴。千里马，九霄鹏。霞蔚对云蒸。寒堆阴岭雪，春泮水池冰。亚父愤生撞玉斗，周公誓死作金縢。将军元晖，莫怪人讥为饿虎；侍中卢昶，难逃世号作饥鹰。

规对矩，墨对绳。独步对同登。吟哦对讽咏，访友对寻僧。风绕屋，水襄陵。紫鹄对苍鹰。鸟寒惊夜月，鱼暖上春冰。扬子口中飞白凤，何郎鼻上集青蝇。巨鲤跃池，翻几重之密藻；颠猿饮涧，挂百尺之垂藤。

十一　尤

荣对辱，喜对忧。夜宴对春游。燕关对楚水，蜀犬对吴牛。茶敌睡，酒消愁。青眼对白头。马迁修史记，孔子作春秋。适兴子猷常泛棹，思归王粲强登楼。窗下佳人，妆罢重将金插鬓；筵前舞妓，曲终还要锦缠头。

唇对齿，角对头。策马对骑牛。毫尖对笔底，绮阁对雕楼。杨柳岸，荻芦洲。语燕对啼鸠。客乘金络马，人泛木兰舟。绿野耕夫春举耜，碧池渔父晚垂钩。波浪千层，喜见蛟龙得水；云霄万里，惊看雕鹗横秋。

庵对寺，殿对楼。酒艇对渔舟。金龙对彩凤，獬豸对童牛。王郎帽，苏子裘。四季对三秋。峰峦扶地秀，江汉接天流。一湾绿水渔村小，万里青山佛寺幽。龙马呈河，羲皇阐微而画卦；神龟出洛，禹王取法以陈畴。

十二　侵

眉对目，口对心。锦瑟对瑶琴。晓耕对寒钓，晚笛对秋砧。松郁郁，竹森森。闵损对曾参。秦王亲击缶，虞帝自挥琴。三献卞和尝泣玉，四知杨震固辞金。寂寂秋朝，庭叶因霜摧嫩色；沉沉春夜，砌花随月转清阴。

前对后，古对今。野兽对山禽。犍牛对牝马，水浅对山深。曾点瑟，戴逵琴。璞玉对浑金。艳红花弄色，浓绿柳敷阴。不雨汤王方剪爪，有风楚子正披襟。书生惜壮岁韶华，寸阴尺璧；游子爱良宵光景，一刻千金。

丝对竹，剑对琴。素志对丹心。千愁对一醉，虎啸对龙吟。子罕玉，不疑金。往古对来今。天寒邹吹律，岁旱傅为霖。渠说子规为帝魄，侬知孔雀是家禽。屈子沉江，处处舟中争系粽；牛郎渡渚，家家台上竞穿针。

十三　覃

千对百，两对三。地北对天南。佛堂对仙洞，道院对禅庵。山泼黛，水浮蓝。雪岭对云潭。凤飞方翙翙，虎视已眈眈。窗下书生时讽咏，筵前酒客日耽酣。白草满郊，秋日牧征人之马；绿桑盈亩，春时供农妇之蚕。

将对欲，可对堪。德被对恩覃。权衡对尺度，雪寺对云庵。安邑枣，洞庭柑。不愧对无惭。魏徵能直谏，王衍善清谈。紫梨摘去从山北，丹荔传来自海南。攘鸡非君子所为，但当月一；养狙是山公之智，止用朝三。

中对外，北对南。贝母对宜男。移山对浚井，谏苦对言甘。千取百，二为三。魏尚对周堪。海门翻夕浪，山市拥晴岚。新缔

直投公子绾，旧交犹脱馆人骖。文达淹通，已咏冰兮寒过水；永和博雅，可知青者胜于蓝。

十四　盐

悲对乐，爱对嫌。玉兔对银蟾。醉侯对诗史，眼底对眉尖。风飘飘，雨绵绵。李苦对瓜甜。画堂施锦帐，酒市舞青帘。横槊赋诗传孟德，引壶酌酒尚陶潜。两曜迭明，日东生而月西出；五行式序，水下润而火上炎。

如对似，减对添。绣幕对朱帘。探珠对献玉，鹭立对鱼潜。玉屑饭，水晶盐。手剑对腰镰。燕巢依邃阁，蛛网挂虚檐。夺槊至三唐敬德，弈棋第一晋王恬。南浦客归，湛湛春波千顷净；西楼人悄，弯弯夜月一钩纤。

逢对遇，仰对瞻。市井对闾阎。投簪对结绶，握发对掀髯。张绣幕，卷珠帘。石碏对江淹。宵征方肃肃，夜饮已厌厌。心褊小人长戚戚，礼多君子屡谦谦。美刺殊文，备三百五篇诗咏；吉凶异画，变六十四卦爻占。

十五　咸

清对浊，苦对咸。一启对三缄。烟蓑对雨笠，月榜对风帆。莺睍睆，燕呢喃。柳杞对松杉。情深悲素扇，泪痛湿青衫。汉室既能分四姓，周朝何用叛三监。破的而探牛心，豪矜王济；竖竿以挂犊鼻，贫笑阮咸。

能对否，圣对贤。卫瓘对浑瑊。雀罗对鱼网，翠对苍崖。红罗帐，白布衫。笔格对书函。蕊香蜂竞采，泥软燕争衔。凶孽誓清闻祖逖，王家能乂有巫咸。溪叟新居，渔舍清幽临水岸；山僧久隐，梵宫寂寞倚云岩。

冠对带，帽对衫。议鲠对言谗。行舟对御马，俗弊对民磨。

鼠且硕，兔多毚。史册对书缄。塞城闻奏角，江浦认归帆。河水一源形渺渺，泰山万仞势岩岩。郑为武公，赋缁衣而美德；周因巷伯，歌贝锦以伤谗。

卷三

【平仄】　平对仄，仄对平。反切对分明。有无对虚实，死活对重轻。上去入声为仄韵，东西南字是平声。

【武法】　实对实，虚对虚。轻重对偏枯。留心勤事业，满腹富诗书。古人已用三冬足，年少今开万卷馀。

【五音】　寻义理，辨声音。呼吸对调停。角宫商徵羽，牙齿舌喉唇。难呼语气皆为浊，易纽言辞尽属清。

【天文】　天对地，地对天。天地对山川。清风对皓月，暮雨对朝烟。北斗七星三四点，南山万寿十千年。

【地理】　泉对石，水对山。峻岭对狂澜。柳堤对花圃，洞壑对峰峦。舟横清浅水村晚，路入翠微山寺寒。

【时令】　春对夏，夜对晨。夏至对秋分。重阳对七夕，上巳对清明。三百枯棋消永昼，十千美酒赏芳辰。

【国号】　今对古，汉对唐。五帝对三皇。晋齐韩赵魏，吴蜀宋陈梁。虞夏商周为四代，禹汤文武是三王。

【人伦】　夫对妇，主对宾。父子对君臣。兄弟分内外，朋友别疏亲。日用三纲扶世道，天常五典叙彝伦。

【宫室】　楼对阁，寺对宫。庭院对垣墉。千门对万户，屋角对亭中。画栋雕梁风殿阁，明堂净室月帘栊。

【器用】　书对画，瑟对琴。笛韵对钟声。宫箫对塞管，晓角对寒砧。炳耀斗牛横剑气，清冷山水作琴声。

【鸟兽】　鸾对凤，雁对莺。犬吠对鸡鸣。龙吟对虎啸，社燕对秋鸿。蝴蝶梦中家万里，杜鹃枝上月三更。

【花木】　松对柏，柳对花。紫萼对红葩。葡萄对橄榄，石竹对山茶。翠麦舞风千顷浪，红桃映日一川霞。

【人事】　忧对喜，性对心。意气对胸襟。吟怀对饮兴，思浅对情深。逆旅羁怀藏万斛，佳人娇态笑千金。

【身体】　头对面，口对身。白发对红唇。咽喉对肺腑，目盼对眉颦。玉骨琼肌非俗子，朱颜绿鬓尽佳人。

【衣服】　衣对袖，舄对巾。衣褐对书绅。罗帏对珠履，束带对铺茵。礼乐衣冠由上国，文章黼黻美吾身。

【珍宝】　犀对象，玉对金。玉殿对琼京。琉璃对玳瑁，玉烛对银灯。融融春近冰消玉，凛凛冬来雪积琼。

【饮食】　茶对酒，饭对羹。美酿对香粳。烹羔对脍鲤，煮茗对调羹。莼菜久思犹客旅，盐梅相和待公卿。

【文史】　经对史，赋对诗。传记对文词。易奇对书奥，训诂对箴规。五行俱下读书日，一举成名射策时。

【声色】　声对色，影对光。柳影对花香。山形对水势，世秀对天芳。去国心如砧韵碎，思乡梦与角声长。

【五色】　黄对黑，白对红。碧草对青松。朱颜对绿鬓，彩蝶对黄蜂。鸳鸯丹墀先俊彦，貔貅紫塞上英雄。

【数目】　三对五，万对千。四季对三元。孤秦对两汉，万寿对千年。春过园林花一梦，日长庭院柳三眠。

【干支】　商太甲，李长庚。甲坼对丁宁。庚申对甲子，亥往对寅行。黄甲榜中曾分甲，白丁眼里不知丁。

【卦名】　乾对巽，坎对离。小过对中孚。同人对大有，既济对明夷。革面小人长蹇蹇，恒心君子屡颐颐。

【方隅】　南对北，北对东。东里对南宫。山南对岭北，东

日对西风。星光灿灿皆朝北，水势滔滔必向东。

【半实半虚】　中对外，后对前。月下对云边。山头对谷口，圃内对林间。檐外松杉滴清露，门前桑柘起寒烟。

【又】　长对短，盛对衰。大小对高低。古今对终始，否泰对安危。数盘棋罢收成败，一幅书藏息是非。

【如似】　疑对讶，似对如。似玉对如珠。如烟对似火，似盖对如梳。一川杨柳如丝袅，十里荷花似锦铺。

【重叠】　重对叠，叠对重。炭炭对溶溶。依依对灼灼，喔喔对雕雕。云头艳艳开金饼，水面沉沉卧彩虹。

【虚字】　然对则，乃对于。往矣对归欤。历然对彰若，乐只对凄然。仁君似此之至也，廉吏如斯而已乎。

【通用】　堪对可，乍对将。欲绽对初芳。偏宜对雅称，所愧对何妨。低昂北斗夜将半，断续西风天正凉。

【巧对】　汾水鼎，岷山碑。虎豹对熊罴。镜花对水月，青眼对白眉。几阵秋风能应候，一犁春雨甚知时。

【勤学】　歌对读，偶对联。勤读莫迁延。成名应有日，得志可朝天。绿裙著处君恩重，黄榜开时御墨鲜。

【得志】　新进士，好男儿。得志便扬眉。琼林恩赐宴，玉殿御颁诗。一举首登龙虎榜，十年身到凤凰池。

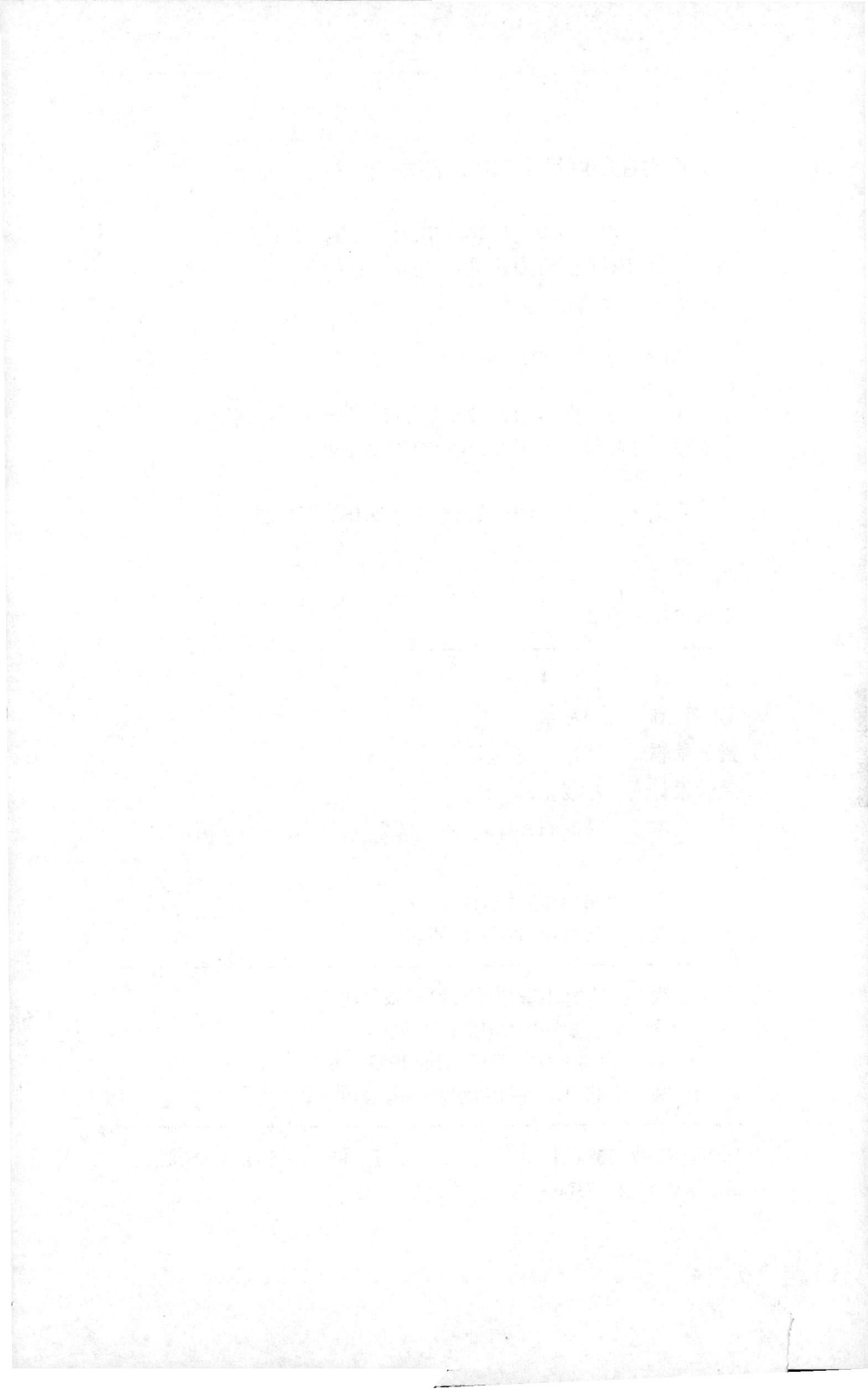

图书在版编目（CIP）数据

千古诗词·楹联：全2册 / 孔庆东主编. — 长春：
吉林出版集团股份有限公司，2016.6
（品读经典 / 孔庆东主编）

ISBN 978-7-5581-1481-6

Ⅰ.①千… Ⅱ.①孔… Ⅲ.①古典诗歌－诗集－中国
②对联－作品集－中国 Ⅳ.①I222.72②I269

中国版本图书馆CIP数据核字（2016）第122577号

千古诗词·楹联

主　　编	孔庆东	
总 策 划	马泳水	
责任编辑	齐琳　史俊南	
装帧设计	中易汇海	
开　　本	880mm×1230mm　1/32	
印　　张	19	
版　　次	2018年9月第1版	
印　　次	2021年1月第2次印刷	

出　　版	吉林出版集团股份有限公司
电　　话	（总编办）010-63109269
	（发行部）010-67482953
印　　刷	北京欣睿虹彩印刷有限公司

ISBN 978-7-5581-1481-6　　　　定　价：68.80元（全2册）